Dans un coin perdu du monde

Isabel Keats

Dans un coin perdu du monde

Illustration de couverture : Belén Garrido
Traduction : Maud Hillard
Disposition : soniarte.mvg@gmail.com

Http://www.isabelkeats.com/
Email : *isabelkeats@gmail.com*

Il n'y a pas de village espagnol, petit ou grand,
qui ne renferme un enseignement.

Azorin

L'éclat d'un puissant éclair illumina d'un scintillement sinistre les visages des conspirateurs, et le grondement du tonnerre qui s'ensuivit presque instantanément accentua encore le silence épais, presque tangible, qui s'était fait et qui emplissait l'atmosphère de la pièce d'une sensation de claustrophobie.

— Le moment est venu de jurer !

La voix, semblable à une trompette d'outre-tombe, brisa soudain ce silence, entraînant un violent sursaut de la part de plusieurs de ceux qui étaient rassemblés là.

— Mais c'est un péché !

— Toi, tais-toi !

La femme à la voix qui paraissait chantante leva la main droite d'un geste solennel.

— Je jure de mener notre plan jusqu'au bout et, pour cela, je n'hésiterai pas à faire tout ce qui est nécessaire.

— Je le jure !

— Je le jure !

Un à un — certains avec davantage de conviction et de façon plus intelligible que d'autres —, ils levèrent la main et jurèrent.

Juste à ce moment, un coup de tonnerre assourdissant, encore plus puissant que le précédent, fit vibrer les vitres trempées des fenêtres.

1

Deux semaines auparavant

Dès que le premier rayon de soleil se faufila par la fenêtre de sa chambre, Hada se réveilla et sa bouche s'ouvrit en un énorme bâillement. Encore à moitié endormie, elle enfila une veste en laine au-dessus de son pyjama et descendit à la cuisine où sa grand-mère commençait déjà à préparer le petit déjeuner.

— Encore pieds nus ! — Sa grand-mère la regarda d'un œil désapprobateur pendant qu'elle lui remplissait un bol de lait. Un de ces jours, tu vas attraper une pneumonie qui te tuera.

Sa grand-mère sortait le même refrain depuis qu'elles étaient venues vivre dans le village quand elle avait quatre ans et, comme elle venait d'avoir trente ans et avait une santé à toute épreuve, Hada tendit une main pour saisir un « Soupir d'amant » récemment fait, nullement préoccupée par la prophétie récurrente.

— Tu sais que rien ne me rend malade, Aba, dit-elle, la bouche pleine du délicieux « Dulce de queso ». Mmmm ! Cette année, je parie que tu vas gagner le prix de pâtisserie ; ils sont de plus en plus délicieux.

— Tu crois ? J'ai mis deux noix de beurre au lieu d'une et demie, mais je ne sais pas si…

— Oui, l'interrompit sa petite-fille. Définitivement oui.

Hada termina le lait qui restait dans son bol et porta la vaisselle dans l'évier en pierre.

— Laisse, je vais le faire.

— Je ne suis pas en retard, Aba.

— Tu t'en vas toujours en courant.

Sa grand-mère l'écarta sur un côté sans ménagement et continua à nettoyer les casseroles.

— C'est Benita, je suis presque sûre qu'elle va accoucher aujourd'hui et tu sais bien qu'elle a un passage très étroit.

— Étroit ! répéta sa grand-mère avec mépris. Ce qui se passe, c'est que c'est une cochonne tellement gâtée qu'elle aime attirer l'attention. Je ne sais pas à quoi pense Maria en agissant de cette manière.

Sa petite-fille se mit à rire et monta les escaliers quatre à quatre. On entendit l'eau couler dans la salle de bains et, dix minutes plus tard, elle redescendit, vêtue d'un jean usé et d'un pull épais en laine aux couleurs vives. Elle chaussa à toute vitesse ses bottes en caoutchouc qui étaient près de l'entrée et qu'elle avait nettoyées soigneusement la veille. Comme tous les matins, elle avait essayé d'apprivoiser ses boucles blondes rebelles avec un peu d'eau mais, comme tous les matins, elle avait échoué.

—N'oublie pas de jeter un coup d'œil à Blanquita pour qu'elle ne fasse pas des siennes. Hier, elle était calmc, mais tu sais comment elle est quand elle attend des petits, et il reste encore quelques mois avant que l'on puisse la rendre à ses copines. Cette maudite chèvre va être ma mort !

Sa grand-mère porta une main à son cœur d'un air dramatique.

Hada gloussa.

— Au revoir, Aba. — Elle l'embrassa sur la joue, prit la lourde sacoche près du portemanteau de l'entrée, la mit en bandoulière et sortit.

Le village de Santa Olaria de la Mata était situé dans une petite vallée traversée par le fleuve Guadalaviar et comptait à peine une vingtaine de maisons, dont plusieurs en état de ruine ou semi-ruine. Hada respira avec délice l'air gelé et parfumé et marcha d'un pas léger sur le trottoir de galets — qui étaient glissants par la rosée du matin — jusqu'à arriver à une maison qui se trouvait à moins de cinq cents mètres de la sienne. Dès qu'elle arriva, elle frappa à la porte avec le lourd heurtoir en fer et entra sans attendre de réponse.

— Marta ! Maria ! Je suis là !

Ce fut Marta, la jumelle qui prétendait être l'aînée parce qu'elle était née quelques minutes plus tôt que sa sœur, qui apparut pour la recevoir en se séchant les mains sur le tablier qu'elle portait au-dessus de la vieille jupe en laine bleu marine.

— Enfin, tu es arrivée, ma belle ! T'imagines pas le tintamarre que cette sotte de Maria a fait.

—Tout va bien ?

Son interlocutrice haussa les épaules.

— Mieux vaut jeter un œil. Depuis hier, elle n'a pas bougé de la porcherie. Elle est comme folle avec c'te bougre de cochonne, *t'chi misère* !

La porcherie était sur la partie arrière de la maison et, dès qu'elles entrèrent, elles furent saisies par une intense odeur de lisier et plusieurs grognements d'agonie.

— Ma *p'tiote* ! j't'ai pas entendue v'nir ! Ça fait pas d'mal qu'tu sois ici, ma belle ! — Maria la prit dans ses bras, les yeux larmoyants. Al'a des contractions terribles, ça s'voit qu'al' souffre *un rien*.

— Calme-toi, Maria. Tu vas voir, tout va bien se passer.

— Allez ouste ! cria sa sœur en l'écartant avec impatience. Je ne sais pas ce que cette foutue cochonne t'a fait, ni qu'elle était ta fille !

Hada se dirigea vers la vieille truie qui, couchée dans un coin de la porcherie, grognait désespérément, et elle observa avec satisfaction que quelqu'un avait étendu sur le sol un lit de paille fraîche. Avec les deux touffes épaisses de poils de soie rouge aux oreilles, l'animal avait un aspect particulier.

— Je ne sais pas non plus ce que c'est que ces espèces de touffes que tu lui as mises, mais c'est bien triste de voir ça, dit la sœur aînée comme si elle venait de lire dans ses pensées.

— C'est point d'la tristesse ! Benita, al' aime êt' belle.

Hada soupira en pensant comme elle le faisait tant de fois que c'était incroyable que des sœurs jumelles soient si différentes. L'une : corpulente, autoritaire et raisonneuse, et une bête dans tout ce qui concernait l'ordre et l'organisation. L'autre, en revanche, était fine, petite, timide et pas sûre d'elle, distraite et rêveuse. Marta et Maria. Leurs parents avaient fait preuve d'un sixième sens en les baptisant.

— Arrêtez de discuter. Maria, fais-moi le plaisir de la tenir.

Délicatement, elle se mit à examiner la truic pcndant que Maria, les bras autour du cou de l'animal, n'arrêtait pas de lui murmurer des mots apaisants à l'oreille.

— Voilà, dit Hada, pour finir, tout en retirant ses gants.

— Qui qu'ça donne ? demanda Maria en relevant la tête qu'elle avait appuyée contre le cou de l'animal et en la regardant, l'air inquiet.

— Aussi bien qu'on pouvait s'y attendre. Je ne crois pas que cette fois elle aura plus de trois ou quatre porcelets, ce qui n'est pas plus mal. J'ai bien peur que ça soit la dernière portée de Benita.

— Tu vois ? — Son interlocutrice se tourna vers sa sœur, l'air accusateur et les lèvres tremblantes. Je t'ai dit : « Empêche ce cochon de Primitivo de la couvrir ». Et toi : « Ben sûr qu'non ». Et moi : « Benita n'a plus l'âge pour ces choses-là ». Et toi : « Que oui, qu'el' l'a ».

— Tais-toi ! la coupa la jumelle aînée avec mépris. Les petits cochonous vont bien nous venir. Un pour nous et les autres pour vendre.

— Benita est prête. Aussi, Marta, s'il te plaît, emmène ta sœur et allez prendre un tilleul.

— Benita préfère que je reste et…

Marta leva les yeux au ciel.

— Ah, toi, toi, toi ! Laisse la petite tranquille, sinon tu vas lui pourrir les nerfs comme tu fais pour moi. Allez, pousse-toi !

Les deux sœurs s'en allèrent en discutant et Hada resta seule avec la Benita pliée de douleurs. Deux heures et demie plus tard, trois porcelets, tout bien lavés et secs, tiraient impatiemment sur les tétines de leur mère, tandis que Hada, fatiguée, les boucles trempées de sueur, contemplait l'heureuse famille avec un sourire maternel. Plus tard, elle nettoya les restes de l'accouchement, désinfecta ses instruments et ferma la porte de la porcherie avec soin avant de sortir.

Les jumelles l'attendaient, silencieuses, assises à la table de la cuisine. Recouverts de linges faits au crochet, pour éviter que les dernières mouches de la saison se fassent un festin, plusieurs plats étaient disposés, composés de fromage, de charcuterie, de beurre et d'épaisses tranches de pain. Comme d'habitude, Marta, qui était incapable de rester sans rien faire, tuait le temps en tissant des guêtres de laine noire — toujours le même modèle et la même couleur — qu'elles mettaient, aussi bien elle que sa sœur, dès les premiers froids. Maria, en revanche, jouait avec l'anse de sa tasse de café — qui était devenu froid depuis des heures —, le regard perdu. Dès que Hada entra, elle se mit debout et courut vers elle en se tordant les mains.

— Ben alors ? T'en as mis du temps. Comment va Benita ?

— Benita a fait trois petits cochons et tous vont parfaitement bien.

La jumelle la plus petite l'embrassa fortement avant de partir en courant en direction de la porcherie pour aller vérifier. Hada se laissa tomber sur une chaise en face de Marta et, sans plus de cérémonie, tendit la main pour saisir une part de fromage qu'elle mit sur un morceau de pain qu'elle mordit avidement.

— Je viens de déjeuner, mais j'ai encore faim, dit-elle en guise d'excuse.

— Normal. Mange donc, ma belle, car, comme je le dis toujours à ta Lola, tu es maigre comme un clou ; un jour, le vcnt t'importcra ct on nc tc vcrra plus.

Son hôtesse lui servit du café et la contempla avec une expression bienveillante, pendant que Hada mangeait avec son bon appétit habituel.

Maria revint peu après, affichant un énorme sourire qui laissait entrevoir l'absence d'une paire de dents sur la mâchoire supérieure.

— Qu'est-ce qu'on f'rait dans c'village sans toi, ma p'tiote.

Elle se pencha sur Hada et l'embrassa de nouveau.

Puis elle se redressa et, avec une vitalité recouvrée, courut vider sa tasse dans l'évier, saisit avec une extrémité de son tablier l'anse de l'ancienne cafetière en fer qui gardait la chaleur sur le vieux poêle à bois et la remplit de café chaud. Elle revint s'asseoir à la table et, cette fois, tartina une tranche de pain avec une couche épaisse de beurre frais et de confiture, et se mit à manger avec plaisir.

— J'allais raconter à la p'tiote ce qui s'est passé chez Maxi.

— Ah, oui, c'est à pas y croire ! — Maria hocha la tête, la bouche pleine. Tu savais que… ?

— Tu te tais, c'est moi qui raconte !

La jumelle la plus jeune haussa les épaules tout en concentrant son attention sur une épaisse tranche de chorizo.

— Les travaux continuent ? demanda Hada avec intérêt.

Ces derniers temps, elle avait eu beaucoup de travail à cause d'un foyer de brucellose qui avait affecté le cheptel porcin de la région. Elle partait du village à la première heure dans son vieux *pick-up* bleu ciel — un Toyota Hilux des années soixante-dix —, et quand elle revenait, alors qu'il faisait déjà nuit, elle était si fatiguée qu'elle avait à peine la force d'échanger quelques paroles avec sa grand-mère pendant qu'elle dînait et ensuite, elle allait se coucher.

— Ils ont fini de retaper la maison et celui qui commande m'a dit qu'ils ont maintenant l'électricité. L'autre jour, nous avons discuté un bon moment et je sais tout.

Hada hocha la tête. Elle n'en doutait pas. Pour Marta, discuter avec quelqu'un un bon moment équivalait à soumettre cette personne à un interrogatoire exhaustif. Voilà ce que c'était que de vivre dans un village qui n'atteignait pas la douzaine d'habitants durant l'hiver ; personne ne laissait échapper une bonne occasion d'écouter des ragots tout frais.

— Avec celui qui commande, expliqua inutilement sa sœur, la bouche pleine.

— Avec celui qui commande, bien sûr, avec qui, sinon ? Il parle bien le castillan, même s'il a un drôle d'accent, de là-bas, loin…

— De Valencia ?

— Non, idiote. — Marta secoua la tête, impatiente. De bien plus loin ; des Amériques pour le moins.

— Ah ! — Maria ouvrit grand les yeux, mais, sans en faire de cas, sa sœur aînée continua son histoire :

— Vous savez que la Maxi et moi, on n'a jamais été de bonnes amies…

Les deux autres acquiescèrent, même si « ne pas être de bonnes amies » ne cessait pas d'être un euphémisme notoire. En réalité, Maxi et elle ne pouvaient pas se voir. Marta ne lui pardonnait pas qu'elle ait été fiancée avec son frère aîné durant des années pour ensuite le quitter sans ménagement dès qu'elle avait fait connaissance d'un garçon de Teruel qui était un meilleur parti et qu'elle avait épousé. Pour la jumelle aînée, cela avait été la cause de la mort de Tadeo, son frère.

Le fait que Tadeo soit mort quinze ans plus tard en recevant un coup de sabot en plein visage alors qu'il ferrait une de ses chères mules, ne semblait pas compter. Quand Maxi, alors veuve, revint au village en compagnie d'une adolescente plutôt belle, la rancune formait déjà une épaisse croûte dans le cœur de Marta, et les airs de grandeur des nouvelles arrivées ne firent rien pour la ramollir.

Hada, en revanche, ne conservait pas de mauvais souvenirs de la propriétaire de la maison la plus importante du village. De fait, elle se rappelait encore avec nostalgie cette chaude après-midi d'été au cours de laquelle Miguel, son ami d'enfance et compagnon d'escapades, l'avait défiée de passer le mur pour voler des cerises du cerisier qui se trouvait juste à l'entrée du porche. Les défis entre eux allaient et venaient avec la même facilité que la balle de tennis crevée qu'un vacancier avait jetée sur le bord du chemin.

— Chiche que t'oseras pas, ma petite ?

Pour Hada, cette simple phrase était comme d'agiter un mouchoir rouge devant un taureau de combat. Tous les deux étaient nés le même mois, Miguel quelques jours avant elle, et il savait bien qu'elle détestait qu'on la traite de petite fille.

— On parie ?

Depuis que sa fille s'était mariée avec un musicien et qu'elle était partie vivre en Amérique du Nord, cela faisait plus de dix-sept ans, Maxi s'était cloîtrée dans la vieille maison seigneuriale et c'est à peine si elle sortait de chez elle, sauf pour aller à la messe le dimanche. Sa seule compagnie connue était sa collection de chats aux pelages divers qui ne cessait d'augmenter. Une des femmes du village allait une ou deux fois la semaine faire le ménage et elle racontait que, dès qu'elle arrivait, l'autre s'enfermait dans sa chambre et lui donnait les instructions à travers la porte. Les commères du lieu — qui ne supportaient pas que la hautaine Maximina ne daigne se mélanger à elles au lavoir ou à la sortie de l'église — murmuraient que la petite s'était enfuie avec ledit musicien, que c'était un homme marié, et que le scandale lui avait fait perdre la tête au point qu'elle passait ses nuits, éveillée, parcourant la maison avec une chandelle à la main tout en hurlant, pleine de rage, le nom de sa fille.

Faisant un effort, Hada chassa de son esprit l'image d'une femme vêtue de noir de la tête aux pieds, qui parcourait le manoir lugubre à la lumière vacillante d'une flamme tandis que l'écho du nom de sa fille résonnait dans les pièces vides.

— Aide-moi, dit-elle, déterminée.

Miguel lui lança un sourire malicieux et, obéissant, entrelaça les doigts de ses mains pour la hisser en haut du mur. Hada posa son pied déchaussé sur eux pour prendre de l'élan et se laissa prestement retomber de l'autre côté du mur. Par chance, l'herbe poussée amortit l'impact. Hada se redressa et regarda autour d'elle, éblouie. Le petit jardin était rempli d'arbustes en fleurs qui poussaient avec une exubérance jamais vue, même dans le petit herbier que la vieille Orosia cultivait derrière sa maison, où elle cultivait la plupart des plantes qu'elle utilisait pour faire ses potions.

— Tu vas rester plantée là longtemps ?

Le murmure impatient lui fit lever les yeux vers le visage plein de taches de rousseur de son ami, qui l'espionnait, assis à cheval sur le mur.

— Je vais dès à présent apporter les cerises et si tu es sage, ajouta-t-elle avec un geste condescendant, je t'en donnerai quelques-unes.

Hada s'ouvrit précautionneusement un passage parmi cette jungle d'arbustes fleuris et se cacha derrière le laurier feuillu qui était plus proche de son objectif. Hormis le vrombissement des abeilles et le chant des cigales, on n'entendait rien. À ce moment-là, quelque chose de doux se frotta contre sa jambe nue et elle fut sur le point de hurler de panique.

— Tu m'as foutu la trouille !

Hada affronta le chat tigré en murmurant furieusement, mais l'animal se frotta une fois de plus contre son mollet avant de s'éloigner, l'air indifférent.

Elle attendit que les battements de son cœur reprennent un rythme plus normal avant de se redresser prudemment pour décider de ses prochains mouvements. Les branches du cerisier se courbaient sous le poids des fruits abondants et la vision de ces cerises charnues d'un rouge brillant la fit saliver. Elle jeta un rapide coup d'œil en direction de la maison avant de s'approcher de l'arbre, sans faire de bruit.

— J'aurais dû emporter un sac, se lamenta-t-elle à voix basse.

Mais Hada était une petite fille pleine de ressources, si bien qu'elle replia vers le haut le bas de son chemisier et commença à remplir le creux avec les cerises qui étaient à sa portée.

Elle était si concentrée en imaginant comment elle allait faire pour que son ami la supplie de lui donner une partie d'un tel butin, qu'elle ne remarqua pas la présence d'une autre personne, jusqu'à ce que des doigts impitoyables lui saisissent avec force le lobe de l'oreille.

— Aïe, aïe !

— C'est comme ça que tu voles mes cerises ! Je vais t'apprendre, moi, petite voleuse !

La femme la traîna jusqu'à la maison sans lâcher l'oreille, et Hada ne résista pas trop, de peur qu'elle ne la lui arrache. Quand elles arrivèrent à la cuisine, elle la fit s'asseoir sur une chaise et la lâcha enfin. Hada porta une main jusqu'à l'appendice endolori, les yeux pleins de larmes.

— Pose les cerises sur la table.

Surprise, Hada se rendit compte qu'à aucun moment elle n'avait laissé tomber son précieux butin et elle obéit sur-le-champ.

— Pardonnez-moi, Madame Maxi, je…

— Tais-toi.

Hada ferma la bouche immédiatement et observa, mi-atterrée, mi-fascinée, la grande femme aux cheveux gris rassemblés en un chignon serré, qui se tenait au-dessus d'elle, menaçante.

— Tu es la petite-fille de la Dora, pas vrai ? — Elle acquiesça en silence. Elle t'a bien éduquée, ta grand-mère, à voler les cerises d'une pauvre vieille dame.

— Mais vous n'êtes pas une pauvre vieille dame, vous êtes une riche vieille dame, souligna Hada, qui avait toujours eu un cerveau très enclin à la précision.

La femme serra les lèvres fortement, mais ses yeux gris brillèrent d'amusement.

— Je vois que tu es une effrontée.

— C'est ce que dit la maîtresse, répliqua la petite fille dans un profond soupir. —Cependant, bien qu'elle continuât à ressentir une certaine crainte, elle était trop curieuse pour ne pas faire le commentaire qui tournait dans sa tête depuis un moment : Vous n'êtes pas habillée en noir.

La femme mit ses poings sur les hanches et fronça les sourcils.

— Et ça vient d'où, ça ?

— J'ai entendu Sandalia et les autres femmes au lavoir. Elles disent que vous vous habillez toujours en noir, que vous vous promenez la nuit avec une chandelle en hurlant le nom de votre fille. Que c'est…

Hada porta la main à sa bouche et regarda son interlocutrice, les yeux grands ouverts, convaincue que, comme disaient les vieilles BD du Capitán Trueno du père de Miguel que son ami et elle lisaient en cachette : « Son heure était arrivée ».

— C'est donc ce que disent de moi les commères de Santa Olaria de la Mata…

La femme prit un bol, le remplit de lait et le mit avec une assiette de gâteaux devant Hada avant de s'asseoir face à elle.

— Raconte-m'en plus.

Même si elle ne croyait pas à sa bonne chance — apparemment, non seulement elle n'allait pas mourir, mais en plus la vieille dame avait l'air d'apprécier de la voir profiter d'un goûter savoureux —, Hada s'empressa de lui raconter tout ce qu'elle savait pendant qu'elle dévorait les délicieux gâteaux après les avoir trempés dans le lait.

Elles avaient passé un après-midi des plus divertissants et lorsque Hada dit qu'elle devait s'en aller, son hôtesse lui donna non seulement un sac pour qu'elle y mette les cerises, mais elle lui fit promettre de revenir la voir. Hada fit un serment solennel, avec la main contre la poitrine, et ce fut le début d'une belle amitié.

Après cela, Hada lui avait souvent rendu visite sans faire de cas des sinistres pronostics de Miguel, qui n'arrêtait pas de lui répéter qu'un jour, elle l'assassinerait et l'enterrerait au pied du cerisier. Maxi et elle avaient passé de nombreux après-midi à lire tout haut les lettres que sa fille lui envoyait, de différentes villes des États-Unis, dans lesquelles elle joignait quelques-uns des programmes des concerts qu'avait donnés son gendre qui, d'après ce qu'elle disait, était sur le point de devenir une grande star. Elle lui montrait souvent aussi celui qui semblait être son plus grand trésor : la photo de son petit-fils. Un adolescent à l'allure sérieuse, aux cheveux noirs et ayant les mêmes yeux gris que sa grand-mère, qu'elle ne connaissait pas encore en personne, parce que l'idée de prendre un avion ou un bateau, elle toute seule, l'atterrait et, d'après ce que disait sa fille, avec la vie si intense qu'ils menaient, ils ne pouvaient venir lui rendre visite dans ce village qui était au bout du monde.

Hada ressentait de la peine pour Maxi ; elle se rendait compte qu'elle était très seule et, en dehors de son beau jardin et des chats, elle ne vivait que par et pour les lettres qu'elle recevait de temps en temps. Elle essayait donc de passer autant de temps qu'elle le pouvait, sans tenir compte des plaintes de Miguel qui n'aimait pas jouer seul.

La vérité, c'est que lorsqu'elle apprit sa mort il y a huit ans, cela l'avait beaucoup peinée. À cette époque, Hada faisait ses études de vétérinaire à Saragosse, mais elle n'avait pas hésité à prendre le bus de nuit jusqu'à Teruel, puis un taxi jusqu'à Santa Olaria, pour réussir à arriver au village juste quelques heures avant l'enterrement.

C'était la femme qui allait nettoyer qui, étonnée de ne pas recevoir les ordres habituels à travers la porte, après avoir beaucoup arpenté en haut et en bas les couloirs sans cesser de se tordre les mains, avait pris la décision d'entrer dans la chambre. Maxi était étendue sur le lit, vêtue d'une grande chemise de nuit blanche ; sa longue chevelure grise bien brossée tombait des deux côtés du visage. Elle avait les yeux ouverts et ses mains osseuses croisées sur la poitrine. D'après le docteur qui vint depuis Albarracín, elle était morte depuis plus de deux jours.

— Tu sais combien me donne le gars, celui qui parle bizarrement, pour quelques heures à nettoyer et cuisiner quand viendra le *Siñor* ? Dis voir. — Hada revint d'un coup au présent et hocha la tête négativement. Marta donna un chiffre que la sœur répéta avec une expression d'extase, comme si elle faisait l'écho. Je lui ai dit : « Ma sœur viendra m'aider de temps en temps, mais il vaut mieux que vous me donniez l'argent ».

— Mais, vraiment, le monsieur va venir ?

Hada n'en revenait pas que le petit-fils de Maxi, qui, dans ses trente et quelques années de vie, n'avait pas montré le moindre intérêt à visiter le village de sa grand-mère, se décide tout d'un coup à venir passer une saison ici.

— C'est ce que dit le gars qui, en plus de parler bizarrement, est avocat, et les avocats ne mentent pas, affirma Marta, très sûre d'elle, comme si elle, qui n'était pas sortie du village autrement que pour aller une fois chez le dentiste et assister aux séances annuelles de cinéma à Teruel, avait eu affaire à ces spécimens toute sa vie.

— Ils ne mentent pas, non, assura l'écho.

— Sinon, pourquoi sont-ils en train d'arranger la maison ?

— Ben oui, pourquoi est-ce qu'y l'arrangent, alors ?

— Arrête de répéter tout ce que je dis !

Hada s'empressa d'intervenir pour éviter l'une de leurs fréquentes disputes.

— Peut-être qu'il l'a arrangée pour la vendre.

Marta et Maria la regardèrent d'un œil désapprobateur ; il était clair que sa suggestion ne leur plaisait pas.

— Et qui va en vouloir ? Sauf en été, ici, il n'y a que les quatre *pôv' vieil'* de toujours.

Maria approuva de la tête, ouvrit la bouche, réfléchit et en vint à la refermer.

— Mais vous ne savez pas la meilleure… — Marta baissa la voix comme si, soudain, elle craignait la présence de quelque oreille indiscrète et regarda Hada de ses yeux pétillants. Cette dernière et Maria se penchèrent un peu plus au-dessus de la table ayant l'air d'une paire de conspiratrices. Le petit-fils de la Maxi est un de ceux… — elle fit une pause et les deux autres continuèrent à la regarder avec une figure de joueuse de poker —, un de ceux qui travaillent avec… — elle fit une nouvelle pause dramatique et lâcha enfin : avec les morts !

Sa sœur poussa un petit cri :

— Un assassin !

Marta leva les yeux au ciel.

— Mais non, bourrique ! De ceux qu'on voit dans les *pellicules*. — Les deux sœurs avaient un faible pour le cinéma, si bien que, au moins une fois l'an, un cousin éloigné qui vivait dans la capitale passait les chercher à la première heure et les emmenait à Teruel, où elles passaient la journée entre le cinéma Maravillas et le Palacio Ardid où elles se tapaient l'affiche entière d'un seul coup.

— J'vois pas pourquoi tu m'traites d'bourrique, les assassins jouent aussi dans les *pellicules*, se plaignit Maria, offensée.

— Un croque-mort… ? avança Hada d'un ton hésitant.

— Non plus ! — Son interlocutrice semblait exaspérée pour cette incompréhension indigne. Mais oui, c'est très facile, *boudiou* ! Un de ceux qui ouvrent les morts comme les gorets et qui disent : « La victime a pris deux morceaux de fromage de chèvre et deux tranches de saucisson à trois heures de l'après-midi ». — En entendant le ton grave qu'elle avait employé, Hada éclata de rire.

— Un médecin légiste !

Marta lui lança un sourire d'approbation.

— C'est ça, un médecin légiste.

— Ben dis donc ! fit sa sœur d'un ton incrédule.

— Que La Pilarica apparaisse et me foudroie si je mens.

Cette sentence la convainquit définitivement. Maria applaudit des mains, enthousiasmée.

— J'ai hâte d'y être. Ça va être enco' mieux q'l'été où les pompiers sont v'nus secourir l'*bézot* qui s'ââ tell'ment penché, qu'l'a tombé la têt' la première dans l'puits. Pas vrai, Hada ?

— Bien sûr que oui, Maria. Je suis sûre que l'arrivée du petit-fils de Maxi va être un événement historique dans ce village. — Elle jeta un coup d'œil à sa montre et s'empressa de se lever —. Aïe, il faut que j'y aille ! On m'attend dans une ferme près d'Albarracín dans une demi-heure. Au revoir. — Elle saisit sa lourde sacoche qu'elle porta à son épaule et, au moment de sortir par la porte, elle s'écria : Merci pour la collation !

— Adieu, ma belle, et ne cours avec ce sol qui est trempé ! Tu sais ce qui est arrivé au fils de la Rufina pour avoir glissé un jour de pluie !

Hada agita la main en l'air, sans s'arrêter de courir.

2

L'élégant appartement de Maximiliano de la Torre était situé juste en face du parc privé qui n'était autorisé qu'à quelques élus et, même si Gramercy Park n'avait pas été un quartier calme, le double vitrage de la fenêtre n'aurait pas laissé passer le bruit de la circulation à Manhattan.

Max était très tatillon avec les bruits ; peut-être que son oreille musicale privilégiée avait quelque chose à voir avec ça. Assis devant le piano brillant à queue Steinway, il effectua d'un air distrait quelques accords.

— Tu es sûr que tu ne vas pas reconsidérer ta décision ?

— Sûr. — Do-mi-sol.

Sans le quitter des yeux, son ami Alan, assis dans le grand fauteuil en velours foncé, croisa les jambes et but une autre gorgée de son *whisky on the rocks*.

— Je crois que tu commets une grande erreur.

— Nous en avons déjà parlé. Depuis le procès, l'air est devenu irrespirable et on n'arrête pas de m'inviter à toutes sortes d'événements. — Ré-fa-la.

— Qu'en pense Norma, que tu t'exiles dans un bled paumé d'Espagne ?

— Norma n'a pas son mot à dire. — Fa-la-do.

— Vous sortez ensemble depuis des années ; elle devrait avoir quelque chose à dire, je pense.

— Allons, Alan, tu sais très bien que ce qui se passe entre Norma et moi n'est pas une de ces relations bourgeoises, pleines de jalousie et de malentendus. Aucun de nous deux ne sera gêné par l'absence de l'autre. — La-do-mi.

— Il me semble que c'est toi qui ne veux pas te rendre compte que Norma Hammond te considère comme sa propriété. Je jurerais qu'elle a planifié votre mariage avec tout le luxe de détails.

Max releva les yeux du clavier et se tourna pour le regarder.

— Norma est une femme admirable : belle, cultivée et spécialement intelligente. Elle sait surtout que je ne suis pas un homme à marier. — Il referma le couvercle du piano vigoureusement.

Alan émit un son qui pouvait signifier n'importe quoi avant de revenir à l'attaque.

— Vraiment ? Tu crois que tu vas supporter six mois sans respirer l'air de Manhattan ? Tu vas renoncer à la saison d'opéras et de concerts du Lincoln Center ? Aux expositions dans le Guggenheim ? Au *ceviche* de Le Bernardin ? Au *brunch* du dimanche à Lafayette ?

— Je changerai l'air contaminé des embouteillages quotidiens par de l'air pur. L'opéra par le chant joyeux des oiseaux. Les expositions par de longues promenades dans la campagne. Et le *ceviche* et le *brunch* par le gaspacho du berger et des *madejas* aussi volumineux que ceux que faisait ma mère. Ah, ajouta-t-il sur le même ton ironique, et n'oublie pas le délicieux jambon de Calamocha.

Alan le regarda, l'air désapprobateur, et but une autre gorgée.

— Je vois que tu es décidé. Quand pars-tu ?

Max se releva de la banquette et marcha silencieusement sur l'épais tapis fait main jusqu'à la fenêtre d'où il pouvait voir la grille en fer forgé entourant le parc qui donnait son nom au quartier.

— J'ai envoyé Colin — il nommait son avocat, secrétaire, assistant et garçon à tout faire, qui travaillait pour lui depuis plus de cinq ans — au-devant. Il a engagé une équipe d'ouvriers pour arranger la maison, et dès qu'il me prévient qu'elle est à moitié habitable, j'irai là-bas. Cela lui a coûté de la sueur et des larmes, mais apparemment il a déjà repéré un piano décent et a trouvé quelqu'un pour l'amener à Santa Olaria.

— Santa Olaria de la Mata, répéta son ami d'un ton méprisant. Ça ne se trouve même pas sur Google Maps.

— Ah non ? — Max le regarda, moqueur. Il va falloir que je remédie à ça.

Max et Alan Pierce se connaissaient depuis qu'ils étudiaient tous les deux à *The Dalton School*, une prestigieuse école privée dans le Upper East Side, et ce dernier savait bien qu'il était inutile d'essayer de dissuader son ami quand il avait pris une décision.

— Enfin, je vois que tu es décidé. Eh bien, je parie que tu seras de retour bien plus tôt que tu ne le penses.

— C'est ce que tu crois ? Combien tu veux parier ?

— Que penses-tu de ton *Led Zeppelin* de 1969 contre mon *The Rolling Stones* de 1964 ?

— D'accord. J'ai toujours voulu posséder ce vinyle.

Ils scellèrent leur pari d'une forte poignée de mains et décidèrent que c'était le bon moment pour aller à West Village manger un délicieux plat de *ramen*.

Le son d'un énergique raclement de gorge fit que Max leva les yeux de la partition sur laquelle il venait de faire des annotations, qu'il avait de nouveau rayées. Sur le seuil de la porte du salon, qui conservait encore les anciens meubles ayant appartenu à sa grand-mère, la silhouette quelque peu efflanquée d'un vieil homme au visage bourru, béret enfoncé jusqu'aux sourcils et s'appuyant sur un bâton en bois d'olivier, le fit sursauter.

Max s'empressa de se lever, et se redressant de toute son imposante stature, affronta l'inconnu.

— Que voulez-vous ? Qui vous a ouvert la porte ?

— Ouvert, vous dites ? — Le vieil homme émit quelque chose qui ressemblait à un ricanement, que son interlocuteur jugea sinistre. Dans l'coin, les portes sont toujours ouvertes.

Max se souvint qu'il avait eu une discussion sur ce même sujet avec sa nouvelle domestique ; il y avait certaines choses qu'un homme né et élevé à New York ne réussirait jamais à comprendre.

— Que voulez-vous ? répéta-t-il froidement, dans l'intention de gagner du temps. — Marta était partie depuis un bon moment, si bien qu'il était seul dans la maison avec son visiteur inattendu et ce bâton à l'aspect menaçant.

— Vous montrer quéqu'chose.

Max se demanda si l'homme allait bien dans sa tête. Il étudia le visage ridé — qui, en raison du manque de contact avec tout type de crème hydratante durant les années d'exposition aux éléments de la nature, avait pris la consistance du vieux cuir — sans afficher l'inquiétude qu'il ressentait.

— Me montrer quoi ?

— Y faut v'nir avec moi.

— Où ?

— Juste là-bas, est point loin.

— C'est bon, je vous accompagne.

Il referma le piano et laissa la partition sur la banquette tout en s'interrogeant s'il faisait bien de le suivre. Au moins, en plein air, même si ce n'était pas une réaction très digne, il pourrait se mettre à courir, se dit-il en même temps qu'il jetait un regard dubitatif sur ses élégantes chaussures à lacets.

L'intrus s'écarta un peu pour le laisser passer et marcha, collé à son dos. Dès qu'ils sortirent de la maison, le vieil homme, sans dire un mot, montra avec son bâton un sentier qui partait sur la droite. De temps en temps, il lui donnait de légers coups dans le dos avec ce même bâton pour lui indiquer la bonne direction, chose que Max trouvait décidément inquiétant.

Environ dix minutes plus tard, ils parvinrent à un pré et, une fois de plus, le silencieux bâton lui fit savoir qu'il devait s'approcher de mûriers qui se trouvaient au fond du pré.

— C'est ici, dit enfin le vieil homme.

Max s'arrêta, déconcerté. Au pied des mûriers il vit les restes de ce qui, en d'autres temps, devait avoir été une vache ou un taureau. Le fait qu'il n'y ait même pas de mouches autour de lui disait clairement que cette dépouille devait être là depuis pas mal de temps.

— Eh ben ? dit le vieux.

Max détacha les yeux de ce qui restait de l'animal et les planta dans ceux qu'il avait déjà commencé à considérer comme son kidnappeur octogénaire.

— Eh bien quoi ?

— Je voudrais que vous m'disiez de quoi qu'est mort c'*tauré.*

La figure de Max était d'une absolue perplexité.

— Que diable, qu'est-ce que j'en sais !

— J'ai entendu la Maria quand elle l'a dit à la vieille Orosia qu'vous saviez *pou'* les morts.

Ce type était définitivement complètement dingue, pensa Max en regardant tout autour discrètement pendant qu'il essayait de trouver une échappatoire.

— Je crains que vous ayez mal entendu.

— Qu'est-ce que j'ai mal entendu ? Vous insinuez que j'suis sourd ?! — Le vieux frappa le sol avec son bâton ; apparemment, cette fois, il avait réussi à l'énerver.

Max regarda de nouveau autour de lui, de plus en plus inquiet.

— Je ne sais rien de l'état de vos oreilles, dit-il d'un ton qu'il considérait comme apaisant. — Il n'avait pas peur, il était en bonne forme et ne doutait pas que, malgré son bâton, il serait capable de battre le vieux ; d'un autre côté, il n'avait pas envie de finir avec le nez cassé ou quelque chose de pire, si bien qu'il décida de poursuivre sa politique d'apaisement. Je voulais dire que vous aviez peut-être mal compris ce que ces femmes disaient. Je suis musicien.

— Qu'j'ai mal compris, vous dites ! s'écria-t-il de manière bien audible. Moi qui, avec mes quatre-vingt-trois ans, ai jamais mis les pieds chez l'médecin ! Sachez qu'j'entends parfaitement.

— Je n'en doute pas, mon bon monsieur. Regardez…

Mais le vieux l'interrompit sans ménagement.

— Aussi, vous dites qu'vous savez *r'en pou'* les morts.

Max hocha la tête négativement.

— Pas une idée.

— Ben, quand j'dis qu'la Maria, elle a la tête qui va d'plus en plus d'travers ! Une peine, parce qu'elle est enco' jeune, vous savez ? Elle a pas enco' fêté ses soixante-quinze ans. — Son interlocuteur plissa les lèvres dans une moue de désapprobation et Max se demanda si tant de siècles de relations d'endogamie dans ces villages isolés de la Sierra d'Albarracín n'auraient pas provoqué une épidémie de folie parmi ses habitants. Une fois de plus, le vieux planta sur lui ses yeux malins avec méfiance : *R'en* ? Sûr ?

— Rien de rien, affirma-t-il catégoriquement. Je connais seulement la musique.

— La musique, répéta l'autre avec mépris. Et à quoi qu'ça peut nous servir, ça ? Ç'aurait été mieux si vous saviez *pou'* les morts.

Max haussa les épaules, sans savoir quoi dire ; même s'il pressentait, soulagé, que la menace inconnue qui avait plané sur lui jusque-là s'éloignait. Cependant, il avait chanté victoire avant l'heure, parce que, en cet instant, le vieux sortit un couteau de la poche de son pantalon et l'ouvrit d'un mouvement rapide du poignet. Un rayon de soleil projeta un éclat sur la lame tranchante et Max s'empressa de faire un pas en arrière.

En voyant sa tête, l'homme émit une autre cascade de rires qui se termina par une quinte de toux.

— Du… cal…me, mon gars. — Sans cesser de tousser, il montra avec son couteau un tas de pierres pas loin. Max interpréta ce geste comme un ordre pour qu'il s'assoie, et il obéit sans rechigner.

Le vieux fouilla dans son sac qu'il portait en bandoulière et sortit une petite outre de vin et une moitié de *longaniza*. Il coupa des tranches épaisses comme des phalanges qu'il déposa sur un mouchoir immaculé et, avec un autre geste impatient du couteau, lui indiqua de se servir.

— L'est du dernier abattage. La Dora et moi, on fait la meilleure *longaniza* d'la province.

Surpris, Max se rendit compte que cette brève rencontre avec la mort avait réveillé son appétit, et le reste de la *longaniza* et une grande partie du vin, âpre et un peu chaud, furent expédiés entre les deux en un clin d'œil.

— La p'tiote a dit que l'*tauré* est mort d'vieillesse, mais j'ai toujours suspecté aut'chose. — Il baissa un peu la voix et ajouta sur un ton qu'il prétendait être confidentiel : j'ai *ben* des ennemis dans l'village, vous savez ?

Max, qui se sentait nettement mieux après ce petit en-cas, dit ce qu'il pensa qu'il attendait de lui.

— J'en suis désolé pour vous.

Le vieux haussa les épaules, l'air absent.

— Final'ment, on saura jamais si la p'tiote avait raison ou pas.

— Quelle p'tiote ?

Mais, apparemment, l'homme devait penser qu'il avait suffisamment causé avec lui pour aujourd'hui parce que, sans dire un mot de plus, il nettoya la lame de son couteau avec son mouchoir et le rangea dans son sac. Puis il plia soigneusement ledit mouchoir, le rangea également dans son sac près de l'outre de vin et se leva.

— Vous saurez r'venir, s'pas ?

— Je crois.

— *Ben, boujou.* Qu'le Seigneur vous accompagne !

Max le vit se perdre dans la colline, en contrebas et, encore déconcerté par cette rencontre surréaliste, décida de rentrer chez lui.

Cela faisait presque une semaine qu'il était arrivé à Santa Olaria et il commençait à penser que son ami Alan avait eu raison quand il lui avait dit qu'il le regretterait. La maison était à peine habitable ; il n'y avait pas le chauffage central et, même si l'automne venait à peine de commencer, les courants d'air s'en donnaient à cœur joie dans la grande bâtisse ; spécialement dans la pièce qui avait été la chambre de sa grand-mère, et qui était celle qu'il avait choisi d'occuper, où ni le feu de la cheminée, ni la pile de couvertures sous laquelle il s'enfouissait toutes les nuits ne réussissaient à garder le froid à distance.

D'un autre côté, l'isolement qui l'avait tant attiré quand il l'imaginait depuis son confortable appartement de New York n'avait aucun effet bénéfique sur son inspiration. À l'allure où il allait, se dit-il, son *opera prima*, pour lequel il avait pris six mois sabbatiques, allait être un réel fiasco. Cependant, il n'était pas prêt à se rendre ; Maximiliano de la Torre était trop orgueilleux pour faire que l'on se moque de lui et il savait surtout que s'il revenait maintenant, la queue entre les jambes, il allait être la risée de tout Manhattan.

Il marchait, tellement concentré dans ses pensées, qu'il laissa passer le détour qu'ils avaient pris à l'aller et il ne s'en rendit compte que lorsque, soudain, il leva les yeux du chemin et comprit que le jardin qui se trouvait devant lui ne lui disait rien.

— Putain ! jura-t-il à voix haute. — Il était sur le point de revenir sur ses pas, quand il lui sembla distinguer entre le gazouillis des oiseaux et le bruissement des cimes des arbres bercées par le vent ce qui lui sembla être un appel au secours.

— Holà ! Il y a quelqu'un ici ?!

— Ici !

La voix provenait d'un ensemble de pommiers qui poussaient à une centaine de mètres. Pendant quelques secondes, Max réprima son envie de faire demi-tour et faire comme s'il n'avait rien entendu, mais finalement il surmonta cette tentation et, avec un soupir de résignation, s'enfonça dans la boue.

Peu après, le panier rempli de pommes à côté d'un tronc et des petits pieds nus pleins de boue qui s'agitaient en l'air lui confirmèrent qu'il avait trouvé le bon pommier. Il rejeta la tête en arrière et, parmi les branches chargées de fruits rouges, il découvrit un visage congestionné, encadré par un enchevêtrement de boucles blondes, dans lequel se détachaient deux très grands yeux bruns.

— Merci à Dieu que vous ayez bien fait de passer par ici !

Max retint son avis. Il sautait aux yeux que cette jeunette, qui pendait à l'arbre comme une pomme de plus, espérait qu'il la sauverait. Il ne savait pas en quoi consisterait ce sauvetage, mais cela n'excluait pas qu'il allait devoir grimper et il avait déjà gâché ses chaussures en daim favorites ; ça ne lui disait rien que son pantalon suive le même chemin.

— Que s'est-il passé ?

— J'étais en train de cueillir des pommes, expliqua-t-elle à l'évidence, et juste au moment où il y en avait une particulièrement appétissante que je n'arrivais pas bien à attraper, je me suis mise sur la pointe des pieds et j'ai glissé et puis… Je crois que je suis accrochée à une des branches, mais j'ai eu de la chance.

Un sourire flanqué d'une paire de sympathiques fossettes accompagna son affirmation. Max se dit que c'était une jeune demoiselle bien optimiste ; ça ne lui serait pas arrivé de considérer une semblable situation comme une chance… Les sourcils froncés, il étudia la branche sur laquelle, effectivement, une des bretelles du vieux jean qu'elle portait était accrochée.

— Je crois que je suis incapable de grimper jusque-là, aussi tentons une chose : appuie les… — il hésita quelques secondes en regardant les pieds tachés de boue — appuie les pieds sur mes épaules. Pendant que je te tiens, défais le bouton de la bretelle. Prête ?

— Prête.

Il essaya de la saisir par les pieds, mais elle n'arrêtait pas de les bouger.

— Tu peux rester tranquille ? demanda-t-il, exaspéré.

— Pardon, dit-elle en émettant un petit rire qui, d'après son sauveteur, n'était pas très approprié, c'est que ça me chatouille un peu.

Enfin, Max réussit à les attraper et en plaça un sur chacune de ses épaules.

— Maintenant, redresse-toi, s'il te plaît.

Heureusement, la jeune était agile. Les mollets fins serraient sa tête avec force et il ressentit un poids plus lourd sur ses épaules. Il regarda les pieds tachés de boue de chaque côté de son visage et regretta d'avoir mis le matin même son pull favori.

— Je l'ai déboutonné ! — Elle était debout sur ses épaules, accrochée à la branche qui la retenait. Maintenant venait le plus dur.

— Bien, lâche-toi et penche-toi doucement. N'aie pas peur, je te tiens bien.

— OK, j'y vais !

Et, bien que ce fût le cas, elle fit le « penche-toi doucement » n'importe comment et, en se voyant en équilibre précaire à une distance considérable du sol, elle poussa un cri, se mit à genoux et attrapa ce qu'elle avait sous la main, à savoir les cheveux de Max.

— Aïe !

— Pardon ! Je suis absolument désolée ! — Mais elle ne relâcha pas pour autant sa prise d'un millième de millimètre.

Les yeux larmoyants causés par la douleur, Max la saisit par la ceinture.

— Je te tiens, lâche-moi ! — Il nota qu'elle hésitait quelques secondes, mais, heureusement, elle finit par obéir. Max la souleva d'un bras de fer tout en remerciant les dieux que la fille ne pesait pas une tonne et la déposa sur le sol.

Une fois que ses pieds eurent touché la terre ferme, elle se retourna et le regarda. Un sourire resplendissant de remerciement flanqué des jolies fossettes illuminait son visage.

— Je suis désolée de vous avoir tiré les cheveux, mais c'est que vous étiez si grand et je me voyais si loin du sol, que j'ai eu peur. Quelle chance que vous soyez passé à un moment aussi opportun ! répéta-t-elle sans cesser de sourire.

Max frotta son douloureux cuir chevelu, en se demandant, une fois de plus, si le fait d'avoir été sur le point de perdre plusieurs mèches de cheveux si violemment pouvait être considéré comme une chance. Avec résignation, il secoua la boue de son pull en cachemire sans cesser de la regarder. La jeune en détresse n'était pas aussi jeune qu'il l'avait pensé au départ ; elle devait avoir vingt-cinq ou vingt-six ans, mais avec son jean de cow-boy, ses pieds nus et ses boucles en bataille, elle avait tout l'air d'une adolescente.

— Je suis Hada, dit-elle en lui tendant une main pas trop propre.

Max hésita un millième de seconde avant de la lui serrer fermement.

— Je suis Max.

— Max de Maximino, comme votre grand-mère ?

D'un côté, il était logique qu'elle sache en retour qui il était ; cependant, Max n'arrivait pas à s'habituer au manque d'anonymat des villages.

— Non ! dit-il avec dénégation. Max de Maximiliano. Et tutoie-moi, s'il te plaît.

Elle acquiesça, l'air approbateur.

— Ça te va beaucoup mieux. Maximiliano est un nom d'empereur et tu as l'air habitué à donner des ordres. — Et dans une association d'idées un peu tirée par les cheveux, elle ajouta : Robespierre s'appelait aussi Maximilien, tu sais ?

— Tu m'en diras tant. — Max haussa ses sourcils noirs, l'air manifestement peu intéressé.

Hada hocha la tête en souriant ; elle ne paraissait absolument pas découragée par son évident manque d'enthousiasme.

— Oui. Tu vois, même si je n'ai pas fait une étude approfondie sur le sujet, j'ai une théorie : j'aime à penser que les noms des gens sont en consonance avec leur personnalité. Je peux t'imaginer sans problème en train de dire — Et elle récita d'une voix grave et pompeuse — : « Il y a des hommes utiles, mais personne n'est indispensable. Seul le peuple est immortel », juste avant d'ordonner que l'on coupe la tête de Louis XVI.

Ce commentaire lui parut plutôt impertinent pour quelqu'un qu'elle venait de connaître, si bien que Max décida de la remettre à sa place :

— D'après ça, tu dois être aussi Immaculée que ton nom l'indique, faisant allusion à Ada Mansogo.

Elle se mit à rire, sans être offensée le moins du monde.

— Je devrais, oui, mais par chance, je ne m'appelle pas Ada. Mon nom est Hada, avec un « H ».

Max fronça le nez.

— Hada ? Comme celles des contes ?

— Celles-là mêmes, approuva-t-elle, les lèvres froncées en une moue expressive. Ma mère était illustratrice de contes pour enfants et, depuis toute petite, j'ai dû répondre d'innombrables fois de façon négative aux questions : « Tu peux voler ? » ou « Tu as des pouvoirs magiques ? » avec la déception qui s'ensuivait de mes compagnons de classe.

Max l'examina attentivement ; en vérité, sa petite taille, les boucles blondes et les grands yeux bruns lui donnaient un curieux air féerique. Il ne savait pas encore si cette Hada lui plaisait ou non. La plupart des femmes qu'il fréquentait étaient beaucoup plus sophistiquées. Norma, par exemple, se serait coupé les veines avec son coupe-papier incrusté d'ivoire plutôt que de se promener avec ce jean boueux, les pieds nus, sans ongles vernis. De plus, sa nouvelle connaissance parlait à tort et à travers et ne paraissait pas du tout gênée par sa présence, chose étrange étant donné que, dans ce lieu, des inconnus ne devaient précisément pas abonder.

— Bien. Je dois rentrer. J'espère ne pas me tromper de chemin de nouveau et ne pas avoir à sauver d'autres demoiselles en détresse. Après ça, j'imagine que tu auras appris la leçon : tu n'as plus l'âge de grimper dans les arbres, dit-il avec sévérité.

Elle haussa les épaules ; il était évident qu'elle ne pensait pas faire grand cas de ses sages conseils.

— Il faut bien quelqu'un pour ramasser les pommes. — Elle se baissa pour prendre le panier rempli, mais Max, sans dire un mot, le lui ôta des mains, le saisit par la poignée et se mit à marcher.

Elle le regarda avec reconnaissance tout en se mettant à marcher à côté de lui, adaptant ses pas aux longues enjambées masculines.

— Tu sais, Max ? Je crois que je n'ai jamais vu d'homme vêtu de façon si élégante pour faire une promenade dans la campagne. En fait, remarqua-t-elle en montrant ses chaussures avec un doigt, je crains qu'elles aient besoin de plus qu'un bon brossage pour retrouver leur apparence d'origine.

— Je me sens flatté — l'ironie de sa voix était indubitable —, mais je ne me promenais pas. À vrai dire, c'est que j'ai plus ou moins été séquestré dans ma propre maison par un grand-père de quatre-vingt-trois ans, au regard de travers, tenant un bâton menaçant.

— Primitivo ? — Allons, se dit Max surpris, finalement, la théorie fantaisiste de son interlocutrice que les noms des gens avaient beaucoup à voir avec la personnalité de chacun devait être vraie. Il était vrai que le vieux au bâton et au béret était l'un des êtres les plus primitifs qu'il eût rencontrés dans sa vie. Il la vit froncer les sourcils. — Comme c'est bizarre, il n'a pas l'habitude de se montrer très aimable avec les inconnus. Et que voulait-il ?

— Non, personne ne pourrait l'accuser de se montrer « très aimable ». — Max se souvenait trop bien de l'effet intimidant de la pointe du bâton s'enfonçant dans ses côtes. Il voulait que je lui dise de quoi était mort son *tauré* et il a été très déçu quand il a découvert que je n'y connaissais rien concernant les morts.

— Ah, je sais d'où ça vient, affirma-t-elle, comme si ce qu'il venait de lui raconter était la chose la plus normale du monde.

Max se tourna pour la regarder, les sourcils froncés.

— Tu le sais ?

— Il cherchait l'avis professionnel d'un expert en autopsies ; mais même si Primitivo s'obstine à inventer une théorie de conspiration, il est plus clair que de l'eau de roche que le taureau est mort de vieillesse.

Fatigué d'être celui qui ne comprenait rien, Max ignora la deuxième partie de son commentaire.

— Et pourquoi diable pensait-il que j'étais un expert en autopsies ?

Cette fois, ce fut à son tour à elle de le regarder sans comprendre.

— Eh bien, pourquoi ? Parce que tu es médecin légiste, bien sûr.

— Médecin légiste ! répéta Max et, soudain, il commença à comprendre certains des événements étranges de ces derniers jours. Je crois que je viens de trouver l'explication de ce qui, jusqu'à présent, avait été une série de mystères non résolus : un, les allusions continuelles de ma nouvelle domestique à des assassinats plus ou moins sanglants et deux, l'apparition hier matin d'une paire de pigeons morts à l'entrée de la maison, comme une offrande à un dieu sanguinaire.

Hada haussa les épaules en souriant.

— Cela ne me semble pas des mystères si insolubles ; Marta adore les films de flics et de tueurs en série, quant aux pigeons, j'imagine que c'est une attention de Maria pour que tu ne t'ennuies pas pendant ton séjour ici.

Max fit une moue.

— Non, c'est vrai que je ne risque pas de m'ennuyer, même si j'ai peur que vous soyez victimes d'une erreur.

— Tu n'es pas médecin légiste ?

— Non, non, je ne suis pas médecin légiste. Tout au moins le genre de légiste que vous aviez tous à l'esprit.

— Ah oui ! Ça aurait été si intéressant… — Il ne savait pas pourquoi, mais son évidente déception le gêna. Alors qu'est-ce que tu es, si je peux savoir ?

Max serra les lèvres, dégoûté ; il était certain que Norma ne se serait jamais montrée aussi directe et aussi impertinente. Cependant, malgré lui, il se vit obligé de répondre à sa question.

— Je suis expert légiste en musicologie.

— Légiste en musicologie ? Je n'ai jamais entendu ça de ma vie. — Elle secoua la tête et ses boucles blondes s'agitèrent autour de son visage comme si elles menaient leur propre vie. Les iris bruns se mirent à briller, pleins d'intérêt, et Max pensa qu'il n'avait jamais vu des yeux aussi capables d'exprimer les différents états d'âme de sa propriétaire. Et en quoi ça consiste ?

— Je m'occupe d'analyser la mélodie, l'harmonie, le rythme et l'orchestration d'une œuvre déterminée en matière de droits de propriété intellectuelle.

— Ainsi, c'est toi qui décides si une chanson est le plagiat d'une autre ?

— Eh bien, c'est le juge qui décide, je présente seulement un rapport.

— Et c'est très compliqué ? Tu as eu un cas important ces derniers temps ? Qu'y a-t-il de plus difficile à analyser dans une chanson ? — Elle continua à poser des questions sans lui laisser le temps de souffler, mais cette fois, Max apprécia cette vive curiosité qu'elle ne tentait absolument pas de dissimuler.

— Tu connais Maverick et Logan ? demanda-t-il à son tour quand elle s'arrêta pour reprendre sa respiration.

Hada porta ses deux mains à sa bouche, d'un geste d'incrédulité.

— Non ! C'est toi qui as condamné Susan Logan à payer des millions de dollars à John Maverick pour *Wintersong* ?

Il fut surpris qu'elle soit si bien informée.

— Moi non. Le juge.

— Tu dois être très important pour qu'on t'appelle pour des cas si célèbres. — Max haussa les épaules avec fausse modestie, amusé par son enthousiasme. Il devait reconnaître que l'admiration qu'il lut dans les yeux candides marron était gratifiante. — Je crois que tu es la chose la plus excitante qui soit arrivée dans ce village depuis qu'un éclair a coupé l'église en deux.

Soudain, Max se rendit compte de quelque chose qui, jusqu'alors, ne lui était pas passé par la tête.

— Tu vis dans le village ? demanda-t-il, surpris.

— Oui.

— Tout le temps ? — À présent, c'était à son tour d'être incrédule.

— Oui, bien sûr.

— Ça fait une semaine que je suis ici et je pensais que l'on m'avait présenté quasiment tous les habitants de Santa Olaria ; moins d'une douzaine au total, si mes calculs sont corrects.

— Une douzaine exactement si nous comptons Don Servando, notre curé itinérant. J'ai été très occupée avec mon travail dernièrement, c'est pour cela que je ne t'avais pas vu ; j'ai dû me contenter d'informations de seconde main. — Avant qu'il ait eu le temps de demander de quel genre d'informations elle voulait dire, Hada s'arrêta à une bifurcation du chemin et montra le sentier à droite, qui se poursuivait sous une imposante sabine de près de vingt mètres de haut. — Regarde, tu pourras *aveindre tcheu tè*. — Voyant que Max la regardait sans comprendre, elle expliqua : Prendre un raccourci. Continue tout droit sur ce chemin et, en rien de temps, tu seras chez toi. Moi, je vais par là.

Elle prit le panier des mains de Max et, soudain, elle fut prise d'une crise de fou rire qui l'obligea à le reposer sur le sol.

— Je suis… je comprends…, balbutia-t-elle quand elle put reparler, en même temps qu'elle essuyait ses larmes avec l'une de ses mains souillées de terre qui laissa aussitôt sur ses joues des traînées noirâtres, au sujet du *tauré* et des… pigeons morts… et je suis en train… en train d'imaginer ta tête ! — Elle fut prise de nouveau d'une attaque de fou rire incontrôlé et Max serra les lèvres, impatient.

— Oui, moi aussi, j'écrirai sûrement un jour un roman sur ce sujet.

— Tu sais… ? — Hada fit un visible effort pour recouvrer son sérieux. En réalité, je suis heureuse que l'on t'ait séquestré et qu'ensuite tu te sois perdu, sinon, je serais encore suspendue au pommier. Tiens, prends ça.

Max obéit instinctivement et saisit un bout de son propre pull pendant qu'elle remplissait de pommes le sac improvisé.

— Demande à Marta de te préparer une tarte avec, elle les fait à merveille. À bientôt et merci encore.

Elle s'éloigna à toute vitesse, sans cesser d'agiter sa main libre en l'air, et Max la suivit du regard jusqu'à ce que le jean usé et les boucles dorées étincelantes disparaissent dans un virage.

3

— C’est comme ça que tu as finalement fait connaissance du petit-fils de la Maxi.

Sa grand-mère lui servit deux louches de soupe et les narines de Hada se dilatèrent de plaisir en respirant le délicieux parfum qu’elle dégageait ; elle avait faim.

— Je t’ai déjà raconté que s’il n’avait pas été là, je serais encore suspendue dans le pommier. En vérité, je lui suis très reconnaissante.

Dora porta la cuillère à sa bouche et la regarda du coin de l’œil.

— Il est beau, non ?

— Très, dit sa petite-fille sur un ton indifférent sans cesser de manger avec appétit.

Incapable de réprimer sa curiosité une minute de plus, Dora posa la question qui tournait dans sa tête depuis que sa petite-fille lui avait raconté les aventures de l’après-midi :

— Tu l’apprécies, pas vrai ?

Hada leva enfin les yeux de l’assiette et lui lança un regard malicieux.

— Très, répéta-t-elle.

— Et toi, tu crois qu'il t'apprécie ? — Bien qu'elle essayât de le dissimuler, l'on notait une certaine anxiété dans son ton.

— Hum… — Sa petite-fille fit semblant de considérer la question un bon moment. Étant donné que, par ma faute, il est plus que probable que j'ai esquinté des chaussures apparemment très chères et comme il ne faisait que regarder mes pieds nus et mon jean, avec une horreur qu'il essayait de cacher… j'ai bien peur que non, dit-elle, le visage attristé. Je suis presque sûre que je ne lui plais pas du tout.

— Ne plaisante pas. — Sa grand-mère mit de côté les assiettes sales et apporta le plat suivant sans cesser de secouer la tête, l'air désapprobateur. Marta et moi en avons parlé et…

Hada se boucha les oreilles avec les mains.

— Non, non, je ne veux rien entendre !

— Arrête de te moquer, ma petite, gronda sa grand-mère, exaspérée. Tu sais que, enfermée dans ce village, tu ne rencontreras aucun prétendant. L'arrivée du petit-fils de la Maxi a été presque miraculeuse, je crois que La Pilarica aimerait te dire quelque chose et tu prends ça comme une plaisanterie.

— J'imagine que la Vierge aura des choses plus importantes à faire que celles de s'occuper de trouver un petit ami à une fille du village, dit Hada avec la même bonne humeur. — Puis elle joignit les paumes de ses mains devant sa poitrine d'un geste de supplication. Puis-je répéter ?

Dora soupira et la servit un peu plus.

— C'est un sujet qui me préoccupe, Hada. Quand je mourrai…

Sa petite-fille s'empressa de l'interrompre :

— Tu ne mourras jamais, Aba, tu es éternelle comme les neiges de l'Aneto.

— Tu sais que ce n'est pas vrai et quel avenir t'attend ici, entourée de vieux ? Tu vas gâcher les meilleures années de ta vie.

Remarquant que la voix de sa grand-mère se brisait, Hada se leva, lui passa un bras autour des épaules et appuya sa joue contre la chevelure blanche.

— Tu n'as pas à t'en faire pour moi, Aba. Je ne renonce à rien. Ce village m'enchante, je ne pourrais pas vivre ailleurs. Toi, Marta et Maria, Primitivo et Orosia, Amable et Sandalia et, bien sûr, Don Servando, vous êtes ma famille ; vous l'avez été depuis que nous sommes venues ici quand je n'étais rien d'autre qu'un têtard de quatre ans, et je ne pourrais désirer une meilleure famille.

— Mais je veux que tu aies des enfants, je veux…

— Nous avons déjà parlé de ça de nombreuses fois, Aba, dit Hada doucement. Tu sais que c'est impossible.

— Je sais, je sais et cela me fend le cœur à chaque fois que j'y pense. — Dora appliqua ses doigts contre sa bouche et ferma les yeux.

— Shh… — Sa petite-fille l'enlaça plus fortement.

Un moment après, Dora se reprit, redressa le dos et essuya ses joues humides du dos de la main.

— Bien, je ferais mieux d'arrêter de pleurnicher comme une idiote, alors que j'ai encore la table à débarrasser, dit-elle avec une rudesse feinte.

— Viens, je vais t'aider.

Et toutes les deux finirent de desservir en silence.

Hada sortit la sacoche et la glacière du *pick-up* et, avec une chose dans chaque main, ferma la porte d'un coup de pied. Elle avait dû rouler jusqu'à Alfambra, à une soixantaine de kilomètres. Elle était de retour pour vacciner tout le bétail d'une exploitation, et elle rêvait depuis des heures d'un bain chaud.

— Pourvu que non, se dit-elle en voyant que la porte de l'étable, où elles avaient enfermé Blanquita jusqu'à ce qu'elle accouche, était entrouverte.

Elle poussa la porte de la maison avec son derrière et laissa la sacoche et la glacière sur le carrelage.

— Aba, Blanquita s'est échappée, je vais la chercher ! cria-t-elle et elle repartit sans attendre de réponse.

Par chance, elle avait une idée assez précise de l'endroit où elle pourrait trouver la maudite chèvre. Cette fois, elle n'avait pas besoin de sauter le mur pour se faufiler dans le jardin qui entourait la grande maison en pierre. La grille rouillée en fer forgé était cassée et elle n'eut qu'à la pousser un peu comme apparemment l'avait fait Blanquita, qu'elle découvrit tout de suite, en train de dévorer les fleurs flétries d'un massif d'hortensias, juste à côté d'une toute nouvelle Range Rover verte.

— Arrête de manger ces fleurs immédiatement, méchante chèvre, la réprimanda-t-elle sévèrement dès qu'elle arriva près d'elle.

L'animal, indifférent à sa présence, ne daigna même pas la regarder. Hada sortit la corde qu'elle avait amenée et la lui passa autour du cou. Elle s'apprêtait à rentrer chez elle, en traînant la fugitive, quand le son d'un piano la fit s'arrêter net.

Hypnotisée par la beauté de la musique, Hada attacha l'animal loin d'un quelconque objet susceptible de se transformer en aliment, entra dans la maison et se dirigea vers l'endroit d'où provenait le son. Elle aimait la musique sous toutes ses formes et dans tous ses styles, alors qu'elle n'avait jamais été capable d'entonner la chanson la plus simple.

L'énorme vestibule où elle n'était pas entrée depuis des années la reçut avec une bouffée d'air frais, qu'elle ne remarqua même pas. Elle continua à avancer vers le salon et s'arrêta sur le seuil, fascinée. La pièce, libérée des chats qui, autrefois, grimpaient partout, était beaucoup plus vide que dans son souvenir ; l'énorme console style « regrets », remplie de figurines en porcelaine et de pots en céramique, avait disparu pour laisser place à un piano.

Hada regarda l'homme qui jouait, complètement étranger à sa présence. Une mèche de cheveux foncés avait glissé sur son front et il avait les yeux fermés. Les touches s'enfonçaient et se relevaient à une vitesse vertigineuse sous la douce caresse de ses doigts longs et bronzés. Elle ne reconnut pas le morceau qu'il jouait, mais devina que c'était quelque chose de Bach, son compositeur préféré.

Max n'avait pas encore allumé les lampes et, par les fenêtres, se glissaient les dernières lueurs du crépuscule. La pénombre engageante donnait à la scène un air romantique digne d'un film de Visconti. Hada ne sut jamais combien de temps elle était restée là à écouter et observer le petit-fils de la femme avec qui elle avait partagé tant d'après-midi de son enfance, cette même femme qui, elle le savait bien, aurait tout donné pour l'entendre jouer au moins une fois dans sa vie. Enfin, la musique s'arrêta, et le profond silence qui s'ensuivit fut interrompu quelques secondes après par le bruit des applaudissements qu'elle fut incapable de contenir.

Max ouvrit les yeux et se tourna vers elle, les sourcils froncés.

— Que fais-tu ici ? Comment es-tu entrée ?

— Par la porte, bien sûr. — Elle haussa les épaules, légèrement honteuse.

— Bien sûr, l'imita-t-il sèchement. Cette manie qu'il y a ici de laisser la porte grande ouverte.

— Dans la plupart des maisons d'ici, hormis des saucisses ou un pot de confiture, il n'y a pas grand-chose à voler. Excuse-moi, je m'en vais, c'est juste que ça a été si… — Hada fit un geste expressif des mains, qui évoqua clairement l'éblouissement qu'elle avait ressenti en l'entendant jouer.

— Tu aimes la musique ?

La question la surprit ; vu la froideur de son attitude, elle s'était plutôt attendue à ce qu'il la flanque à la porte.

— J'adore. — Et même si elle savait qu'elle aurait dû en profiter pour lui dire au revoir et cesser d'envahir son intimité, elle ne put s'empêcher de lui demander : Tu donnes des concerts à tout le monde comme ton père ? D'après Marta, tu passes tes journées à « taper sur le piano », aussi, je n'aurais jamais imaginé que tu jouais aussi bien.

— Je vois que ma vie n'a aucun secret pour les habitants de Santa Olaria de la Mata.

Hada n'essaya pas de le contredire.

— Que veux-tu que je te dise, tu es un sujet intéressant.

— Oui, je sais que je suis la chose la plus intéressante qui est passée par ici depuis qu'un éclair a coupé l'église en deux.

Max se leva de la banquette et s'approcha d'elle lentement — il savait que quand il le voulait, il pouvait être intimidant — et il fut surpris quand Hada rejeta la tête en arrière et le regarda sans aucune crainte.

— Je sais que je ne suis pas trop grande, mais à côté de toi, je me sens minuscule, avoua-t-elle.

— Tu es minuscule.

Hada fit une grimace.

— Tu n'es pas très gentil, à vrai dire.

Comprenant que pour Hada, sa taille était un sujet épineux, Max décida qu'il était préférable de changer de sujet :

— En réponse à ta question, je te dirai que non, je ne donne pas de concerts comme mon père. J'ai su tout de suite que je ne serais jamais un excellent interprète comme lui, si bien que j'ai décidé d'orienter ma carrière vers d'autres pistes.

Son interlocutrice fit un geste d'incrédulité.

— Je ne sais pas si tu es excellent ou pas, mais je t'assure que tu m'as donné la chair de poule en t'entendant jouer.

Max pencha la tête d'un geste légèrement sarcastique.

— Je me sens flatté ; cette opinion venant d'une experte...

Hada remarqua qu'il se repliait derrière son habituel mur de froideur et elle décida qu'il était temps pour elle de s'en aller.

— Bon, je dois y aller, j'ai laissé Blanquita attachée là-bas dehors et comme je ne me presse pas, elle est capable de manger sa corde et de s'enfuir à nouveau et, à vrai dire, je suis trop fatiguée pour lui courir après.

Max haussa l'un de ses sombres sourcils.

— Blanquita ?

— C'est l'une de nos chèvres, expliqua Hada en souriant, tout en se dirigeant vers la porte. Quand elle est enceinte, elle aime mordre ses congénères, si bien que je la garde enfermée dans l'étable de la maison ; mais dès qu'elle le peut, elle s'échappe.

Max l'accompagna dehors et l'observa pendant qu'elle défaisait le nœud qui attachait la chèvre à la grille de l'une des fenêtres.

— Je vois qu'elle s'est gavée avec mes hortensias, dit-il d'un ton inexpressif.

Elle le regarda sans très bien savoir s'il était fâché ou non.

— Je suis désolée. Blanquita est un danger ; elle mange la première chose qu'elle trouve et elle a une préférence pour les arbustes de ce jardin.

— J'espère que ça ne va pas devenir une habitude.

Le sourire disparut des lèvres de Hada.

— Bien sûr que non. Ne t'en fais pas, je vais faire attention. Au revoir. Allons, Blanquita !

Hada tira de toutes ses forces sur la chèvre, qui faisait sa difficile, et l'obligea à la suivre.

Max rentra de nouveau chez lui et ferma la porte ; cette fois, il n'oublia pas de la fermer à clé. Il retourna au salon, alluma les lumières et alla s'asseoir de nouveau au piano. Il ne savait pas pourquoi il avait été si désagréable avec sa visiteuse inattendue ; en général, il était fier de sa capacité à conserver une attitude polie face à toute éventualité, mais il y avait quelque chose chez cette étrange jeune fille qui le mettait sur la défensive.

Lorsqu'il avait ouvert les yeux et l'avait vue, figée là, en train d'applaudir avec enthousiasme et de le regarder avec ses yeux noisette qui étaient incapables de dissimuler jusqu'à quel point elle avait apprécié son interprétation, il avait senti… — comme toujours quand il était concentré, son doigt, comme échappant à sa volonté, joua quelques accords. Ré-fa-la. Il ne savait pas ce qu'il avait ressenti, mais une curieuse sensation de… malaise (?) l'avait envahi. Do-ré-mi.

Sans s'en rendre compte, il commença à jouer et, soudain, l'inspiration qui l'avait quitté depuis qu'il était arrivé à Santa Olaria, arriva en trombe. Frénétiquement, il commença à noter sur les portées les notes qui maintenant jaillissaient de ses doigts presque sans effort et, quand il émergea, il était déjà plus de deux heures du matin et il en avait oublié de dîner.

Le lendemain matin, il se leva tard, avec une sensation de bien-être qu'il n'avait pas ressentie depuis bien longtemps. Il prit une longue douche sans arrêter de siffloter et, pour une fois, il ne râla pas contre le faible débit de l'eau chaude. Il descendit dans la salle à manger et, pour une fois encore, il ne remarqua pas le froid qu'il faisait toujours dans cette pièce.

— Eh bien alors ? Aujourd'hui, vous ne vous plaignez pas que le froid vous a empêché de dormir, hein ? fit, en guise de salut, Marta qui venait d'entrer dans la salle à manger en portant un gigantesque plateau plein de choses délicieuses, où trônait une cafetière fumante. Il y a des tas de feuilles par terre, près du piano. Vous n'avez pas arrêté de travailler, hein ? Le père de la Rufina travaillait aussi *un rien* et un infarctus l'a laissé sec *avaunt d'aver* quarante-cinq ans.

À cette occasion, même la curiosité évidente de sa nouvelle domestique avec ses histoires à dormir debout ne l'impatienta pas non plus.

— En effet, j'ai travaillé tard. — Max prit une des épaisses tranches de pain fraîchement cuit, la tartina avec beaucoup de beurre et de confiture et mordit dedans. Mmmm !

En voyant qu'il fermait les yeux avec un plaisir évident, Marta commenta avec satisfaction :

— C'est de la figue. C'est une recette de famille. Cette année, on va la présenter au concours de confitures. L'année *d'avaunt*, on était finalistes avec la recette de mûres.

— Délicieuse ! — Max beurra une autre tartine. Et le beurre est aussi un délice.

— C'est la femme de l'Amable, la Sandalia, qui l'a fait. Non pas que je la considère comme une sainte, parce que, on va pas se leurrer, mais, bien qu'il y ait des rumeurs comme quoi elle aurait tué la mère invalide en ajoutant de la poudre de l'Orosia dans la meringue qu'elle avait préparée au moment où on avait fêté le centenaire — elle s'interrompit quelques secondes pour reprendre son souffle et poursuivit d'une traite —, elle traite son homme à coups de pied et la maison est pas toujours aussi propre qu'elle devrait, mais faut reconnaître qu'elle a une bonne main pour ces choses. Son beurre et quelques autres fromages ont été récompensés à la foire.

Marta essuya avec son tablier une poussière inexistante sur le dossier lourdement sculpté d'une des chaises en pin massif ; il était largement évident qu'elle mourait d'envie de s'épancher sur des ragots matinaux, et Max était prêt à temporiser en échange de quelques informations.

— Vous avez vu les hortensias ce matin ?

La question la prit par surprise.

— Les hortensias ? — Elle laissa tomber son tablier et s'approcha de la fenêtre. *Boudiou* ! Alors qu'hier, ils étaient bien. Me dites pas que c'est un coup de la Blanquita ?

— J'ai bien peur que oui. — Max secoua gravement la tête.

— Voyez ce que j'ai dit à la p'tiote. — La domestique claqua sa langue plusieurs fois. Dès que j'ai vu son œil plein de mauvaiseté, je lui ai dit : « Blanquita ou pas, cette chèvre, tu devrais l'appeler Cabrona ». Mais non, coûte que coûte, elle a décidé de l'appeler comme la chèvre de cette Heidi.

— La p'tiote ? Vous voulez dire la fille qui est venue la chercher ? — Ils arrivaient enfin là où Max le voulait.

— Hada, la petite-fille de la Dora. Avec des bouclettes et haute comme ça, pas vrai ? — Elle porta une main à ses sourcils.

— Plus ou moins. Je me suis dit qu'elle vivait ici.

— Bien sûr, avec sa grand-mère. Où est-ce qu'elle irait vivre sinon ?

— Mais il n'y a personne de son âge dans ce village. Elle doit un peu… — il essaya de s'exprimer avec tact — un peu s'ennuyer.

— S'ennuyer ? — Marta le regarda, indignée. Avec nous autres, le Primitivo, la Sandalia et son homme, l'Orosia et, pour couronner le tout, l'an passé sont venus le Costel et la Ionela qui ont à peine quelles années de plus qu'elle. Et puis, il y a le bébé, Sandu, plus méchant que Barrabas, si je vous racontais ce qu'il a fait… À Santa Olaria de la Mata, on s'ennuie pas, non, on s'ennuie pas.

Max se souvint du couple de Roumains qu'il avait croisé quelquefois et de leur fils, mais il ne lui semblait pas que leur présence était à même de beaucoup animer l'endroit. Cependant, en voyant l'air offensé de son employée de maison, il se rendit compte qu'il ne valait mieux pas poursuivre sur ce terrain.

— Quel est son travail ?

— Le Costel aide pour le bétail et les jardins des *vieux* d'ici et la Ionela nettoie l'école et une église à Albarracín le matin et en été, quand arrive la chaleur, elle ouvre une petite épicerie pour les vacanciers.

— Non, non, je parlais de Hada.

Soudain, Marta plissa les yeux, comme s'il lui semblait suspect ce soudain intérêt pour la p'tiote.

— Elle vaque çà et là, dit-elle vaguement. Bon, si le *Siñor* ne demande rien de plus, je vais continuer avec mes corvées, que j'en ai encore pour un moment.

Et sans attendre la réponse, elle sortit de la salle à manger, laissant sa curiosité insatisfaite.

— Non, le *Siñor* ne demande rien de plus, murmura Max avant de terminer une gorgée de café qui restait dans la tasse, et de se lever de table.

Il décida qu'il avait besoin d'une promenade pour faire passer le copieux petit déjeuner, si bien qu'il enfila son Barbour et sortit. Le jour était froid mais clair, et il marcha d'un bon pas sur l'une des routes qui sortaient du village, bien qu'à cette occasion, il prît la précaution de repérer plusieurs points de référence qui lui permettraient de retrouver plus tard le chemin du retour. Le sentier longeait la rivière et on pouvait déjà voir les couleurs flamboyantes de l'automne sur certains arbres. Max respira avec délice l'arôme piquant de la végétation, conscient qu'il devait en profiter pour remplir d'air pur ses poumons avant de retourner à Manhattan.

Une demi-heure plus tard, il arriva dans un champ où paissaient plusieurs vaches et quelques chèvres. Assis sur un rocher, le bâton en bois d'olivier entre les jambes et le béret enfoncé jusqu'aux sourcils, il découvrit son kidnappeur présumé en train de surveiller le bétail.

— Bonjour ! dit-il et il continua à marcher sans s'arrêter.

Le vieux souleva son bâton en guise de salut.

Il marcha une demi-heure de plus et en revenant, il vit que l'homme était toujours assis au même endroit. Max ne prêtait pas trop attention aux personnes qui ne signifiaient rien pour lui, mais soudain, il fut pris de curiosité, si bien qu'il s'approcha et essaya d'entamer la conversation.

— Les bestioles ne se sauvent pas ?

— Qué bestioles ? demanda l'autre sans le regarder.

— Pardon. Les animaux.

— Non, y s'sauvent pas.

Silence.

— Ça doit être dur de passer tant de temps à les surveiller, tenta-t-il de nouveau, sans savoir pourquoi il était gêné.

— Dur ? Pourquoi ?

— Le froid en hiver, la chaleur en été…

— *Pou'* l'froid, j'ai la veste, l'écharpe et les bottes, et *pou'* l'chaud, j'ai les *albarcas*.

— Je vois. — Max regarda les pieds sans chaussettes chaussés avec des espadrilles estivales et il frissonna. Au bout d'un moment, il rompit de nouveau le silence. Vous ne vous ennuyez pas alors ?

— M'ennuyer ?

Cette conversation était en voie de devenir l'une des plus difficiles qu'il ait eues dans sa vie, mais Max était un homme obstiné et il ne se rendait pas facilement.

— D'être assis ici, sans rien faire.

— J'suis pas là à *r'en* faire ; j'protège l'bétail. J'ai effrayé *eun* vipère et j'ai observé les geais. Je n'savais pas qu'y pouvaient imiter le son d'aut's'oiseaux ? Y sont de sacrés imposteurs. Maint'nant, j'surveille l'orfraie qui niche dans c'grand pin là-bas. — Il le pointa avec son bâton.

— Ah. — Max pensa à dire quelque chose de plus. Par hasard, vous ne savez pas où je pourrais trouver un ancien plan cadastral de la région ? J'ai quelques doutes sur certains bornages et j'aimerais les consulter.

— Hum. — Le vieux resta hésitant un bon moment et, alors que Max pensait qu'il l'avait déjà oublié, il ajouta : d'mandez où est la mairesse.

Max haussa les sourcils, surpris.

— Je ne savais pas qu'un village avec si peu d'habitants avait une mairesse.

— À Santa Olaria de la Mata, nous avons de tout, dit-il avec une fierté et un optimisme démesuré, de l'avis de son interlocuteur.

— C'est bizarre que je n'aie pas encore rencontré la mairesse.

— C'est jeudi aujourd'hui, non ?

— Oui. Jeudi 30.

— Ben, ce soir, vers les 8 h 30, allez à la maison qui s'trouve en face d'la fontaine du p'tit cochon. Elle sera là à faire d'la paperasse.

Au moins, cette laborieuse conversation avait porté ses fruits, se dit Max, satisfait, avant de prendre congé.

— Merci beaucoup pour l'information. Au revoir.

— Qu'Dieu vous garde !

Max passa le reste de la journée à travailler. Par bonheur, il avait mis une alarme, et le bruit strident de la sonnerie l'arracha brutalement à son monde de notes musicales et lui fit savoir qu'était arrivée l'heure d'aller voir la mairesse. Il remonta la fermeture éclair de son Barbour jusqu'au menton et accomplit les quelques mètres qui le séparaient de la place du village. Au centre, se trouvait la fontaine qu'avait citée le vieux, dont le tuyau en laiton déversait l'eau sans discontinuer. Il était passé plusieurs fois par là, mais il n'avait pas remarqué que la fontaine de grès était surmontée d'un singulier petit cochon grassouillet, pas plus qu'il n'avait repéré les lettres gravées dans la pierre et presque effacées par le passage du temps, juste en dessous de l'horloge qui se trouvait au sommet d'une maison un peu moins en ruine que les autres, où l'on lisait : « Hôtel de Ville ». Il allait actionner le lourd heurtoir en bronze, quand il eut l'idée de pousser la porte, et celle-ci s'ouvrit en grinçant.

— Bingo ! dit-il sans être surpris.

Il apparut dans le sombre couloir et ses pas résonnèrent sur les dalles de pierre. Il ne semblait y avoir personne.

— Hello !

— En haut ! cria une voix féminine.

Max s'éclaira avec son portable pour monter les marches usées. Un fin rayon de lumière sortait de dessous une des portes fermées à l'étage supérieur ; si bien qu'il s'approcha et frappa à la porte.

— Entrez.

Il entra dans la pièce et s'arrêta net, surpris.

— C'est toi, la mairesse ?

Hada leva les yeux des papiers qu'elle était en train de feuilleter et lui sourit, montrant ses sympathiques fossettes. La pièce était grande et meublée d'une demi-douzaine de bibliothèques qui allaient du sol au plafond, remplies jusqu'à ras bord de ce qui ressemblait à d'anciens dossiers.

— La même que tu as vue, et chaussée.

Elle portait un pull épais à col roulé vert avec des paillettes orange et des mitaines, et avait le bout de son petit nez rougi par le froid.

— Il n'y a pas de chauffage ici ?

Hada haussa les épaules.

— Le budget municipal ne donne pas dans le luxe.

— Tu es vraiment la mairesse ? — Max pensa qu'elle avait un air absurdement juvénile derrière l'énorme bureau en bois massif.

— Depuis que j'ai eu dix-huit ans. J'ai gagné toutes les élections, les unes après les autres, répondit-elle sans cesser de sourire.

— Vous organisez des élections et tout et tout !

— Je ne sais pas pourquoi tu parais si surpris. À la période électorale, nous sortons l'urne, on la nettoie bien et, après la messe, tous les habitants du village, nous allons voter avec nos meilleurs habits du dimanche. À Santa Olaria, nous ne manquons aucun rendez-vous électoral depuis que la démocratie est arrivée ; ici nous prenons le droit de vote très au sérieux.

— Et combien gagne la mairesse d'un village d'une douzaine d'habitants, si ce n'est pas indiscret ?

— Pas un centime. Nous, les maires des petits villages, nous le faisons pour l'amour de l'art. — Max la regarda, incrédule. Ne fais pas cette tête, quelqu'un doit faire le travail et ce n'est pas grand-chose. Un peu de paperasse quelques heures par semaine et parler de temps en temps avec ceux de la DGA (Députation Générale d'Aragon). Au fait, tu as besoin de quelque chose ? En quoi puis-je t'aider ?

Max mit ses mains dans les poches ; il ne comprenait pas comment elle pouvait travailler dans une telle glacière.

— Je voudrais consulter un plan cadastral de la région du début du XXe siècle ou approchant. Mon avocat dit qu'il ne voit pas clairement les limites de plusieurs des terres agricoles dont j'ai hérité de ma grand-mère.

Hada se leva immédiatement et se dirigea vers l'une des bibliothèques.

— Les plans sont par là… — Elle s'approcha un peu plus et lut les petites indications sur chaque étagère avant de passer à la suivante. Je crois que c'est ici, mais je n'arrive pas à voir ce qu'il y a sur l'étagère du haut.

Max vint à côté d'elle et lut à voix haute :

— Santa Olaria, plans cadastraux 1899-1930. Je crois que ça va nous servir. — Il sortit le dossier et la poussière qu'il souleva le fit éternuer.

— Pose-le là, dit Hada en même temps qu'elle dégageait des papiers de l'énorme bureau.

Max posa le dossier dessus, dénoua les liens qui le maintenaient fermé et feuilleta les plans ; certains étaient jaunâtres et l'encre était quasiment effacée. Finalement, il retira celui qui lui semblait le plus clair et l'étendit sur la table.

— Les terres qui m'intéressent sont Huerta Hermosa et El Arroyito. —Il se pencha sur le plan pour essayer de déchiffrer les lettres enchevêtrées et Hada l'imita. Elle était si près que l'une de ses boucles blondes lui chatouilla le nez et le parfum frais, aux touches d'agrumes, lui monta soudain à la tête.

— Je crois que celle-là est Huerta Hermosa. — Hada lui montra du doigt un point de la carte et Max s'obligea à se concentrer sur ce qu'ils étaient en train de faire.

— Tu as raison. — Il prit son mobile et fit quelques photos. Après plusieurs minutes, ils trouvèrent la propriété qui manquait et il répéta l'opération. Voilà, merci beaucoup pour ton aide.

— C'est pour ça que nous sommes les maires, pour aider les citoyens, dit-elle très sérieusement, même si ses yeux souriaient.

Max se dit qu'il devrait s'en aller et la laisser travailler, mais à vrai dire, à part les ragots que lui avait racontés son employée de maison au petit déjeuner et la conversation ardue qui avait suivi avec ce Primitivo, il n'avait parlé à personne de toute la journée et, soudain, il ressentait le besoin presque insupportable d'un peu de compagnie.

— Tu en as encore pour longtemps ? Si tu veux, je t'invite à dîner avec ce que Marta m'a laissé dans le frigo. — Il fut le premier surpris par l'invitation et remarqua que Hada le regardait aussi, quelque peu perplexe ; il est vrai qu'après l'accueil du soir précédent, cette proposition était bien la dernière chose à laquelle elle s'attendait. Si bien qu'il s'empressa d'ajouter : entre autres choses, je te dois des excuses. Je crains de ne pas avoir été… particulièrement sympathique hier.

Il la vit sourire une fois de plus, avec l'un de ces sourires qui, il ne savait pas pourquoi, le mettaient sur la défensive.

— Non, c'est vrai que tu n'as pas été… particulièrement sympathique, répéta-t-elle jusqu'à la légère pause qu'il avait faite.

— Alors, est-ce que tu vas me permettre de me racheter de mes mauvaises manières ?

Après avoir réfléchi un moment, Hada hocha la tête et ses boucles blondes tournoyèrent autour de sa tête.

— Ok. La vérité, c'est qu'il n'y a pas beaucoup de choses à faire à Santa Olaria un jeudi soir.

— Ouch ! — Max porta une main à son estomac comme s'il avait reçu un coup de poing. Même si je sais que je l'ai mérité, j'avoue que ça m'a fait mal.

Le geste et son commentaire la firent éclater de rire, ce qui fit vibrer un petit muscle près de la bouche sérieuse de Max.

— Ne t'en fais pas, j'attendrai le temps qu'il faudra et je te raccompagnerai chez ta grand-mère. Qui sait les dangers nocturnes qui te traquent dehors.

Elle se mit de nouveau à rire.

— Très bien, chevalier, bien que je doute fort que ces dangers dont vous parlez aillent au-delà de quelques glissades dans le noir, je serai ravie que vous m'escortiez.

Max fit une élégante révérence et se consacra à lire le dos des volumes qui encombraient les étagères en attendant qu'elle ait terminé.

Cela ne prit pas trop de temps et, quelques minutes plus tard, bien emmitouflés dans leurs manteaux, ils parcoururent les rues non éclairées. Max fit le geste d'allumer la lampe de son mobile, mais elle lui dit que ce n'était pas nécessaire, qu'elle passait sa vie à faire le même parcours, y compris lors de nuits encore plus sombres que celle-ci et, comme si elle le connaissait depuis toujours, elle lui prit le bras pour le guider sans trébucher sur le sol pavé.

— Aba, fais-toi belle, je t'amène une visite ! cria-t-elle dès qu'elle ouvrit la porte de sa maison, et elle l'entraîna vers la cuisine.

La femme aux cheveux blancs et au visage affable s'empressa de retirer son tablier qu'elle portait, attaché à la taille. Max regarda autour de lui avec curiosité ; la cuisine, bien que tout aussi ancienne que la sienne, était bien plus accueillante, grâce à l'encombrant poêle à bois qui chauffait l'atmosphère et à la délicieuse odeur qui se dégageait de la casserole qui était sur le feu.

— Hada, ma petite, tu aurais dû me prévenir, dit Dora de bonne humeur.

— C'était ma faute. Je me suis engagé à l'accompagner. Enchanté de venir vous voir, Dora. — Max lui adressa son sourire le plus enchanteur tout en lui serrant la main d'un geste galant.

— Il dit la vérité, Aba, c'était sa faute. Je dirais qu'il a eu une crise de galanterie quelque peu passée de mode, confirma sa petite-fille avec un irrésistible éclat moqueur dans ses yeux bruns.

— Hada ! la morigéna sa grand-mère, comme si elle était scandalisée de la voir prendre tant de liberté avec cet homme de haute stature et au visage sévère, qui avait révolutionné les habitants du village depuis le jour où était apparu son avocat avec une poignée d'ouvriers pour remettre un peu en ordre la vieille maison de maître. Cependant, en voyant que son visiteur inattendu ne semblait absolument pas offensé par le commentaire de sa petite-fille, elle parut se tranquilliser un peu et lui offrit quelque chose à boire.

— Ça ne sera pas nécessaire, Aba. Précisément, je venais te dire que Max m'a invitée à dîner chez lui. J'espère que l'invitation comprendra un morceau de la délicieuse tarte aux pommes que Marta a préparée, sinon, je me sentirais terriblement déçue.

— Bien sûr, ce sera fait.

Surprise par la confiance qui semblait régner entre les deux, Dora les dévisagea tour à tour. Sa petite-fille, si petite avec ses boucles blondes rebelles, et l'homme grand et bronzé, au visage sérieux, avec ces yeux gris qui semblaient ne laisser échapper aucun détail. Et, soudain, il lui vint à l'esprit qu'ils faisaient un très beau couple. Et si… ? Elle n'osa pas achever de formuler la question, pas même dans sa tête, mais elle nota que son cœur s'accélérait et elle pensa que, au mieux, comme l'avait dit Hada, il était vrai que l'arrivée du petit-fils de la Maxi était un cadeau de La Pilarica. Elle avait dû lui mettre la tête comme une bombe avec ses incessantes prières et peut-être que cet homme était la réponse qu'elle attendait depuis des années. Et si… ?

— Aba, Aba…

Elle soupira légèrement et refit attention à sa petite-fille.

— Pardonne-moi, ma petite, j'étais partie ailleurs. Que disais-tu ?

— Que nous partons. Garde-moi tout pour demain et, même si je ne rentre pas tard, ne m'attends pas, telle que je te connais. Bonne nuit. — Elle la serra dans ses bras et lui donna un baiser affectueux sur la joue.

— Bonne nuit, dit également Max en prenant congé.

— Bonne nuit. — Et après qu'ils furent partis et qu'ils ne pouvaient pas l'entendre, Dora ajouta à voix haute : Et tu peux rentrer aussi tard que tu veux, ma petite !

4

Hada vit qu'il y avait eu d'autres changements, sans être trop nombreux. Dans la cuisine, le micro-ondes, le réfrigérateur et la cafetière dernier modèle semblaient déplacés parmi les meubles anciens en bois de pin de la grand-mère de son amphitryon qui, à ce moment-là, sortait une fontaine en verre de l'énorme frigo.

— Un ragoût de poulet, ça a l'air bon, dit-il après l'avoir senti.

Hada s'approcha de lui et le sentit à son tour.

— Un ragoût de poulet, j'adore ! Tu veux que je mette la table ? demanda-t-elle en signalant la table ronde et, elle aussi, en bois de pin massif, qui occupait une bonne partie de la pièce.

— Ici, dans la cuisine ? — Max fronça les sourcils. Tu es mon invitée, tu ne préférerais pas dîner dans la salle à manger ?

— Ne t'en fais pas, tu n'as pas besoin d'essayer de m'impressionner. — Voyant que l'un de ses sombres sourcils se relevait avec une expression de fierté outragée, Hada se mit à rire : Cool, c'est une blague. Pour être sincère, je serais enchantée de dîner dans la cuisine, j'ai passé ici de nombreuses soirées à bavarder avec ta grand-mère et cela me rappelle de très bons souvenirs. Si tu n'as pas changé les affaires, je sais où tout se trouve.

— Dans ce cas, je te laisse faire les honneurs. Je reconnais que je n'entre pas beaucoup ici.

Max mit le plat dans le micro-ondes et le programma pendant qu'elle sortait la nappe et les serviettes, les assiettes, les verres et les couverts.

— Tu aimes le vin ?

— Oui, j'aime bien, mais je te préviens que si je bois plus d'un verre, je m'endormirai.

— Si je vois que tu t'endors avec ma conversation, je suppose que je pourrai toujours mettre ça sur ce compte-là, dit-il avec ce ton sec qu'il utilisait si souvent et qu'elle avait déjà repéré comme un moyen de cacher un sens de l'humour particulier. Une fois de plus, cela la fit rire. Laisse-moi un moment, je vais chercher une bouteille à la cave.

Hada finit de servir de l'eau et Max revint juste au moment où elle coupait deux tranches de pain qu'elle sortit de la huche à pain.

— J'espère qu'il va te plaire, dit-il en débouchant la bouteille avec habileté.

Hada lut l'étiquette à voix haute :

— Matarromera, réserve de 2014. Qu'est-ce que nous fêtons ?

Max s'assit en face d'elle et remplit les verres.

— La première femme que j'invite à dîner dans cette maison mérite ça et bien plus encore. — Il leva son verre pour trinquer.

Hada choqua son verre contre le sien, les yeux rieurs.

— Je suis flattée, même si je ne le devrais peut-être pas ; après tout, il n'y a pas beaucoup de femmes en dessous de soixante-dix ans à choisir, à Santa Olaria.

Max glissa son regard sur les boucles rebelles et le pull épais aux couleurs éclatantes qu'elle n'avait pas enlevé parce que, même si la cuisine était l'une des pièces les plus chaudes de la maison, il y faisait encore froid.

— La vérité, c'est que tu n'as même pas l'air d'avoir vingt ans. J'aurais presque l'impression de me sentir comme un pervers.

Le rire de Hada résonna de nouveau dans la cuisine.

— Tu sais quoi ? Quand je te voyais sur les photos que ta grand-mère me montrait, si brun et si sérieux, tu me faisais un peu peur.

Les yeux gris la regardèrent d'un air énigmatique.

— Et maintenant que tu me connais en vrai, je ne te fais plus peur ? Je crois que je suis toujours aussi brun et sérieux.

— La première fois que je t'ai vu, je reconnais encore un peu. Mmmm, comme c'est bon ! — Hada ferma ses yeux bruns expressifs quelques secondes. Quelle bonne cuisinière, Marta, tu as beaucoup de chance !

— En effet, c'est une cuisinière fantastique, bien qu'avec un goût excessif pour les ragots.

— Les ragots sont un sport national dans ce village. Qu'est-ce qu'on ferait d'autre alors qu'on ne capte même pas la télévision ? — Hada haussa les épaules et porta un autre morceau de poulet à sa bouche.

— J'aurais dû ajouter le mot macabre. Des ragots macabres. La plupart d'entre eux portant sur un cadavre tout chaud. Je crains de l'avoir énormément déçue quand elle a appris que je n'étais pas le genre de légiste qu'elle imaginait.

Hada éclata de rire.

— Je t'avais prévenu qu'elle raffole de films sanglants.

— Au moins sa sœur ne me raconte pas des ragots destinés à me provoquer des cauchemars ; elle est comme une petite souris, je l'ai à peine entendue parler et dès que je la croise, elle sursaute et s'enfuit en courant, comme si j'étais une sorte de monstre.

— Maria est très timide, tout le contraire de sa sœur. Marta et Maria — Hada secoua la tête —, tu ne nieras pas que leurs noms leur vont comme un gant.

— Je ne le nie pas, effectivement.

Max avala un morceau de poulet et but une autre gorgée de vin avant de reprendre le sujet qui l'intéressait vraiment.

— Donc, quand tu m'as rencontré, je t'ai fait peur.

— J'ai ressenti de la terreur — Les joyeuses étincelles qui illuminaient les yeux noisette démentaient son affirmation —, à cause de moi, tes élégantes chaussures en daim étaient fichues. J'ai aussi remarqué la façon dont tu as hésité avant de me dire de poser mes pieds sur tes épaules.

— Tu l'as remarqué ?

— Ah-Ah, acquiesça-t-elle très sérieuse, la bouche pleine.

Max plissa son nez aristocratique.

— C'est qu'ils étaient très sales.

Elle serra les lèvres pour contenir un sourire et haussa les épaules.

— J'adore marcher pieds nus, je ne peux pas m'en empêcher. C'est une manie que j'ai depuis toute petite, malgré les corrections que me donnait ma grand-mère. Enfin… — Elle haussa de nouveau les épaules —, pour reprendre notre conversation, je veux que tu saches qu'en fait de peur, cela ne l'a été qu'au début, en voyant combien tu étais grand et ta façon de me regarder avec ton air si sévère. Mais c'est passé tout de suite ; finalement, c'était presque comme si je te connaissais depuis l'enfance.

— Parle-moi de ma grand-mère.

Cette demande inattendue fit que le sourire que Hada affichait largement depuis qu'elle était dans la maison s'effaça d'un coup.

— Ta grand-mère… — Sans le regarder en face, elle piqua un petit morceau de poivron rouge qui traînait dans le plat. Ta grand-mère a beaucoup regretté de ne pas t'avoir connu.

— J'ai appris son existence quand un cabinet d'avocats espagnol m'a fait parvenir son testament.

Immédiatement, Hada leva les yeux et le regarda, incrédule.

— Tu ne savais pas que tu avais une grand-mère qui vivait encore ?

Max fit non de la tête.

— Ma mère ne me l'a jamais dit. — Hada ouvrit la bouche, puis la referma. À vrai dire, elle ne savait pas quoi dire. Jamais elle n'aurait pensé que l'absence de réponse aux longues lettres que lui écrivait sa grand-mère en était la raison. En fait, elle croyait se souvenir qu'une fois, en réponse à l'une des lettres de Maxi, sa fille avait écrit que son petit-fils lui envoyait son souvenir, mais qu'il était trop occupé avec ses études et ne pouvait pas être distrait. — Elle était une personne très dépendante et possessive, et j'imagine qu'elle ne voulait pas nous partager, mon père et moi, avec quelqu'un d'autre. Je ne trouve pas d'autre explication.

— Mais te priver de l'amour de ta grand-mère… Lui faire croire que tu étais trop occupé pour pouvoir lui consacrer une minute de ton temps…

Hada secoua la tête ; elle était si choquée qu'elle s'était à peine rendu compte que Max s'était levé, avait ramassé les assiettes sales et lui avait servi une généreuse part de tarte aux pommes. Distraitement, elle porta un morceau de tarte à sa bouche en ressassant encore le terrible acte d'omission qui avait privé un petit-fils de sa grand-mère et une grand-mère de son petit-fils, mais la voix profonde de son interlocuteur la ramena de nouveau à la réalité.

— C'est pour ça que j'aimerais que tu me racontes tout ce dont tu te souviens d'elle.

Hada parla et parla pendant que Max l'observait fixement, sans perdre un seul de ses gestes. Il était fasciné par la façon dont le visage au menton pointu s'illuminait en se remémorant les goûters de son enfance, et combien les traits expressifs reflétaient chacune des émotions produites par son propre récit. Finalement, quand l'histoire arriva à sa fin, un silence se fit qu'elle se chargea de rompre après avoir jeté un coup d'œil distrait sur sa montre-bracelet.

— Ouh là, il est très tard et demain, j'ai une journée compliquée. — Elle se leva d'un bond, ramassa la vaisselle qui restait sur la table et la mit dans l'évier. Désolée de ne pas pouvoir t'aider à faire la vaisselle.

Max consulta sa propre montre sans avoir envie de mettre fin à la soirée, et il essaya de la retenir un moment de plus.

— Il n'est que minuit. Qu'y a-t-il de si urgent que tu aies à faire demain ?

— Je te le raconterai une autre fois, dit-elle tout en enfilant son manteau.

— Attends, je t'accompagne.

— Ce n'est pas la peine, je t'ai déjà dit que je connais le chemin comme la paume de ma main.

— Je te rappelle que je suis un gentleman et que les gentlemen raccompagnent toujours les dames chez elles.

Elle le regarda de haut en bas.

— Il est vrai que je ne peux pas nier que tu es un gentleman très élégant. Je ne t'ai rien dit à propos de ce joli pull que tu portes, qui est plus propice à un club anglais qu'à la rupestre Santa Olaria, et tes chaussures… je pourrais écrire un poème sur tes chaussures.

Tout en parlant, elle se dirigea vers la porte.

— Ce n'est pas très sympa de te moquer de ma façon de m'habiller, la réprimanda-t-il d'un air sévère.

Hada sourit.

— Vraiment, tu vas me raccompagner ? demanda-t-elle en voyant qu'il mettait son Barbour.

— Vraiment. — Max lui ouvrit la porte.

— Ça te gêne si je te donne un conseil ? — Hada s'arrêta un moment sur le seuil.

— Un conseil ? — Son hôte n'essaya pas de cacher une légère suspicion devant l'aimable sourire qui accompagna la question.

— Ce Barbour — sans demander la permission, Hada lui remonta un peu plus la fermeture éclair, l'air maternel —, c'est sûrement parfait pour chasser les coqs de bruyère à Balmoral avec la reine d'Angleterre, mais je crains que si tu veux survivre à un hiver de Teruel, tu vas devoir faire un investissement dans des vêtements chauds plus adaptés et, au passage, t'acheter des raquettes pour quand la neige va arriver.

— Je vois que tu aimes t'occuper de mes vêtements. — Max la regarda en fronçant les sourcils.

Hada haussa les épaules sans se laisser décourager.

— Je te le dis comme une amie.

— Il a une doublure que je mettrai dès que le temps se gâtera. Je te rappelle que les hivers à Manhattan sont également très durs.

— Sache que je t'ai prévenu. — Hada haussa de nouveau les épaules.

— Je t'en remercie.

— On ne dirait pas, dit-elle, moqueuse.

Max leva les yeux au ciel, ce qui la fit rire. Puis il la prit par le bras, au cas où elle glisserait, et ils partirent. Ils parcoururent ainsi les quelques mètres qui séparaient les deux maisons. À la porte, elle se retourna pour lui dire au revoir.

— Merci beaucoup pour le dîner, c'était très agréable.

— Tu as bu deux verres de vin et tu ne t'es pas endormie, aussi, je crois que tu ne mens pas.

Son rire contagieux résonna dans le silence de la nuit et Hada mit sa main sur sa bouche pour le contenir.

— À ce rythme, je vais réveiller tout le village, murmura-t-elle et sur le même ton, elle ajouta : Au revoir, Max.

— Au revoir, Hada.

La porte se ferma et Max rentra lentement chez lui.

Après un nouvel accès d'inspiration suivi d'un sommeil tardif dans la nuit, — ce qui lui valut une nouvelle dose de détails truculents sur la mort foudroyante du père de la Rufina à cause d'un excès de travail, à l'heure du petit déjeuner — , Max décida de continuer à explorer la région, malgré le froid matinal d'octobre. Après plus de deux heures de promenade vivifiante dans ces sites sauvages, soudain, il se retrouva nez à nez avec un chien qui lui barrait le passage. Max n'aimait pas beaucoup les chiens et le modèle qu'il avait devant lui en imposait ; il ressemblait à un croisement de berger allemand avec une autre race tout aussi gigantesque. La fourrure presque noire, longue et terne, était encombrée de feuilles et de brindilles, et l'animal lui montra ses crocs d'un air menaçant. Max se précipita pour ramasser quelques pierres par terre au cas où il l'attaquerait.

— Va-t'en, sale clébard ! dit-il en agitant les bras pour lui faire peur, mais le chien resta là, sans bouger d'un millimètre, si bien que Max décida qu'il était temps de faire demi-tour et de rentrer à la maison.

Cependant, le chien le suivit jusqu'au village même si, tous les quelques mètres, Max se retournait et lui lançait une pierre pour le faire fuir, sans cependant avoir l'intention de le blesser. En passant sur la place, il vit Dora penchée au-dessus de la fontaine, en train de remplir une cruche en grès de bonne taille avec l'eau qui jaillissait du tuyau. Max s'arrêta pour discuter un moment, pendant qu'il tapait les semelles des bottes qu'il avait achetées à Teruel quelques jours auparavant sur les pavés.

— Bonjour, Dora ! Il fait froid, n'est-ce pas ?

La grand-mère de Hada lui retourna son salut avec un sourire aussi chaleureux que celui de sa petite-fille.

— Attendez que l'hiver arrive et vous me direz s'il fait froid ou non aujourd'hui. Et ce chien, il est à vous ? dit la femme en lui désignant l'animal qui, assis sur son derrière, les observait à quelques mètres de distance.

— Quoi ? Je l'ai trouvé au cours de la promenade et il m'a suivi jusqu'ici.

— En dehors du fait qu'il est très sale, il semble en bonne santé. Il a sûrement été abandonné par un vacancier. Ça arrive souvent et parfois nous avons des problèmes avec les chiens sauvages qui mangent les poules.

Bon, ça n'était pas son problème, se dit Max, et il décida de changer de conversation. En arrivant là, il avait remarqué que quelqu'un avait mis un mouchoir rouge autour du cou du cochon qui surmontait la fontaine et il demanda pourquoi, étonné.

— Ah oui, le mouchoir ! C'est une coutume de toujours du village. Quand quelqu'un a une information importante et qui pense que le reste des voisins doit la connaître, il met le mouchoir au cou du cochonnet et comme ça, nous savons tous qu'il y a une réunion.

Max se vit obligé de reconnaître que c'était un moyen de communication quelque peu rudimentaire, mais efficace, et son interlocutrice opina de la tête en souriant avant de lever la lourde cruche et de l'appuyer contre sa hanche gauche. En la voyant, Max s'empressa de la lui retirer des mains.

— Ne vous en faites pas, je suis plus qu'habituée, protesta-t-elle.

Ne tenant pas compte de sa remarque, Max entoura la cruche de ses bras et l'accompagna jusque chez elle.

— Vous n'avez pas l'eau courante ?

— Oui, bien sûr. Ça fait bien vingt ans que les canalisations ont été faites.

— Alors, pourquoi continuez-vous à venir chercher de l'eau à la fontaine ?

— À Santa Olaria, on dit que si tu bois l'eau de la fontaine, tu vivras de nombreuses années et vous voyez, nous, les quelques vieux qui sont encore par ici, nous sommes plus vieux que Mathusalem. Nous utilisons l'eau de la fontaine du petit cochon pour boire et cuisiner ; pour le reste des tâches, l'eau du robinet suffit.

Continuant à parler et sans se presser, ils arrivèrent à la maison ; le chien les suivait à une distance prudente. Ils entrèrent et Max déposa la cruche sur le comptoir de la cuisine. Dora l'invita à prendre un café qu'il accepta bien volontiers. Assis à la petite table en bois, ils savourèrent le café et les délicieux biscuits faits maison qu'elle avait préparés la veille.

— Pouvez-vous dire à Hada que j'aimerais l'inviter à dîner encore ce soir ? Marta m'a dit qu'elle allait préparer des truites « à s'en *léquer* les doigts ».

— Vraiment, c'est dommage, fit Dora en secouant la tête négativement. J'ai peur que ça ne soit pas possible. Ma petite-fille sera absente ce week-end.

Max n'avait pas envisagé cette possibilité et son visage trahit sa déception. La vérité, c'est qu'il avait rêvé toute la matinée de repasser une belle soirée comme celle de la veille. À New York, il n'était pas rare qu'il fuie la compagnie d'amis et de connaissances quand il se sentait saturé, mais dans la solitude forcée de Santa Olaria, il se mettait à apprécier l'importance d'une bonne conversation.

— Absente ?

— Ma petite-fille a une amie, Andrea, qui vit à Albarracín. Elles se connaissent depuis qu'elles ont étudié à Saragosse et, de temps en temps, cette dernière l'invite à passer le week-end chez elle. D'après ce que dit Hada, elle est déterminée à lui trouver un petit ami et je prie La Pilarica pour qu'elle y réussisse.

Max eut l'impression que son interlocutrice le regardait de façon étrange, mais il se dit que c'était le fruit de son imagination.

— Un petit ami, répéta-t-il sans s'en rendre compte et, sans plus, il se leva, remercia son hôtesse pour le délicieux café et les non moins délicieux biscuits, la remercia pour l'avis de tempête qui, à en juger par le comportement des poules, allait s'abattre sur eux cette nuit, et s'empressa de partir.

Dès qu'il sortit de la maison, le chien abandonna l'ombre de l'arbre au pied duquel il s'était réfugié et le suivit une fois de plus, gardant toujours ses distances.

Ce soir-là, Max eut du mal à se concentrer. Assis au piano, il ne cessait de penser aux paroles de Dora. Il ne comprenait pas pourquoi elle et l'amie de sa petite-fille étaient si déterminées à trouver un petit ami à Hada. Il était vrai qu'avec les jeans habituels et les pulls aux couleurs extravagantes qu'elle portait tout le temps, les bouclettes en désordre et son sourire révélant ses fossettes, elle n'était pas l'une de ces beautés sophistiquées qu'il avait l'habitude de côtoyer à Manhattan, mais il ne pouvait pas nier qu'elle avait un certain charme. De plus, il était sûr qu'elle n'avait pas encore trente ans, aussi son cas n'était pas non plus désespéré.

Inquiet, il se leva et se pencha de nouveau à la fenêtre. Le chien était toujours là. Max serra les mâchoires et alla à la cuisine. Il sortit les restes du déjeuner et trouva un récipient pour les mettre. Dans l'un des placards, il trouva deux horribles bols en céramique de bonne taille et décida qu'ils seraient parfaits pour ça. Il remplit l'un des deux avec les restes et mit de l'eau du robinet dans l'autre, puis il sortit dans le jardin et les laissa à quelques mètres de l'endroit où le chien était couché.

— Mange ça et va-t'en. Compris ?

Le chien le regarda sans bouger de place. Max retourna dans la maison et l'épia par la fenêtre du salon. À un moment, l'animal se leva, s'approcha des bols, renifla le contenu et le dévora en quelques secondes. Quand il eut terminé, il but un peu d'eau, et au lieu de s'en aller comme l'avait ordonné Max, il retourna se coucher sous le massif d'hortensias.

Max ouvrit la fenêtre et lui cria d'un ton rogue :

— Si tu penses que je vais aussi te donner à dîner, tu rêves !

L'animal se contenta de le regarder avec sa langue rose pendant d'un côté de sa gueule, comme s'il se moquait de lui.

Max continua à travailler jusqu'à l'heure du dîner, bien que ce ne fût pas au même rythme que les jours précédents. Alors qu'il réchauffait au micro-ondes ce que Marta lui avait laissé, il entendit le grondement lointain d'un coup de tonnerre, accompagné par le bruit des premières gouttes contre les vitres de la cuisine. Il s'approcha de la fenêtre et, dans l'obscurité, distingua la silhouette sombre du chien au même endroit où il avait été le reste de la journée. Quelques secondes après, une pluie torrentielle s'abattait, et sans cesser de maugréer entre ses dents, Max se couvrit la tête avec son Barbour et sortit. Malgré la lumière des éclairs qui se reflétait dans les yeux de l'animal avec une lueur sinistre, il se força à s'approcher de lui.

— Viens, entre, mais seulement pour cette nuit. Tu partiras demain, même si je dois te forcer avec un fusil.

Max ramassa les bols d'une main et, se couvrant comme il put avec son manteau de l'autre, il courut jusqu'à la maison, suivi de près par le chien. Arrivé dans la cuisine, il suspendit le Barbour trempé sur le dossier d'une chaise, sans prêter attention à la petite flaque qui commença à se former instantanément sur le carrelage, et il lança une nouvelle imprécation quand le chien se secoua fortement, envoyant des gouttes d'eau dans toutes les directions.

— Ça va, tu t'es mis à l'aise ? Saleté de chien, maugréa-t-il entre ses dents.

L'animal n'y prêta pas attention et il l'observa avec intérêt pendant que Max remplissait à nouveau son bol d'eau et le laissait dans un coin de la cuisine.

Puis il en mit dans des cruches et le regarda en fronçant les sourcils.

— Tu sais, aujourd'hui, c'est une exception à cause de la tempête.

Légèrement honteux de parler avec un animal comme s'il pouvait le comprendre, Max sortit de la cuisine pour y revenir presque immédiatement. Le chien n'avait pas bougé et il eut l'inquiétante sensation qu'il le regardait d'un air suppliant. Hésitant, il feignit de partir, mais finalement revint sur ses pas et prit le bol vide. Il le remplit avec les restes du dîner et le laissa près du bol d'eau.

— Une exception, répéta-t-il en pointant son index.

À cet instant précis, les lumières de la cuisine clignotèrent quelques secondes avant de s'éteindre. Jurant de nouveau, Max sortit son téléphone portable de la poche arrière de son pantalon et, guidé par le faisceau lumineux de la lampe, sortit une fois de plus de la cuisine et ferma la porte.

5

Dans une maison se trouvant à quelques mètres de celle de Max, des coups de poing impatients frappés sur la porte furent étouffés par le bruit retentissant d'un coup de tonnerre, mais c'était le dernier à venir, si bien que l'homme attendit. La lumière fugace d'un éclair illumina le nouveau venu qui s'était protégé de l'averse avec un gigantesque plastique noir. Une fois à l'intérieur, l'homme qui lui avait ouvert et ce dernier durent pousser la porte pour réussir à la fermer à cause de la violence du vent. L'unique éclairage était celui des flammes de la cheminée et celui que projetaient les deux lampes à huile posées sur la table, mais les personnes présentes étaient déjà plus qu'habituées à ce que le courant lâche quand il y avait de la tempête.

— Sacrée aérâtion ! J'me suis *trempé nié* et j'sions pas *ranverqué* dans la côt', c't'un mirââcle ! grogna Primitivo, en jetant son plastique mouillé de côté et en se créant un passage sans trop de délicatesse parmi le petit groupe qui s'était rassemblé devant la cheminée allumée.

— Eh bien, il était temps ! dit Marta qui, malgré ses soupçons, voulait savoir de quoi il s'agissait.

— Bon, nous sommes tous là, dit Dora en tapant dans les mains. Nous pouvons commencer.

— Y t'rest'rait pas un peu d'ce chorizo si plein d'saveurs ?… fit Maria en la regardant, pleine d'espoir.

— Ce n'est pas le moment de penser au chorizo ! Nous avons bien dîné à la maison, regardez-moi cette goinfre !

Pour éviter une dispute plus que certaine entre les deux sœurs, l'hôtesse prit un des chorizos suspendus au plafond, qui fumaient près du feu, le coupa en tranches épaisses et passa l'assiette avec quelques tranches de pain aux personnes présentes. Quand tous furent servis, elle s'éclaircit la voix et commença à parler très sérieusement :

— Je vous ai réunis pour vous parler d'une affaire très importante. Vous savez que depuis un certain temps, marier ma petite-fille est devenu quasiment une obsession chez moi. Nous, les rares qui restons de la vieille garde à Santa Olaria, nous sommes une famille qui s'entend plus ou moins bien ; si bien que je pense que le moment est venu d'agir tous ensemble. Au vu des derniers événements, je crois que nous devrions…

— Est-ce que j'peux manger la dernière tranche ?

— Arrête d'interrompre !

— Pardon, pardon, dit Maria, la bouche pleine de pain et de chorizo.

Dora s'arma de patience.

— Comme je disais, nous devons prendre une décision. Je suis convaincue que tout ça a été une intervention de La Pilarica — elle se signa avec dévotion. Vous savez que ça fait des années que je la prie pour qu'elle trouve un petit ami à la p'tiote. En plus, vous avez tous, à coup sûr, vu le beau couple que font ma petite-fille et le petit-fils de la Maxi. Peut-être que c'est l'unique occasion qui se présente à nous et…

— Les chèvr' ont pas d'problème *avé* ces choses-là. On d'vrait laisser la nature suivr' son cours, interrompit Primitivo, qui n'avait même pas retiré son béret, fronçant les sourcils avec férocité.

— Les chèvres, qu'il dit ! Marta leva les yeux au ciel.

Une autre des femmes qui était restée silencieuse jusque-là pendant qu'elle examinait d'un œil critique la propreté de la salle et passait discrètement le bout de son index sur le bras de la chaise pour vérifier s'il n'y avait pas de poussière, ajouta :

— Et si la nature n'agit pas, que faisons-nous ?

— Je crois… commença timidement le petit bonhomme à côté d'elle.

— Toi, tu te tais ! l'interrompit la femme sans ménagement. Nous savons comment sont les hommes, si tu ne leur dis pas ce qu'ils doivent faire et comment, tu peux toujours attendre à ce qu'ils fassent quelque chose.

— Pour sûr, la mère. Parle pour toi, allez, si tu leur dis pas à eux tousss' ce qu'ils ont à faire, tu vas en claquer.

— Regardez-moi ça qui est-ce qui parle ! Que…

Maria, qui venait de terminer son chorizo et ce qu'il lui restait de pain, tenta de s'interposer entre sa sœur et la voisine.

— Sandalia, Marta, ne vous battez pas, s'il vous plaît.

— Toi, tu t'tais ! dirent les deux autres à l'unisson.

— Voyons, du calme, tout le monde ! — Dora reprit la parole en même temps qu'elle faisait un geste d'apaisement des deux mains. Nous ne pouvons pas passer toute la nuit à discuter, je vous rappelle que demain avant l'aube, nous sommes tous debout.

— Tout *ça* est écrit. Je l'ai vu en rêve…

Une voix plus aiguë que les autres, appartenant à la femme qui, jusqu'alors, était à moitié endormie près du feu, résonna dans la salle comme un augure de fin du monde.

— Des rêves bien audacieux, pesta avec mépris la femme du petit bonhomme silencieux. J'ai enco' à la maison vingt pots de cette confiture de rhubarbe que, d'après toi, t'as rêvé qu'on me les enlevait des mains.

— C'est ce que je dis ! Moi aussi…

L'hôtesse interrompit encore la nouvelle bataille qui s'engageait, en tapant des mains sans complaisance.

— On ne va pas tourner autour du pot, s'il vous plaît. Votons.

— Contre, dit Primitivo, les sourcils plus que jamais froncés.

— Pour, dit Sandalia.

— Je crois que ce serait bien de… commença à dire son mari dans un filet de voix, mais ce fut inutile. Le coup de coude qu'il reçut dans les côtes le coupa aussi sec et personne ne sut jamais ce qu'il pensait qu'il serait bien de faire.

— Celui-là vote pour.

— Celle-là aussi vote pour, dit Marta en montrant du pouce sa sœur, qui était très affairée à récupérer une miette de pain qui s'obstinait à se cacher dans les plis de sa jupe. Quand elle y réussit, elle la porta à sa bouche, l'air heureuse. Et moi aussi, je vote pour.

— Et toi, quoi ?

— Quoi de quoi ? dit la femme plus âgée.

Sandalia éleva fort la voix, impatiente.

— Tu votes pour ou contre ?

— Ho la la, tu n'as pas besoin de crier, je ne suis pas sourde ! — L'autre leva les yeux au ciel, mais Orosia, l'habitante la plus âgée de Santa Olaria, l'ignora et, avec le même ton prophétique de fin du monde qu'elle avait utilisé avant, ajouta : Je vous ai dit que ce qui est écrit est écrit, mais je vote quand même pour.

— Moi aussi, je vote pour, dit Dora fermement. Si bien que, six voix pour et une voix contre, la motion est approuvée à la majorité.

Tous applaudirent excepté Primitivo, qui se contenta d'émettre un grognement de lassitude.

— Et alors, qu'est-ce qu'on va faire ? demanda timidement le petit bonhomme.

— Maintenant, Amable, nous allons mettre au point un plan pour les réunir et tous, tous sans exception — Dora jeta un regard menaçant sur Primitivo, qui continuait avec la même expression boudeuse, les bras croisés devant la poitrine —, nous allons nous occuper de ça.

L'éclat d'un puissant éclair illumina d'un scintillement sinistre les visages des conspirateurs et le grondement du tonnerre qui s'ensuivit presque instantanément accentua encore le silence épais, presque tangible, qui s'était fait et qui emplissait l'atmosphère de la pièce d'une sensation de claustrophobie.

Une voix, semblable à une trompette d'outre-tombe, brisa soudain ce silence, entraînant un violent sursaut de la part de plusieurs de ceux qui étaient rassemblés là.

— Le moment est venu de jurer !

— Mais c'est un péché !

— Toi, tais-toi !

Dora leva la main droite d'un geste solennel.

— Je jure de mener notre plan jusqu'au bout et, pour cela, je n'hésiterai pas à faire tout ce qui est nécessaire.

— Je le jure !

— Je le jure !

Un à un — certains avec davantage de conviction et de façon plus intelligible que d'autres —, ils levèrent la main et jurèrent.

Juste à ce moment, un coup de tonnerre assourdissant, encore plus puissant que le précédent, fit vibrer les vitres trempées des fenêtres et les fit taire. Effrayés, ils se regardèrent les uns les autres en pensant qu'ils étaient peut-être allés trop loin.

— J'ai ici une liqueur de gentiane, d'azotacriste et d'autres herbes que j'ai cueillies la nuit de la saint Jean *pou'* sceller notre pacte. Celui qui le fait pas saura à quoi s'en tenir.

La voix d'Orosia, qui avait déjà pris toute sa mesure, fit réagir les autres. Avec un air de prestidigitateur, elle sortit de la poche de son tablier un flacon en verre rempli d'un liquide trouble, de couleur jaunâtre, que la lumière des flammes éclaira d'une lueur sinistre.

— Certainement pas, ne compte pas sur moi. — Marta secoua la tête pour dire fermement non. La dernière fois que j'ai pris une de tes potions, j'ai passé deux semaines sans quitter les toilettes.

Finalement, malgré les nombreuses protestations, tous les présents hormis le petit bonhomme et la gourmande Maria, se contentèrent de tremper leurs lèvres en trinquant avec les tasses en faïence que s'empressa de distribuer la propriétaire de la maison.

Une demi-heure plus tard, la tempête, à son apogée, continuait à faire rage, mais dans la salle, il ne restait plus que Dora qui, avec un énorme bâillement, s'empressa de mettre le dernier verre dans une bassine d'eau savonneuse avant d'aller se coucher.

6

La tempête avait été source d'inspiration pour Max qui avait travaillé très tard, éclairé par quelques bougies qu'il avait trouvées. Quand il se réveilla le lendemain matin, il s'étira sans hâte, décidé à traînasser dans le lit comme il le faisait le dimanche, mais soudain, il se souvint que le chien était toujours dans la cuisine et qu'il avait probablement tout sali.

Sans cesser de jurer, il enfila ses pantoufles de nuit ainsi que sa robe de chambre à la hâte, jeta une couverture sur ses épaules et descendit les escaliers quatre à quatre, tout en jurant en lui-même que cette même semaine, il ferait quelque chose avec le chauffage.

Il ouvrit brusquement la porte de la cuisine et s'arrêta surpris ; tout était resté tel qu'il l'avait laissé la veille, y compris le chien qui était toujours couché dans le même coin, près de l'endroit où il avait laissé les bols.

— Bon chien, dit-il satisfait. Il ouvrit la porte de la cuisine qui donnait dans le jardin.

Le chien dressa ses oreilles, s'étira tranquillement et sortit faire ses besoins.

Un tel comportement méritait une récompense, se dit Max et il alla fouiller dans le contenu du réfrigérateur. Quand le chien revint, un bol avec un peu de riz et les restes du ragoût de poulet l'attendait. Comme la veille, il dévora le repas en à peine quelques secondes, but un peu d'eau et le regarda avec impatience sans cesser de remuer la queue.

— Nous sommes quittes, dit Max à voix haute. — Voyant que le chien ne bougeait pas, il fit un geste de la main en lui montrant la porte. Maintenant, tu peux t'en aller.

Le chien s'assit.

Max poussa un grognement et alla préparer son petit déjeuner. Après avoir bu son café et pris deux tartines de bonne taille généreusement beurrées et nappées de confiture de figue, il s'assit, de meilleure humeur.

— Je vais me doucher, annonça-t-il au chien qui continuait à suivre tous ses mouvements avec un intérêt canin. Je te laisse la porte ouverte. Quand je descendrai, j'espère que tu auras disparu. Je t'ai nourri, je t'ai abrité et maintenant je veux retrouver l'intimité de mon foyer, compris ?

Le chien s'allongea.

Max hocha la tête et alla se doucher. L'application du portable annonçait une nouvelle baisse des températures et le ciel était toujours couvert, si bien qu'il se couvrit bien et mit ses bottes. Il descendit à la cuisine pour chercher son Barbour, qui était sec, l'enfila et remonta sa fermeture éclair jusqu'au menton. Il regarda le chien qui était toujours dans son coin, hocha la tête une fois de plus et sortit dans le jardin. De là, il lança un sifflement aigu. Le chien le suivit à l'instant et Max ferma la porte.

L'air était gelé et, même s'il ne pensait pas tenir compte du conseil de Hada concernant le changement de son vieux Barbour pour un anorak, il nota dans sa tête d'acheter un bonnet, une écharpe et des gants, ainsi que lesdites raquettes dès son retour à la civilisation. Il se mit à marcher d'un bon pas en direction de la rivière, se délectant de l'odeur de la terre mouillée et des traînées éthérées de brouillard qui se glissaient encore entre les buissons. Après plus d'une demi-heure de promenade énergique, il s'arrêta un instant pour contempler la vue. À quelques mètres de lui, le chien reniflait le tronc d'un if à baies noueux aux fruits toxiques rouges.

— Je te préviens que c'est une des espèces les plus toxiques. Catuvolcos, le roi des Éburons, s'est suicidé avec du jus de baies d'if pour ne pas tomber aux mains de Jules César.

L'animal le regarda comme s'il avait compris cette leçon d'histoire et s'éloigna de l'arbre.

Max haussa les épaules et se remit à marcher. Quand il revint au village, presque deux heures plus tard, le chien trottait derrière lui. La place était déserte, en dehors d'une vieille femme qui dormait, assise sur la margelle en pierre de la fontaine. Max s'approcha sans faire de bruit et lui dit d'une voix douce pour ne pas la faire sursauter :

— J'ai bien peur que si vous continuez à être assise ici pendant trop de temps, vous allez mourir de froid.

La vieille femme s'arrêta de ronfler et ouvrit les yeux immédiatement.

— Ah, le petit-fils de la Maxi, j'avais hâte de te rencontrer, mon mignon.

Max hocha la tête.

— Je suis désolée de vous avoir réveillée, mais…

— Je ne dormais pas, nia-t-elle avec fermeté et un désintérêt flagrant pour la vérité. Je suis Orosia. J'imagine qu'on t'aura parlé de moi.

Son interlocuteur essaya de se rappeler ce que son employée de maison — qui faisait quotidiennement une revue, généralement peu aimable, des habitants du village présents et passés —, lui avait raconté sur elle et il lui revint à l'esprit des mots comme : *chorchyire (sorcière), vieille sénile, effrontée…*

— En effet. Je sais que vous êtes l'une des personnes les plus importantes de Santa Olaria.

Entendant cela, l'ancienne lui lança un sourire de coquette quelque peu édenté.

— Je vois que tu es bien renseigné, mon mignon. Et pourquoi est-ce que tu n'es pas venu à la messe, alors ? Je voulais faire ta connaissance et Don Servando aussi. Don Servando est un *boun'homme*. Un *brin lourdiaud*, comme tous les curés, mais un *boun'homme*.

— Je suis baptisé, mais ne suis pas pratiquant.

— Primitivo est athée et républicain et il vient tous les dimanches à la messe. — Max ne sut quoi répondre, mais son silence ne l'arrêta pas. Il avait bien vu qu'elle avait envie de parler —. J'ai fait une délicieuse p'tite liqueur d'herbes, la prochaine fois je t'en apporterai une p'tite bouteille.

— Merci beaucoup.

— Ça part comme des p'tits pains au marché aux puces. Les hommes adorent ça et ça les aide à… — Elle cligna de l'œil avec paillardise et Max n'eut pas trop de peine à imaginer dans quel sens allaient ses paroles. Puis la vieille femme baissa fort la voix, comme si elle pensait que quelqu'un pouvait les épier sur cette place déserte où la température devait avoisiner les cinq degrés. Les filles, elles viennent aussi me demander des potions d'amour, tu l'croiras pas. Si un jour tu as besoin de qué'que chose...

Elle sortit un petit flacon d'entre les plis de son tablier et le lui offrit, l'air mystérieux.

Max hocha la tête négativement, en souriant.

— Non merci, je suis bien comme je suis.

— Ce que tu as dit sonne comme un défi et les dieux de la forêt n'aiment pas les défis, dit-elle avec sa meilleure voix de Cassandre.

— Je pensais qu'une personne qui va à la messe le dimanche ne croyait pas à ces choses-là. — Max haussa un sourcil, l'air narquois.

— Moi, je suis *ben vieill'* et j'ai vu *ben* des choses. Aussi, fais *ben* attention, mon mignon. — Elle éclata d'un rire digne d'une des sorcières de Macbeth tout en se levant laborieusement de la margelle en pierre et elle s'éloigna en boitant.

Max suivit du regard la silhouette courbée jusqu'à ce qu'elle disparaisse dans la rue descendante, pendant qu'il se frottait les bras vigoureusement, attribuant la chair de poule au vent glacé qui descendait de la montagne. Il se tourna vers le chien et vit que l'animal continuait à regarder le point par lequel la vieille femme avait disparu, en montrant les dents.

L'après-midi fut aussi productive et, pour fêter ça, il décida de partager le dîner avec le chien et de le laisser dormir de nouveau dans la cuisine. Après tout, pensa-t-il, à en juger par la noirceur du ciel, il était plus que probable qu'une tempête aussi violente que celle de la nuit précédente allait s'abattre. Quoi qu'il en soit, le lundi suivant, il fallait qu'il s'en aille d'une façon ou d'une autre.

Fatigué de sa longue promenade et des heures qu'il avait passées à travailler en pleine concentration, il décida de se coucher tôt et, à minuit et demi, il éteignit la lumière. Il se réveilla soudain en claquant des dents, se rendant compte, étonné, qu'il était trempé jusqu'aux os. Toujours tremblant, il sauta du lit et appuya sur l'interrupteur qui se trouvait près de la table de chevet. Rien. Une fois de plus, le courant était coupé à cause de la tempête. Il tâtonna sur la table de nuit jusqu'à ce qu'il trouve son portable, alluma la lampe et pointa le faisceau lumineux vers le haut. Un jet d'eau plutôt important tombait d'une fissure qui s'était ouverte au plafond. Les draps et les couvertures étaient trempés, ainsi que le matelas.

Max jura à voix haute en même temps qu'il ôtait sa veste de pyjama et son pantalon à toute vitesse. Il saisit son peignoir qui, heureusement n'avait pas été atteint par l'eau, l'enfila et chaussa ses chaussons.

Le brusque réveil l'avait complètement tiré du sommeil, et il décida que la première chose à faire était d'aller voir d'où provenait toute cette eau. Claquant des dents et sans cesser de trembler, il monta le petit escalier qui menait au grenier en s'éclairant avec son portable. C'était la première fois qu'il entrait ici et il émit un sifflement à la vue du tas de débris que révéla la lumière de sa lampe. Il avança précautionneusement parmi cette multitude d'objets variés qui allaient d'un antique mannequin qui avait failli le faire hurler de terreur, jusqu'à des pots et des chaises de toutes sortes.

Il découvrit au fond de la pièce une petite mansarde et tout de suite, comprit d'où venait le problème. Quelqu'un, sûrement un des ouvriers qui avait retapissé la pièce en été avait laissé la fenêtre entrouverte et l'eau entrait à flots par l'interstice. Max s'en approcha et lança de nouveau une série de jurons quand l'eau gelée trempa ses chaussons. Il réussit non sans effort à la fermer et la petite cascade s'arrêta d'un coup.

Haletant à cause de l'effort et encore tremblant, Max pointa la lumière de son portable vers l'énorme flaque sur le sol. Après avoir réfléchi un moment, il décida que ça n'avait pas de sens de se mettre à écoper toute cette eau à pas d'heure le matin et de continuer à trembler. Si bien qu'il redescendit et se dirigea vers la chambre à côté de la sienne. Le lit n'était pas fait, mais pour lui, ça n'avait pas d'importance. Il ouvrit l'armoire et sur l'étagère du haut, découvrit une paire de couvertures. Il les tira et deux boules de camphre le frappèrent à la tête, l'une après l'autre.

— Aïe !

Ce dont il avait envie en réalité, c'était de prendre un bon bain chaud, mais quand il ouvrit l'antique robinet de la baignoire, il s'avéra que l'eau était gelée.

Il retourna dans sa chambre et, les mains tremblantes, il mit un pyjama sec au milieu de violentes secousses. Il enfila aussi un pull et des chaussettes. Il songea à descendre à la cuisine pour se faire chauffer un peu de lait, mais cela lui parut une tâche monumentale, si bien qu'il se pelotonna sur le matelas en se couvrant avec les deux couvertures, à moitié asphyxié par l'odeur pénétrante du camphre. Le froid s'était infiltré jusque dans ses os et il lui fallut plusieurs heures pour, enfin, arriver à s'endormir.

— *Siñor* Max ! *Siñor* Max !

La voix paraissait provenir d'un monde lointain mais, finalement, la rengaine usante accompagnée de tiraillements furieux sur la manche du pyjama réussit à le réveiller. Il ouvrit les yeux, mais fut incapable de relever la tête de l'oreiller.

— Marta ? — Sa voix résonna bizarrement à ses propres oreilles et ce simple mot lui racla la gorge.

— Mais que s'est-il passé ici ? Rien qu'en entrant, qu'est-ce que je vois ? Une sorte de loup dans la cuisine qui m'a presque laissée pour morte. Je vous le dis tout de suite, *Siñor* Max : je n'aime pas les bestioles dans ma cuisine, si bien que je lui ai donné un morceau de pain et je l'ai jeté dehors. Cela m'a pris un moment pour préparer le petit déjeuner et comme je voyais que vous ne descendiez pas, je me suis rapprochée pour vous appeler et… qu'est-ce que je vois ? Votre chambre vide et tout sens dessus dessous.

— Une fuite au-dessus du lit. — Parler lui coûtait, il avait très mal à la gorge. De même, il sentait sa tête prête à éclater et la voix aiguë de sa domestique n'aidait pas trop. Non… je ne me sens pas bien.

Il éternua trois fois de suite.

— Et ça alors ? *Bon sang*, j'ai vu des morts avec une tête meilleure que la vôtre !

Max tenta de faire une moue, mais il n'avait pas de force.

— J'ai froid. Je crois que j'ai besoin de voir un médecin.

— V's'en faites pas, il va venir *tout d'suite*.

Les paupières de Max se fermèrent sans qu'il puisse faire quoi que ce soit pour les en empêcher et, avec une curieuse attitude distante, il se demanda comment un médecin allait venir « tout d'suite » si le plus proche était à quasiment une heure de route. Cependant, il n'avait pas la tête à ça pour résoudre des énigmes et, quelques secondes plus tard, il se retrouva profondément endormi.

— Max, tu m'entends ? J'ai besoin que tu te redresses un peu, je dois te donner des médicaments.

Curieux, se dit Max à moitié endormi, la voix du médecin lui semblait très familière et elle ne lui perforait pas les tympans comme celle de son employée de maison. Il prit conscience que quelqu'un lui passait un bras derrière les épaules pour l'aider à se redresser et le mouvement lui fit pousser un gémissement qui se transforma quasi instantanément en une quinte de toux.

— J'ai mal partout.

— Normal, tu as beaucoup de fièvre. — Il ouvrit les yeux et découvrit le visage de Hada très près du sien. Ouvre la bouche.

Obéissant, il ouvrit la bouche et elle lui déposa un cachet sur la langue. Puis elle lui approcha un verre d'eau près des lèvres et Max but avidement.

— Comme ça, tu es médecin, dit-il quand elle le reposa délicatement sur l'oreiller.

— À vrai dire, je suis vétérinaire.

Max ferma les yeux, dépassé.

— Je ne sais même pas pourquoi je le demande.

Le rire contagieux de Hada résonna dans la pièce, mais au lieu de le gêner, il lui sembla réconfortant.

— Ne t'en fais pas. J'ai beaucoup de pratique. C'est moi qui m'occupe des malades à Santa Olaria et, jusqu'à présent, je n'ai jamais reçu de plaintes. C'est clair que tu as un bon rhume à cause de l'humidité d'hier. Avec les antipyrétiques et le bouillon de poulet que Marta prépare en ce moment, je pense que tu vas survivre.

— Et qui s'occupe de toi quand tu es malade ? demanda-t-il d'une voix enrouée.

— Je ne suis jamais malade. J'ai une santé de fer.

Max éternua deux fois, ce qui aggrava son mal de tête. Hada lui passa un mouchoir en papier pour qu'il se souvienne de la boîte déposée sur la table de nuit à son intention.

À ce moment-là, Maria arriva, donnant l'ordre de faire le lit « comme Dieu l'ordonne ». Hada l'aida à se lever et, lorsqu'elle le laissa sur la chaise qu'il y avait à côté du lit, Max fut pris d'étourdissements. Maria fit le lit en un tournemain et sortit de la chambre à toute vitesse. Lorsque, enfin, il put rentrer dans des draps propres et secs, Max poussa un soupir de soulagement et ferma les paupières.

— Bon, il faut que j'y aille. — En l'entendant, Max ouvrit immédiatement les yeux et lui lança un regard de reproche. Ne me regarde pas comme ça, on m'attend à midi à Royuela pour opérer une vache. Le cachet que je t'ai donné va vite faire effet, si bien que le mieux est que tu dormes jusqu'à l'heure du déjeuner. Marta va s'occuper de toi. Quand je vais revenir, je passerai te voir, d'accord ?

Non, Max n'était pas d'accord. Ça ne lui disait rien que Marta s'occupe de lui. Pourquoi est-ce que Hada ne pouvait pas rester pour prendre soin de lui ? se demanda-t-il. Un autre ne pouvait-il pas se charger de cette maudite vache ? En vérité, il se sentait très malheureux.

Comme si elle était consciente de son état d'âme, Hada se pencha et l'embrassa légèrement sur le front. Max eut l'impression que ses lèvres déposaient une trace de fraîcheur sur sa peau brûlante.

— À plus tard.

Max ouvrit la bouche, mais avant de pouvoir dire quoi que ce soit, il s'était déjà rendormi.

La quatrième fois qu'il se réveilla, il se trouvait un peu mieux, bien que la forte congestion nasale lui rendît la respiration difficile. Il ouvrit les yeux et, surpris, il découvrit Hada assise sur une chaise près du lit, lisant un livre à la lueur de la lampe de chevet, avec l'énorme chien couché à ses pieds. Quelqu'un avait allumé la cheminée et, pour une fois, cette chambre spartiate devenait presque accueillante. Max resta un moment à l'observer sans faire de bruit.

Ce réveil avait été très différent du précédent, lorsque Marta était entrée dans la pièce, annonçant avec cette voix riche en décibels que le bouillon était prêt et qu'il était l'heure de manger quelque chose de nourrissant. Résigné, il s'était redressé avec effort contre le dossier et, à petites doses, il avait terminé le contenu du bol qu'elle lui avait mis dans les mains. Malgré les affirmations de sa domestique selon lesquelles elle préparait le meilleur bouillon de poulet de la région, Max ne ressentait plus aucun goût, mais dès qu'il l'eut terminé, il se sentit un peu mieux.

Puis Marta insista pour qu'il prenne le cachet que Hada lui avait laissé sur la table de nuit et elle resta à le surveiller jusqu'à ce que ce dernier disparaisse à l'intérieur de sa bouche, sans arrêter de lui raconter pendant ce temps de terrifiantes histoires sur les époques passées où les rhumes, les grippes et les pneumonies avaient décimé les habitants du village sans aucune pitié. Trop faible pour lui demander de s'en aller, Max résista à cette « déferlante » quelques minutes avant que ses yeux se referment et que son esprit se réfugie dans le silence de l'oubli.t'chi misère

Cependant, ce nouveau réveil était différent. Il ne se sentait plus aussi faible et cette scène, inopinément domestique, lui produisit une sensation particulière de bien-être. Il prit le temps d'observer la façon dont la lumière de la lampe créait une sorte de halo doré autour des boucles blondes et l'on aurait dit que la théorie particulière de la vétérinaire du village sur les noms des personnes, s'appliquait également complètement à elle : elle ressemblait plus que jamais à une fée.*

Alors qu'elle tournait la page, Hada releva une seconde les yeux du livre et vit qu'il était réveillé. Elle mit son signet, le referma et se leva pour lui toucher le front.

---

*(* Hada = Fée en espagnol, note de la traductrice)*

— Comment te sens-tu ?

— Bien mieux. — Les mots ne lui raclaient plus la gorge et ses doigts frais sur son front contribuaient à son bien-être. Qu'est-ce qu'il en est de ta vache ?

— Elle se promènera dans le pré dans quelques jours et tuera les mouches avec sa queue.

— Cela fait longtemps que tu es ici ?

— Environ deux heures. Je suis venue te voir dès que je suis rentrée.

Max jeta un coup d'œil sur sa montre et vit qu'il était presque minuit.

— Tu dois être fatiguée, il vaudrait mieux que tu rentres chez toi.

— Ne t'en fais pas, demain je ne dois aller nulle part avant cinq heures, si bien que je pourrai dormir plus longtemps.

La nouvelle lui produisit un soulagement intense ; à présent qu'il avait la tête plus éveillée, il mourait d'envie de discuter avec quelqu'un. Il la vit verser le contenu d'une bouteille thermos qui se trouvait sur la table de nuit dans un bol qu'elle lui tendit.

— Tu as besoin d'aide ?

— Ce n'est pas nécessaire, merci. — Max but quelques gorgées du bouillon chaud. J'ai entendu que c'est l'un des meilleurs bouillons du monde et d'une partie de l'univers, mais, malheureusement, je ne sens plus le goût.

Ses paroles la firent rire.

— On voit que ça fait longtemps que Marta n'a plus de grand-mère, mais elle dit la vérité. Elle fait un excellent bouillon. Si tu n'as pas de fièvre ce soir, demain, je lui dirai de te préparer quelque chose de plus consistant.

Max but un peu plus. Il n'avait absolument pas faim, mais il savait qu'il fallait qu'il boive beaucoup de liquides.

— Qu'est-ce qu'il fait ici ? dit-il en montrant du menton le chien qui continuait à dormir près de la chaise.

Hada se tourna pour le regarder, comme si elle avait oublié sa présence.

— Lui ? Je pensais que tu me le dirais.

Max haussa les épaules.

— Il m'a suivi il y a quelques jours quand je revenais de la promenade, je lui ai donné à manger et je l'ai laissé se mettre à l'abri à cause de la tempête et, depuis, il reste ici.

Hada remua la tête avec une commisération feinte et ses boucles s'agitèrent autour de son visage.

— Je crains que tu ne puisses plus te défaire de lui. Apparemment, il doit penser que tu es son nouveau maître.

— Même pas en rêve ! — C'était Max qui, à présent, secouait la tête négativement. Je n'aime pas les chiens.

— Eh bien, tu as une curieuse façon de le cacher, en lui donnant à manger et en le laissant dormir dans ta cuisine, répliqua-t-elle, moqueuse.

Max tourna un peu les yeux, déconcerté.

— C'est ma vue affaiblie par la fièvre ou ce clébard est beaucoup plus propre ?

Hada s'assit de nouveau sur la chaise et caressa l'animal derrière les oreilles pendant que ce dernier fermait les yeux, dans un état de demi-extase.

— Il était très sale, si bien que je lui ai donné un bain et je l'ai brossé. C'est un beau chien, avec une alimentation régulière, ses poids retrouveront toute leur brillance. Je pense qu'il n'a pas plus de deux ans et il n'a pas de puces. Aussi, je lui ai donné un cachet pour les parasites internes et l'ai vacciné contre la rage. Pour le reste, il me semble qu'il est en bonne santé.

Max la regarda sévèrement ;

— Allez. Je vois que tu es une vétérinaire des plus efficaces.

— Ah oui ?

— Je me demande à qui tu vas passer le compte rendu…

— À qui donc ? — Malgré son air innocent, on voyait bien qu'elle se moquait de lui. À son propriétaire, bien sûr.

— Ce n'est pas la peine de me regarder.

Hada se contenta d'éclater de rire et se leva pour lui reprendre le bol. Puis elle saisit le verre d'eau et le cachet qui étaient également sur la table de nuit et les lui tendit.

— L'heure du médicament.

Max prit le cachet, obéissant, et sa doctoresse particulière redéposa le verre sur la table de nuit.

— Hada… — La jeune femme se tourna vers lui avec son charmant sourire qui lui faisait découvrir ses fossettes et Max ressentit une étrange sensation au niveau de son estomac. Je veux te remer…

— Bah, que ça ne te gêne pas, l'interrompit-elle en faisant un geste de la main.

— Sérieusement. Cueilleuse de pommes, mairesse, vétérinaire et à présent médecin, je te remercie énormément que tu aies consacré ton précieux temps libre à me soigner.

— C'est le moins que je pouvais faire pour la nouvelle sensation du village.

— C'est ça, moque-toi. Tu n'imagines pas ce que c'est quand tout le monde connaît ta vie de bout en bout.

Hada lui fit un clin d'œil malicieux.

— C'est le prix à payer pour être un type aussi intéressant.

— Je sais, mais parfois il est difficile d'être moi. — Max plissa la bouche d'un air arrogant qui la fit rire une fois de plus.

— Je vois que tu vas beaucoup mieux, ce qui me remplit l'âme de joie. Aussi quand tu auras récupéré, il faudra que tu appelles quelqu'un pour qu'il règle le problème de ta chambre, et peut-être que tu devrais aussi appeler ceux qui ont réparé ton toit, parce que, apparemment, ils n'ont pas fait du bon boulot.

— L'eau est entrée par la mansarde du grenier ; d'après ce que j'ai vu, un des ouvriers a oublié de fermer la fenêtre et effectivement, je dois appeler quelqu'un pour qu'il répare la fuite et que l'on mette des radiateurs dans toutes les pièces. Je suis fatigué de vivre dans un frigo.

Hada claqua la langue avec un air de désapprobation feinte.

— Si ta grand-mère se redressait, elle dirait que la grande ville a fait de toi une mauviette.

— Et elle aurait certainement raison. — Max haussa les épaules. Ce qui me paraît évident, c'est que je ne pense pas passer un hiver comme ceux d'ici dans ces conditions.

Elle le regarda, très surprise.

— Tu vas rester aussi longtemps ?

— J'ai pris six mois sabbatiques. C'est le délai que je me suis accordé pour découvrir une fois pour toutes si je vaux quelque chose en tant que compositeur.

— Ah, c'est donc ce que tu faisais. — Hada se mit à rire. Marta est convaincue que tu es une sorte d'espion et que toutes ces feuilles que tu remplis en langage crypté, ce sont des informations confidentielles destinées au FBI.

Entendant cela, Max leva les yeux au ciel.

— Quelle grande scénariste le cinéma espagnol a donc manquée !

— C'est la première fois que tu composes quelque chose ? Tu t'es lassé d'être légiste en musicologie ? — Comme d'habitude, Hada ne prit pas la peine de cacher sa curiosité.

— Jusqu'à présent, je me suis seulement risqué à des petites choses, mais un ami m'a proposé de composer la musique de fond de son film, ce que l'on appelle une « bande-son » même si le terme n'est pas du tout exact, et je veux le tenter. Et la réponse à ta deuxième question est : non. Je ne suis pas lassé de mon métier de légiste en musicologie, je vais poursuivre ça, c'est intéressant et ça me nourrit bien, mais j'aimerais faire un pas de plus.

Hada joignit ses paumes de main et le regarda avec ravissement.

— Je suis sûre que ta bande-son sera un grand succès.

— Je suis heureux que ce soit si clair pour toi, dit-il avec sécheresse.

— Bien sûr que oui, il y a quelque chose en toi…

— Tu pourrais arrêter de te moquer de moi ?

— Je crois que ton refroidissement t'a rendu très susceptible.

— Tu ne devrais pas embêter un pauvre invalide — en disant cela, sa bouche s'ouvrit involontairement dans un profond bâillement —, je suis trop faible pour me défendre.

— Finalement, dit Hada après avoir jeté un coup d'œil à sa montre, je crois qu'il est temps que je te laisse te reposer.

— Déjà ?

— J'ai remarqué que ça fait un moment que tu fais des efforts pour rester éveillé.

C'était vrai, ses paupières se fermaient malgré lui, mais il n'avait pas envie qu'elle s'en aille.

— Tu viendras me voir demain ? demanda-t-il avec une certaine inquiétude.

— Bien sûr, tu n'es pas encore libéré de moi. Adieu, mon petit amour — pendant quelques secondes, Max pensa qu'elle lui disait ça à lui, mais en voyant qu'elle se penchait pour caresser le chien, il perçut son erreur et attribua l'accélération des battements de son cœur au fameux refroidissement —, à toi aussi, je te verrai demain. Prends soin de lui.

— Tu ne vas pas le laisser ici ?

— Pourquoi pas ? Ça lui plaît.

— Mais…

Mais Hada était déjà parvenue à la porte et se contenta d'agiter la main de là.

— Il te tiendra compagnie. À demain !

Il entendit ses pas dans l'escalier et maugréa entre ses dents ; il n'était pas habitué à ce que les femmes ne le prennent pas au sérieux. Irrité, il se tourna vers le chien qui avait ses yeux sombres fixés sur lui avec ce qui lui parut un regard moqueur et, employant son ton le plus menaçant, il lui dit fermement :

— Seulement pour cette nuit, compris ? Demain, tu t'en iras coûte que coûte.

7

Max ignora les terribles présages de Marta quand, alors qu'elle lui portait le plateau avec son petit déjeuner, elle le trouva douché, habillé et prêt à descendre dans la salle à manger. Il se trouvait encore un peu faible, souffrait toujours d'une forte congestion nasale et toussait encore, mais il n'était pas disposé à ce que Hada le trouve dans son lit comme un moribond quand elle viendrait. Fidèle à sa parole, elle passa le voir en milieu de matinée et le trouva assis dans le canapé du salon, corrigeant des partitions, avec le chien à ses pieds.

En l'entendant, l'animal se leva et s'approcha d'elle en remuant la queue. Hada le caressa derrière les oreilles sans cesser de regarder Max.

— Tu travailles déjà ? Tu aurais dû rester au lit un peu plus longtemps.

— Je te supplie de ne pas commencer à énumérer tous les malheurs qui m'attendent à cause de ma témérité, comme une certaine personne que je connais.

Souriante, Hada s'approcha de lui et, sans demander, se pencha et posa une main sur son front. Max ferma les yeux quelques secondes.

— Tu as la main gelée, et arrête de toucher ce chien, dit-il pour cacher combien il aimait qu'elle le touche, même si ce n'était que de façon complètement impersonnelle.

Il devait être plus faible qu'il ne le pensait s'il avait tellement besoin de contact humain, se dit-il, mécontent de cette sensation de dépendance jusqu'ici inconnue.

— Dehors, il fait un froid de canard, même si, bien sûr, les courants d'air dans cette pièce y ont aussi leur part et je t'ai déjà dit que j'ai lavé le chien hier. Tu n'as pas de fièvre, mais je crains que si tu restes assis ici trop longtemps, tu vas attraper une pneumonie.

Hada avait raison ; la température dans le salon était plutôt désagréable et, même s'il avait mis un pull à col roulé et son Barbour par-dessus, il constatait déjà que ses doigts qui tenaient son crayon commençaient à se congeler.

— J'ai appelé mon secrétaire pour qu'il me commande un ensemble de radiateurs et quelqu'un pour les amener, mais je crains qu'ils n'arrivent pas avant demain.

— Demain ? Eh bien, ton secrétaire doit être efficace.

— Il travaille avec moi depuis plus de cinq ans et je sais que quand il veut une chose, il la veut pour hier.

Elle se contenta de le regarder avec ces grands yeux bruns dont il ne put pas, pour une fois, déchiffrer l'expression. Sans savoir pourquoi, Max se sentit un peu mal à l'aise, si bien qu'il s'empressa de changer de sujet.

— Tu restes pour manger ?

Son visage afficha un air horrifié.

— Dans cette salle à manger gelée ?

Max retint un sourire.

— Nous pourrions manger dans la cuisine, si tu préfères.

— Dans ce cas, j'accepte avec plaisir. À présent il vaudrait mieux que tu montes dans ta chambre, je vais dire à Marta que je reste à déjeuner. J'ai apporté des cartes — elle agita un paquet de cartes espagnoles devant son nez — Tu sais jouer à la *escoba* ?

— Non.

— Non ? — Elle se frappa le front d'un geste exagéré. C'est vrai, j'avais oublié que tu es plus yankee qu'autre chose. *No worries*, je vais t'apprendre, *man*.

Max n'était pas sûr qu'il allait apprécier de jouer une partie de cartes, mais elle avait déjà disparu en direction de la cuisine pour parler avec son employée de maison, si bien qu'il haussa les épaules, résigné, et décida d'obéir. Lentement, il monta l'escalier avec le chien collé à ses talons.

Peu après, Hada le retrouva dans sa chambre. Max était accroupi, essayant d'allumer un feu dans la petite cheminée, mais bien qu'il eût déjà brûlé plus d'un demi-journal, le feu ne prenait pas. Hada s'agenouilla à côté de lui et l'écarta sans grande délicatesse.

— Laisse-moi faire. — En un clin d'œil, de joyeuses flammes léchaient les morceaux de bois que Maria avait déposés quand elle avait fait la chambre. Hada se tourna vers lui avec une lueur moqueuse dans les yeux. On voit bien que tu es un monsieur de la ville.

— Je n'aime pas que tu me jettes à la face mon manque d'habileté pour certaines tâches manuelles. — Max se mit debout et lui tendit une main pour l'aider, ce qu'elle accepta en souriant.

— Rassure-toi, tu pourras toujours m'accuser de ma complète incapacité à aligner plus de deux notes à la suite sur un piano. — Elle regarda autour d'elle. Assieds-toi sur la chaise et je me mets sur le lit.

— J'ai connu des généraux qui donnaient moins d'ordres que toi.

— Que veux-tu que je fasse ? — Hada haussa les épaules tout en retirant une botte, puis l'autre et, en chaussettes, elle s'assit les jambes croisées sur le matelas. Je suis une autorité dans ce village, je suis habituée à commander. Maintenant, attention !

Max s'assit à son tour sur la chaise en face d'elle et l'observa pendant qu'elle battait les cartes. Ses boucles blondes, plus rebelles que jamais, encadraient son visage souriant. Comme d'habitude, elle portait un jean et, bien sûr, un de ses pulls extravagants, cette fois dans des tons bleu ciel agrémentés de rayures jaunes.

— Ça t'arrive de t'habiller ?

— Des talons et tout ça ? demanda-t-elle sans grand intérêt, tout en distribuant les cartes sur le matelas.

— Des talons hauts et tout ça.

— Pas très souvent, à vrai dire. J'ai toujours été un peu garçon manqué ; tout du moins, c'est ce que répétait mon Aba quand j'étais plus jeune. Par ailleurs, si je devais être en jupe avec des talons pour travailler, je crains que mes clients en tombent raides. Prêt pour apprendre à jouer à la *escoba* ?

— D'abord, faisons un marché : si je gagne une partie, je t'inviterai à dîner dans un bon restaurant d'Albarracín à la condition que tu mettes « des talons et toutes ces choses ». Si je perds : tu pourras, toi, choisir le gage.

Hada remua ses boucles blondes et le regarda avec tristesse.

— Tu ne sais pas ce que tu es en train de dire. Je suis l'autorité suprême dans le jeu de la *escoba*. Primitivo peut te raconter ; je n'étais pas plus grande qu'une mioche haute comme trois pommes que je lui soutirais déjà toujours de l'argent quand nous jouions une partie.

Mais Max ne se laissa pas impressionner.

— Ce n'est pas pour dire, mais j'ai toujours été un crack aux jeux de cartes ; poker, *rummy, black jack, baccarat*… nomme celui que tu veux. — Voyant le geste incrédule de Hada, il haussa les épaules. Comme vous dites par ici : je suis *le putain* de maître. Voyons, comment on joue à ça ?

Hada lui expliqua les règles du jeu et Max comprit tout de suite.

— Jouons deux parties. Tu devras gagner l'une des deux pour gagner le pari. D'accord ?

— D'accord.

Hada battit les cartes, les distribua et ils commencèrent à jouer.

— Je pourrais te faire traire une demi-douzaine de vaches, dit-elle au bout d'un moment, en posant en petites piles contiguës les trois *escobas* qu'elle venait de réussir.

— Talons, ensemble ou jupe… fut le commentaire de Max un peu plus tard, en étalant sa première *escoba*.

— Ou je te demanderai d'aider Primitivo à l'abattage.

— Et un peu de maquillage.

Chacun très concentré sur ses cartes, ils continuèrent un moment leur partie dans le silence, seulement interrompu par les ingénieux commentaires à chaque fois que l'un d'eux réussissait une *escoba*.

— Peut-être que je t'appellerai quand nous commencerons les conserves. L'an passé, nous avons rempli cinq cents pots de confiture.

— Les talons de plus de huit centimètres, sinon, ce n'est pas valable.

Hada gagna la première partie sans problème et commença la seconde. À présent, Max répondait à peine à ses moqueries et son tas d'*escobas* commença à augmenter devant lui. Voyant cela, sa rivale cessa ses provocations et se concentra sur la partie. Au bout d'une demi-heure, ils se retrouvèrent sans carte et Max avait une *escoba* de plus sur ses piles.

— Je me rends compte que tu as du mal à perdre, dit-il en voyant que Hada comptait les *escobas* pour la énième fois.

Elle le regarda avec un air de reproche.

— Je n'arrive pas à croire que c'est la première fois que tu joues à l'*escoba*. Jusqu'à aujourd'hui, j'étais imbattable.

— Je suis *le putain* de maître, répéta-t-il sans la moindre intention de manifester un minimum de modestie.

À ce moment-là, quelqu'un frappa doucement à la porte.

— Entre, Marta, dit Hada, en même temps qu'elle rassemblait les cartes ; mais ce n'était pas Marta, c'était sa sœur Maria qui venait leur dire que le déjeuner était prêt et qui restait près de la porte avec une curieuse expression sur le visage, sans oser entrer. — Bien ! J'ai faim.

Hada se leva d'un bond et pendant qu'elle réenfilait ses bottes, elle demanda à Maria des nouvelles de la truie et de ses petits. Sans cesser de parler, elles descendirent l'escalier en direction de la cuisine, suivies de près par Max et le chien.

— Tu manges avec nous, Maria ?

— Pas question. — Sa sœur qui, à ce moment-là, soufflait sur la cuillère qu'elle venait de mettre dans la casserole pour goûter le ragoût, avait répondu pour elle. Repars à la maison, Maria, tu as encore du pain sur la planche.

Pour une fois, Max apprécia l'intervention opportune de sa domestique. Cela devenait irritant que son invité prenne tant de libertés dans sa propre maison, mais comme finalement il semblait qu'ils n'allaient pas partager leur table avec quelqu'un d'autre, il lui pardonna ; à vrai dire, il y avait quelque chose chez Hada qui faisait qu'il était difficile de se fâcher contre elle.

« C'est une sorte de culot enjoué », se dit-il. Il n'était pas habitué à ce que les femmes le traitent ainsi.

— Et toi, Marta ?

— Non, non. Dès que le fourbi aura tout bien été fait, je m'en retournerai à la maison avec un peu de lentilles *pou'* la Maria et moi.

— « Fourbi tout bien été fait » veut dire rendre propre et reluisant, expliqua Hada.

Le repas, comme le dîner qu'ils avaient partagé quelques jours plus tôt, fut très amusant malgré les continuelles interruptions de Marta, qui ne faisait rien pour cacher qu'elle ne perdait pas un mot de la conversation. Max apprit que le mercredi, les habitants de Santa Olaria descendaient au marché aux puces d'Albarracín pour gagner quelques euros avec les conserves, les fromages et les produits de l'abattage qu'ils fabriquaient eux-mêmes.

— Donc, vous dressez un stand.

— Bien sûr que oui, et avec quel succès ! dit Marta qui, à ce moment-là, s'approchait de la table en saisissant par les poignées la lourde marmite en fer. En la voyant, Max se leva immédiatement, la lui retira des mains et la posa sur la table.

— Merci, mon mignon ! On n'est plus si jeune. Le week-end dernier, Primitivo a vendu tous les pots de miel de ses ruches et nous autres, plus de la moitié de l'*écrase* d'abricots.

— De la compote d'abricots, précisa Hada

— Et la *longaniza* de la Dora, elle n'a pas duré une demi-minute, poursuivit Marta, pleine d'enthousiasme. Dans ce village, on a *ben* la main *pou'* ces choses-là.

Max regarda son invitée avec un regard moqueur.

— Toi aussi, tu as bien la main ?

Hada baissa les yeux avec une tristesse feinte et secoua la tête négativement.

— Je suis l'exception qui confirme la règle.

Bien sûr, Marta ne laissa pas échapper l'occasion d'intervenir.

— Voyez, la p'tiote, elle est prête pour certaines choses, mais pour d'autres… Aïe aïe aïe ! Et ce n'est pas parce que, depuis qu'elle était pas plus haut' que ça, on l'avait pas dans la cuisine nuit et jour pendant qu'on préparait les conserves ou comme si sa grand-mère n'avait pas essayé de lui apprendre à cuisiner un million de fois. Elle ne faisait jamais attention ; si tu la laissais agir, elle était distraite par le vol d'une mouche ou elle pensait aux histoires que sa mère lui racontait et tout collait, brûlait… allez, à chaque fois, c'était un désastre. Elle aimait juste courir dans les alentours, avec ses genoux toujours écorchés. — L'employée de maison secoua la tête, l'air désapprobateur. Pour dire vrai, on a perdu l'espoir. La p'tiote est point faite *pou'* la cuisine.

Hada cligna de l'œil discrètement vers son hôte.

Soudain, comme si elle venait de se rendre compte qu'en disant ces choses au petit-fils de la Maxi — qui, de toute évidence, adorait la bonne cuisine —, ce dernier se désintéresserait de la jeune fille, Marta s'arrêta et s'empressa de chanter ses louanges :

— Mais elle est la meilleure vétérinaire du monde.

— Du monde, c'est un peu exagéré… dit la concernée avec modestie, et Max dut serrer les lèvres pour ne pas sourire.

— Et une grande dame, *enco'*. Toujours à s'occuper des *quat' vieux* que nous sommes à Santa Olaria.

— Je n'aime pas ce mot, Marta. Vous n'êtes pas « vieux » ; vous êtes des personnes adultes avec une certaine expérience de la vie.

— Elle nous conduit au marché aux puces, chez le médecin ou Dieu sait où dans cette saleté de fourgonnette bleue, poursuivit-elle sans lui prêter attention et, bien sûr, elle ne put résister à sortir une de ces prédictions apocalyptiques qu'elle aimait tant… qu'un de ces jours, la police appellera pour nous dire qu'elle a dégringolé dans le ravin.

— Et elle cueille les pommes… l'encouragea Max très sérieusement.

— *Et pis ça itou.* Elle ramasse les pommes, que nous autres, on est bien trop cassés *pou'* grimper dans les arbres et elle fait des parts égales *pou'* tous.

— À entendre tout ça, je me rends compte que je suis une très belle personne ! fit Hada en montrant sa meilleure mine.

— Une sainte, ma petite, c'est ce que tu es.

Devant tout ça, Hada n'en supporta plus et se mit à éclater de rire, avec ce rire contagieux qui gagna Max.

— N'exagère pas, Marta. À ce stade, Max va penser que tu es en train d'essayer de me caser avec lui.

Se voyant découverte, l'employée de maison faillit faire tomber par terre la louche avec laquelle elle venait de leur servir des lentilles. Max aurait juré qu'elle était devenue toute rouge, bien que sur son visage ridé et tanné, il fût difficile de le constater avec certitude.

Sérieusement, elle avait l'intention de les « caser » ? se demanda-t-il sans cesser de froncer les sourcils. Discrètement, il observa Hada, qui venait de se jeter sur l'assiette de lentilles avec un empressement démesuré, et il se dit de deux choses l'une : soit son invitée faisait très bien semblant, soit il devrait l'excuser d'avoir une sorte de visée sur sa personne.

— Te marier avec le petit-fils de la Maxi ! Quelle bêtise. Bon, je vous laisse. Que j'ai enco' bien à faire et j'ai point le temps *pou'* autant de *jacasserie*. — Et finalement, elle les laissa seuls dans la cuisine.

— « Jacasserie » veut dire conversation.

Max haussa l'un de ses sourcils noirs.

— Vraiment ? Qui aurait dit qu'elle n'avait pas de temps pour ça.

— Tu es méchant, affirma Hada en souriant, la bouche pleine.

— C'est pour ça que quand elle a dit « te marier avec le petit-fils de la Maxi ! » Ça aurait sonné pareil que si elle avait dit : « te marier avec un tueur en série ! »

Hada avala de travers, toussa et dut boire de l'eau.

— Ne me fais pas rire pendant que je mange.

— Rire ? — Max fronça les sourcils, l'œil sévère. Bien loin de là mon intention.

Hada essuya ses larmes avec sa serviette et lui pointa un doigt menaçant.

— Bien sûr que c'était ton intention ; cette manie que tu as de me jeter au visage très sérieusement les choses les plus absurdes va finir par me tuer. Mais rassure-toi, dit-elle en souriant chaleureusement, je ne crois pas que Marta ait quoi que ce soit contre toi.

Max essuya une sueur imaginaire sur son front.

— Un moindre mal.

Son interlocutrice poursuivit sans en faire de cas.

— Je crois qu'elle dit ça plutôt pour moi. Pour me protéger. Finalement, les habitants de ce village m'ont vu grandir. Ils sont ma famille et, au fond, ils continuent à me considérer comme une gamine innocente.

— Donc, si tu te tapais un prétendant, aucun d'eux ne te donnerait son accord, n'est-ce pas ? — Tout d'un coup, Max eut l'impression que l'air animé de son invitée disparaissait d'un coup et, tout de suite, il devint vraiment sérieux tout en l'examinant, les sourcils froncés. J'ai dit quelque chose qui t'a contrariée ?

— Non, bien sûr que non. — Hada sourit, mais ce sourire n'avait rien à voir avec les sourires auxquels il était habitué ; il n'y avait aucune trace de ses fossettes. J'imagine que, en insistant beaucoup et s'ils voyaient que notre amour devenait sérieux, ils approuveraient sans problème.

Quelque chose dans son attitude fit que Max s'empressa de changer de sujet.

— Peut-on savoir ce que l'on va faire avec lui ? dit-il en montrant le chien qui, allongé à quelques mètres d'eux, les observait, l'œil brillant.

Hada reprit vie instantanément.

— Le plus urgent, je crois, serait que tu devrais lui donner un nom ; « chien », « celui-ci »… — elle secoua la tête, l'air désapprobateur — ; à vrai dire, ils n'avaient pas trop d'idées.

Il haussa les épaules.

— Je ne veux pas lui donner l'illusion qu'il va rester ici le reste de sa vie.

Hada claqua des doigts. Immédiatement, le chien s'approcha d'elle et appuya son énorme tête sur ses genoux.

— Je crains qu'il soit déjà convaincu qu'il va rester ici toute sa vie, pas vrai, mon beau chien ? dit-elle sans cesser de le caresser.

Cette fois, ce fut Max qui la regarda, l'air désapprobateur.

— Impossible. Qu'est-ce que je ferais de lui quand je retournerai à New York ? Je ne crois pas qu'un appartement à Manhattan soit un bon endroit pour un chien de cette taille, habitué à vivre à la campagne. Tu ferais mieux de ne pas le dorloter autant.

— Hum. — Hada resta pensive un moment en regardant l'animal qui avait fermé ses paupières, ravi par ses caresses. Au bout d'un moment, elle releva la tête ; ses yeux brillaient et l'un de ses plus beaux sourires brillait. Ça y est ! Une idée me vient à l'esprit qui va t'enchanter.

— Hum. — À présent, ce fut au tour de Max d'utiliser la même interjection peu compromettante.

— Tu restes avec lui jusqu'à ton retour à New York et ensuite, je m'en chargerai. — Elle fronça les sourcils quelques secondes tout en reconsidérant sa décision. Bien sûr, ça va être dur pour moi de convaincre Aba. Elle n'aime pas les chiens, elle a un peu peur d'eux, mais… — Elle retrouva son enthousiasme presque immédiatement et s'adressa à l'animal d'une voix affectueuse — quand je vois à quel point tu es bon et à quel point tu te comportes bien, elle ne pourra pas résister.

— Tu crois ? — Max haussa un sourcil, clairement sceptique.

Hada acquiesça fermement.

— Sans le moindre doute ; donc, comment tu vas l'appeler ?

Max soupira, résigné. Il venait de découvrir, comme beaucoup d'autres l'avaient fait avant lui, qu'il était très difficile de résister à l'enthousiasme de Hada.

— Aucune idée. Tu as une suggestion ?

— Je t'aurais bien proposé de l'appeler Max ; c'est un joli nom pour un grand chien, mais… — Elle haussa les épaules, l'air espiègle.

— Ha, ha ! Très joli. — Il resta un bon moment à réfléchir : Qu'est-ce que tu penses de Wolf, en l'honneur de Wolfgang Amadeus Mozart ?

Hada n'essaya pas de cacher son admiration.

— Cela me paraît le nom parfait. En plus, *wolf* est loup en anglais, pas vrai ?

— En effet. Comme ça, je fais d'une pierre deux coups et je confirme ta théorie une fois de plus. — Max retira l'assiette vide et saisit une figue dans la coupe que Marta avait laissée sur la table. D'ailleurs, en parlant de cela, je vais te dire que cette théorie n'est pas toujours exacte.

— Quelle théorie ? — Hada le regarda avec intérêt pendant qu'elle mordait dans une autre figue, avec la peau et tout.

— Celle que les noms des gens sont en consonance avec leur personnalité. Avec Marta et Maria, ça colle, je ne peux pas le nier, et avec Primitivo, il n'y a pas de doute non plus, mais que se passe-t-il avec ta grand-mère Dora ?

Cette fois, ce fut Hada qui releva un sourcil avec un air de supériorité.

— Avec ma grand-mère, ma théorie colle à cent pour cent. Dora est une abréviation de son nom : amadora. Et je t'assure qu'il n'y a pas au monde de personne plus remplie d'amour que mon Aba. Quand elle s'est chargée de moi, elle a dû renoncer à ce qui était alors sa vie. Tu vois, après son mariage, elle est partie à Madrid avec mon grand-père et elle était là depuis presque quarante ans, imagine, jusqu'à en perdre l'accent d'ici, mais sa petite pension de veuve ne nous permettait pas de vivre toutes les deux dans la capitale. Si bien qu'elle est revenue au village, et courageusement, elle m'a élevée, m'a payé mes études et je ne l'ai jamais entendue me faire le moindre reproche ou se plaindre.

— Admirable ! fut le seul commentaire de Max, même si cette histoire n'arrêtait pas de tourner en rond dans sa tête.

Cette espèce de bonté intrinsèque qui avait attiré son attention depuis qu'il connaissait Hada était à présent très claire, se dit-il. La bonté était une vertu à laquelle il n'avait jamais attaché trop d'importance ; depuis tout petit, sa mère lui avait mis dans la tête que grâce à ses dons musicaux, il était supérieur à la majorité des gens qui l'entouraient. Ce fut beaucoup plus tard qu'il comprit que non seulement, ce n'était pas vrai, mais que tout le monde n'était pas obligé de se plier à ses désirs et, même si c'était une chose saine, cela avait été une dure leçon à apprendre pour un enfant qui était déjà presque adulte.

Quoi qu'il en soit, tout cela l'avait rendu plus fort. Depuis peu, pour lui, le monde s'était partagé entre les gagnants et les perdants, et pour ces derniers, il ne ressentait pas trop de peine. Cependant, ces derniers temps, Hada lui avait ouvert les yeux sur un monde nouveau ; un monde de sacrifices, non pas à la poursuite d'un rêve personnel — ça, il pouvait le comprendre sans problème —, mais c'était un renoncement personnel au profit des autres. En définitive, un monde où il se sentait aussi étranger qu'un être venu d'une autre planète qui atterrirait sur Terre.

À ce moment-là, son employée de maison revint dans la cuisine et Max s'en réjouit, parce que, soudain, il se sentait légèrement mal à l'aise en présence de son invitée.

— Bon, je dois m'en aller à présent, dit Hada après avoir aidé Marta à débarrasser la vaisselle. Merci beaucoup de m'avoir invitée, Max, et toi, Marta, pour ces si délicieuses lentilles. Si cela arrive aux oreilles de grand-mé, je le nierai catégoriquement, mais j'avoue que tu les fais encore mieux qu'elle.

Marta se redressa visiblement devant le compliment.

— *Pou'* cuisiner, y'a besoin que de patience et beaucoup d'amour.

— Tu sais que dans mon cas tristement personnel, ce n'est pas toujours ainsi.

Hada l'étreignit en l'embrassant sur la joue et, surpris, Max vit combien l'expression d'ordinaire rude de son employée s'adoucissait jusqu'à refléter une incroyable tendresse.

Hada ouvrit la porte de la cuisine.

— Au revoir, Wolf. Au revoir, Max.

— Au revoir, Hada, et rappelle-toi que tu me dois un dîner.

8

Plusieurs jours passèrent avant qu'il la revoie. Entre-temps, les ouvriers que Colin avait embauchés arrivèrent pour réparer l'ancienne chaudière à bois qui, entre autres choses, fournissait de l'eau chaude aux non moins anciens radiateurs en fer et, au passage, des pompes à chaleur furent installées dans les pièces qu'il fréquentait le plus. Ils en profitèrent aussi pour monter des réchauds à butane sur lesquels Max avait insisté, ayant trop peur que, vu la fréquence des interruptions de courant dans le village, quand le froid allait vraiment arriver, il serait insupportable de rester dans cette maison.

Les coups continuels, les claquements de portes et les éclats de voix de l'équipe rendaient sa concentration difficile, si bien que Max, qui était pour ainsi dire complètement guéri de son rhume, consacra ces jours-là à faire de longues promenades où il trouvait l'inspiration dans les environs avec Wolf toujours collé à ses basques. Bien que son travail en tant que légiste en musicologie exigeât une concentration rigoureuse et qu'il passât beaucoup de temps enfermé dans le studio qu'il avait dans son appartement de Manhattan, il n'était pas habitué à de si longues périodes de solitude et souvent, il se surprenait à parler à voix haute avec le chien.

— On va finir par m'enfermer, lui dit-il d'un ton confidentiel un après-midi, alors qu'ils contemplaient la vue de la vallée depuis le sommet d'un massif rocheux.

Son haleine se transforma en un nuage de vapeur à peine sortie de sa bouche, et Max se réjouit d'avoir profité du jour précédent pour faire des achats à Teruel. Cependant, le bonnet de laine, pas plus que l'écharpe et les gants ne le protégeaient complètement de la bise qui soufflait fortement.

— À force de rester sans bouger beaucoup trop de temps, on va finir congelés. Allons-y.

Le chien se leva aussitôt et le suivit à flanc de coteau jusqu'à ce que, soudain, il se mette à pousser l'un de ses rares et profonds aboiements et parte en courant sur un sentier qui s'ouvrait à droite de la route.

— Wolf ! Viens ici, maudit chien !

Sans cesser de l'appeler et de le maudire tout autant, Max le suivit d'un bon pas jusqu'à une clairière où paissaient une demi-douzaine de vaches et quelques chèvres qui lui semblèrent familières.

— Hello, Max !

Surpris, Max leva les yeux et, en haut d'un rocher large et plat, il découvrit Hada avec un bonnet de laine coloré laissant échapper quelques boucles, en train de le saluer avec la main. Elle n'était pas seule ; le vieux Primitivo, à côté d'elle, lui entourait les épaules d'un de ses bras. Avant que le visage du vieillard ne retrouve sa morosité habituelle, Max détecta une expression de tendresse très similaire à celle qu'il avait vue sur le visage de son employée. Hada, qui avait l'air très à l'aise contre la poitrine du vieillard, montra Wolf qui avait posé sa tête sur sa propre cuisse et semblait aussi être au septième ciel.

— Tu as un chien très intelligent.

— Tu veux dire très désobéissant.

— L'*quin* montre des manières d'bon berger ! intervint Primitivo.

— Si vous voulez, je vous l'offre, s'empressa de proposer Max, sans faire cas du regard désapprobateur qu'elle lui lança.

— Non, dit le vieux sèchement.

— Primitivo a eu un chien il y a des années et il l'a si mal supporté quand il est mort qu'il s'est promis de ne jamais en avoir un autre. — Hada se redressa légèrement et déposa affectueusement un baiser sur sa joue rugueuse.

— Je suis désolé. — Max se sentit mal à l'aise sans savoir quoi dire d'autre, mais le vieil homme ne le regarda même pas, si bien qu'il continua à parler à Hada : Tu n'es pas venue me voir, même pas pour demander comment j'allais.

Même s'il avait essayé de formuler ça sur un ton léger, il ne put empêcher que cela sonne comme un reproche.

— J'ai eu beaucoup de travail, mais ma grand-mère m'a tenue au courant avec des nouvelles de première main que Marta lui transmettait. Si bien que j'ai su que tu allais bien, malgré un léger enrouement ; que la chaudière est bien réglée et que les ouvriers sont sur le point de terminer d'installer les pompes à chaleur ; que tu ne te plains plus le matin de la rareté d'eau chaude quand tu te douches ; qu'avec le vacarme, tu n'as pas travaillé autant que d'habitude ; que tu « passes ton temps à vagabonder dans ce coin perdu, sans autre compagnie que cette espèce de bête » ; que…

— Assez ! Assez ! — Max plaqua ses mains contre ses oreilles. Je savais que ma vie était un livre ouvert pour les habitants de Santa Olaria, mais je n'imaginais pas à quel point. Je suppose que tu connais aussi la taille de mes caleçons.

— Oh, non ! — Hada baissa les yeux avec un air de vierge effarouchée. Ma grand-mère ne me parlerait jamais de sujets aussi intimes, même si je suis sûre qu'elle connaît par cœur jusqu'à la composition du tissu avec lequel ils sont fabriqués.

En le voyant se prendre la tête avec ses mains comme s'il se sentait accablé, Hada éclata de rire, accompagnée par le rire en cascade de l'ancien.

— Un jour sans avoir d'quoi *maquer*, et elles mourraient.

— Il veut dire « commérer », lui décrivit aimablement Hada.

Max claqua des doigts et le chien se mit immédiatement en alerte.

— Finalement, tu restes ici ou tu reviens avec moi ?

Hada se serra un peu plus contre la poitrine du vieil homme.

— Je reste encore un petit moment.

Sa réponse le contraria ; le fait est qu'il avait envie de parler à un être humain, pour changer.

— Sûre ? Il fait un froid de canard et tu as le nez rouge.

— Un froid d'canard ! — L'ancien lança un rire dédaigneux.

— Ne te moque pas de lui, grand-pé, ces messieurs de la ville ne savent pas ce que c'est que le froid en réalité. — Il était difficile de résister au regard moqueur des grands yeux noisette. Avec ce bonnet, les joues plus que rosies, le bout du nez coloré et ces fossettes irrésistibles, elle était adorable. Heureusement, se dit Max en s'obligeant à écarter ses yeux d'elle, les filles adorables au visage enfantin n'étaient pas le genre de femme pour lequel il se sentait attiré. — Par ailleurs, nous sommes en pleine enquête scientifique.

Ce commentaire si intrigant lui fit oublier pendant un moment qu'ils étaient en train de se geler les doigts à l'intérieur des gants.

— Ne me dis pas ! — Il regarda autour de lui ; en dehors des vaches et des chèvres qui paissaient indépendamment d'eux, il ne voyait rien qui vaille la peine d'être étudié.

— Regarde là-bas. — Max tourna la tête vers l'endroit qu'elle signalait du doigt. À quelques mètres coulait la rivière qui était peu profonde dans cette partie, mais il ne vit rien de plus que la beauté du milieu. Là-bas, sur cette pierre plate juste au pied de ce peuplier.

Max aiguisa sa vue et, finalement, distingua la carapace aplatie d'une tortue endormie sous la faible chaleur du soleil qui, de temps en temps, cessait de jouer à cache-cache derrière les nuages.

— Je la vois !

— Ben, l'aura mis l'temps ! prononça le vieil homme suffisamment fort pour que Max l'entende.

Il aurait aimé ignorer de façon olympienne l'évident mépris enfermé dans cette phrase succincte, mais son orgueil blessé l'amena à essayer de se justifier :

— C'est que, avec cette couleur ocre et jaune, elle se confond avec les feuilles au sol. — Cependant, l'unique réponse qu'il obtint fut un grognement impatient.

— C'est une tortue d'eau lépreuse, dit Hada. Il est très rare de les voir par ici. Elles sont en danger d'extinction à cause des perturbations produites dans leur habitat, mais cet été, elle a fait son nid ici et nous avons vu les œufs éclore. C'était incroyable, pas vrai, grand-pé ? Nous avons essayé de créer les conditions adéquates pour qu'elles restent dans la région.

— Je vois que tu es spécialiste en animaux de tout genre.

— À vrai dire, le sujet me passionne. — Il n'aurait pas manqué de le jurer, pensa Max, mais en plus de ses yeux, Hada s'exprimait avec tout son corps ; jusqu'aux boucles rebelles qui semblaient souligner le moindre commentaire. Primitivo m'a enseigné leurs habitudes depuis que j'étais enfant et il n'est jamais allé à l'école. C'est l'un des meilleurs experts sur la faune autochtone de l'Aragón et tout ce qu'il sait, il l'a appris rien que par l'observation et la patience.

— N'exagère pas, ma petite. — Le vieil homme rejeta d'un grognement les louanges de son élève.

— Ne fais dont pas ton modeste, grand-pé. — Elle l'embrassa de nouveau sur la joue.

Une fois de plus, l'ancien ne put cacher la tendresse qu'il ressentait pour ce petit bout de bonne femme qui se blottissait, toute câline, contre lui. Il dut remarquer que Max s'était rendu compte de son émotion, parce que sa peau ridée s'obscurcit un peu plus sous la rougeur, ses épais sourcils gris se froncèrent au-dessus de son nez aquilin et il lui lança un regard plus perçant que d'habitude.

Craignant qu'il l'attaque avec son bâton, Max s'empressa de prendre congé.

— Bon, moi, je m'en vais, mes mains et mes pieds sont en train de geler sur place. On y va, Wolf ?

Le chien se leva d'un bond et le suivit.

— Si je ne te vois pas, souviens-toi qu'on a rendez-vous mercredi pour aller au marché aux puces ! lui cria Hada alors qu'il s'était déjà éloigné de quelques mètres.

— Devant la fontaine au petit cochon à sept heures et demie ! J'y serai !

Max s'assit devant le piano, ferma les yeux et commença à jouer. Son esprit était vide de pensées, seulement attentif aux notes qui jaillissaient de ses doigts. Il joua sans s'arrêter durant presque une heure et, lorsque, enfin, ses mains s'écartèrent du clavier, il se sentit envahi d'une agréable fatigue.

— C'est magnifique !

La voix râpeuse résonna dans la pièce. Max poussa un soupir, ouvrit les yeux et se retourna sur sa banquette avec une sensation de *déjà-vu*. Effectivement. Sur le seuil de la porte se trouvait Primitivo, avec sa casquette calée jusqu'aux sourcils et les mains croisées sur l'extrémité de son sempiternel bâton.

Max lança un regard accusateur au chien qui dormait devant la cheminée.

— Si tu n'es pas capable de donner l'alerte, je ne sais pas à quoi diable tu sers, espèce de carpette poilue.

Puis il se tourna vers l'intrus.

— Vous venez encore me séquestrer ? dit-il âprement. Il ne se sentait pas enclin à se montrer aimable ; il en avait assez que ce vieillard au visage peu amène s'introduise chez lui quand il en avait envie.

— Hein ?

— Ne faites pas l'innocent. Il commence à faire nuit et il fait un froid polaire, si bien que, à moins que vous me menaciez avec ce bâton, je ne pense pas sortir dans la rue.

— Non, non. Je n'viens pas pour vous emmener quéqu'part. J'voulais seulement... — Il s'arrêta comme s'il ne savait pas très bien comment poursuivre et, tout d'un coup, il montra le chien qui s'était de nouveau endormi sans leur prêter attention. *Eun'* bête *ben* dressée.

Max soupira avec mépris.

— Bien dressée ? Il ne sait même pas qu'un intrus s'est introduit ici.

— C'est point vrai. Il m'a même grogné dessus au début. Ce qui se passe, c'est qu'avec tout ce tapage que vous faites, vous n'avez pas remarqué.

Ce « tapage » ne servit pas précisément à réconcilier Max avec l'ancien, car il lui dit sèchement :

—Voyez, il est tard, je suis fatigué et je veux manger quelque chose avant d'aller au lit. Ce ne sont pas des heures pour les visites, si bien que vous me dites ce que vous êtes venu me dire et vous retournez chez vous.

— Très bien. Sans détour, alors. — Il cala un peu plus sa casquette, s'éclaircit la gorge plusieurs fois et dit : En tant que grand-pé d'la p'tiote, même si c'n'est pas par le sang...

Max l'interrompit, les sourcils froncés :

— Qu'est-ce que c'est que cette histoire de « grandpé » ?

— Qui'qu'ça peut être ? Le grand-père d'la p'tiote et ne m'interrompez pas, *sacrebleu* !

Une fois de plus, Max se demanda si le vieil homme avait toute sa tête. Cependant, la vision des articulations blanchâtres de ses mains, apparemment aussi coriaces que leur propriétaire, qui serraient fortement l'épais bâton, lui fit comprendre qu'il valait mieux le laisser parler.

— Très bien, continuez.

Primitivo recala sa casquette et s'éclaircit la gorge une fois de plus.

— En tant que grand-pé d'la p'tiote que j'suis, répéta-t-il sur le même ton solennel, j'veux savoir si vos intentions sont honnêt'.

— Mes intentions ? Mes intentions de quoi ?

— De quoi qu'ça peut êtr' ? D'faire la fête avec le biau brin d'fille ! — Wolf releva la tête, tout d'un coup en alerte.

Max le regarda, bouche bée, de plus en plus déconcerté.

— Eh bien, je suis désolé, dit-il en secouant la tête, je n'ai aucune idée de ce dont, diable, vous me parlez.

Un silence pesant s'installa. L'ancien se gratta le crâne en dessous de sa casquette, sans cesser de l'observer avec ce regard fixe qui semblait le traverser comme un ver sur un hameçon, et que Max trouvait des plus énervant. Au bout d'un bon moment, Primitivo reprit la conversation avec cette voix qui paraissait sortir du plus profond de la poitrine :

— Ne croyez pas que, parce qu'y reste que *quat' vieux* dans c'village, nous allons laisser un gars d'la ville séduire la gamine. J'fais partie du peu d'hommes qui restent à Santa Olaria — il frappa sa poitrine avec son poing — et il m'reste enco' assez d'énergie *pou'* casser la gueule avec chââââ — il agita son bâton en l'air — à quiconque tente à nouveau d'faire souffrir la p'tiote. Je m'fiche de c'que dira la Dora ou qui qu'ce soit d'autre, *bon sang d'bois* !

À ce moment-là, la lumière se fit dans le cerveau de Max. Il fut sur le point de trancher la question avec un commentaire plein de dédain ; sa façon habituelle de faire taire quiconque s'adresse à lui avec insolence. Maximiliano de la Torre était un gars fier et, une fois l'enfance et l'adolescence dépassées, il ne s'était plus jamais abaissé à donner à qui que ce soit des explications sur sa conduite. Cependant quelque chose lui dit que l'émotion du vieil homme n'était pas le fruit d'une quelconque aliénation mentale, mais qu'il s'était présenté chez lui, convaincu qu'il se tramait quelque chose contre « sa p'tiote » et qu'il était prêt à l'empêcher même si c'était pour se confronter à lui ; une attitude presque héroïque étant donné que, malgré ce bâton menaçant qu'il brandissait à la première occasion, l'homme avait quatre-vingts et quelques années, et lui n'en avait pas encore trente-six. Si bien que, faisant un effort, il inspira profondément, leva les deux mains, en signe de paix, et essaya de parler calmement :

— Voyons si je vous comprends bien. Ce qui vous préoccupe, c'est que je veuille abuser de Hada, c'est ça ? — Le vieux opina de la tête d'un coup sec —. Voyez, Primitivo, je ne vais être là que durant quelques mois et je n'ai pas l'intention de jouer avec l'affection de n'importe quelle femme pour ensuite m'en aller sans plus. Vous ne me connaissez absolument pas, mais je vous assure que je suis un homme intègre et que jamais je ne tromperais quiconque pour satisfaire mes intérêts personnels.

Max s'interrompit, la respiration agitée. Il espérait que ces phrases seraient suffisantes pour faire taire une fois pour toutes les soupçons de l'ancien, mais apparemment, ce ne fut pas le cas.

— J'ai vu comment qu'vous la r'gardiez, dit-il sur un ton plus modéré, mais sans cesser de froncer les sourcils. La façon dont vous parlez avec elle. Vu l'peu d'temps qu'vous vous connaissez, ça fait *ben d'la* confiance !

Max se mordit la langue pour ne pas sortir à ce vieux méfiant ce qu'il pensait réellement de lui et de sa stupide idée qu'il s'était mise dans sa tête de mule et, une fois de plus, il fit un effort considérable pour s'armer de patience.

— Hada et moi, nous nous sommes bien entendus dès le départ. Quelque chose d'ailleurs de tout à fait normal si l'on considère que, en dehors de Ionela et Costel que je n'ai quasiment jamais vus, c'est la seule personne de ce village d'un âge semblable au mien et, par conséquent, nous avons davantage de points en commun.

— Hum. — Primitivo ne paraissait pas encore très convaincu.

— « Hum » rien. C'est la vérité, affirma-t-il catégoriquement, les bras croisés devant sa poitrine.

Il dut supporter l'examen minutieux des yeux sombres durant encore de longues minutes avant que son indésirable visiteur se considère satisfait.

— C'est bon ! dit-il enfin.

— C'est sûr ? Je ne veux plus de visites menaçantes à des heures intempestives.

— Parole ! — Il baisa son pouce. Puis il pointa son œil avec son index et ajouta : « Mais vous'y fiez point, j'vous surveille ».

Et sans attendre de réponse, il disparut aussi silencieusement qu'il était arrivé. Gêné, Max se tourna vers le chien qui s'était recouché devant la cheminée.

— Et toi, la prochaine fois que ce type apparaît sans être invité, je veux que tu le chasses, compris ?

Wolf ouvrit sa gueule dans un énorme bâillement, montrant ses crocs blancs, et reposa sa tête sur ses pattes.

— T'es un sacré gardien ! — Max reprit ses partitions et les rangea en une pile bien classée au-dessus du piano ; il n'avait plus envie de jouer. Je ne sais pas à quoi cet homme a pensé. Hada et moi… Bah, c'est ridicule ! Elle n'est pas du tout mon type. En rien. Ce que je me demande… — il baissa un peu la voix —, je me demande qui a donc été le salaud qui a fait souffrir la « p'tiote ».

9

— Tu dis qu'il est revenu de la colonne et qu'il t'a dit qu'il devait partir quelques jours pour Madrid ?

— C'est exactement ce que je dis, affirma Marta fermement.

La « colonne » de pierre dont ils parlaient, surmontée d'une croix en fer oxydé, était située au croisement de chemins qui se trouvaient juste à la sortie du village, et c'était l'unique endroit à des kilomètres à la ronde où il y avait une couverture mobile. Dès que le petit-fils de Maxi avait chargé une petite valise dans le coffre de son tout-terrain et avait pris congé d'elle, Marta avait couru attacher son mouchoir autour du cou du petit cochon et à présent, ils étaient tous réunis — chien y compris — chez elle, attendant impatiemment d'entendre arriver la fourgonnette de Hada.

— Et il t'a dit à coup sûr qu'il serait de retour l'mercredi ? intervint Sandalia.

— Je l'ai entendu avec ces oreilles. — Marta toucha ses oreilles avec ses doigts pour donner plus de crédit à ses paroles.

— Je ne comprends pas. — Dora se leva de son siège et commença à marcher de long en large le long de la pièce, très agitée. D'après ce qu'a raconté la petite, il allait s'enfermer six mois ici pour composer je ne sais quoi pour un film.

— *Eun' pellicule* ! — Maria applaudit avec l'enthousiasme d'une petite fille.

— Tais-toi, ne nous interromps pas, la coupa sa sœur.

— Il ne reviendra pas, condamna Sandalia, qui se vantait de bien connaître les hommes.

— Toi, qu'est-ce que t'en sais ! — La voix chargée de mépris de la vieille Orosia, qui était comme d'habitude à moitié endormie près du feu, provoqua le sursaut habituel. Je vous dis que je l'ai vu dans un rêve. — Et elle continua sans faire de cas des soupirs d'impatience que poussaient la moitié des présents. En plus, je vous rappelle que nous avons prêté serment avec ma liqueur spéciale.

Elle éclata d'un rire empli de malice qui plissa encore plus son visage déjà ridé, ce qui lui donna tout l'air d'une noix maléfique.

— C'est ta faute ! — Dora se tourna soudain, furieuse, vers Primitivo, qui écoutait la conversation d'un air féroce, appuyé sur son bâton.

— Et qui'qu'j'ai donc fait, alors !

— Je sais tout. Marta t'a entendu quand tu es allée le voir chez lui et que tu l'as menacé.

Primitivo plissa les yeux, plus menaçant que jamais, mais Marta, vers qui il adressait ce regard, se contenta de le lui retourner avec une expression innocente.

— Tu parlais comme un sourd, dit-elle en haussant les épaules ; même un mort t'aurait entendu.

Mais la grand-mère de Hada n'avait pas terminé.

—Tu n'es qu'un vieil égoïste qui ne pense jamais qu'à lui-même. Ce qui se passe, c'est que tu ne veux pas que Hada s'en aille d'ici, tu veux qu'elle prenne soin de toi jusqu'à ce que tu meures et quand ça se passera, eh bien quoi ? Nous mourrons tous les uns après les autres et elle restera toute seule dans ce village oublié et elle aura perdu son unique chance de se marier et d'avoir des enfants et… et d'être heureuse. Je suis sûre que tu l'as fait fuir pour toujours, gémit Dora sans arrêter de se tordre les mains. Le cadeau miraculeux de La Pilarica piétiné, écrasé, frappé…

— Quelle déception, quelle déception, quelle… fit en écho Sandalia, enchantée au fond par tout ce drame qu'elle vivait au premier plan.

— Ça suffit ! — La voix profonde du vieux résonna dans la pièce, faisant immédiatement taire les lamentations. Voyant que Maria ouvrait la bouche pour dire quelque chose, il frappa le sol fortement avec son bâton et répéta sur le même ton : ça suffit !

Il affronta Dora, qui avait cessé de marcher et le regardait, à la fois rageuse et craintive.

— T'as pas idée de c'que tu dis ! C'est un mensonge, tu m'entends ?! Un mensonge que j'veuille avoir la p'tiote *pou'* moi tout seul jusqu'à c'que j'meure ! — Il baissa un peu la voix. Cette p'tiote… dès l'moment où tu l'as amenée au village, a été tout' ma vie, j'lui ai appris tout c'que j'sais, toi-même tu m'passais toujou' un savon pour l'affection que j'lui portais ; si elle avait été la chair d'ma chair et le sang d'mon sang, j'l'aurais pas aimée plus qu'ça. — Il sécha une larme qui coulait sur sa joue d'un geste impatient. Mais j'veux pas qu'un gars d'la ville vienne, si tant est qu'on peut l'considérer comme un gars, et qu'il l'aime quéqu'mois et pis qu'y r'tourne aux Amériques et ni vu ni connu, vas'y que j't'embrouille. Je n'laisserai pas la p'tiote souffrir *enco'*, même si j'dois rouer d'coups le p'tit-fils de la Maxi !

Le silence s'installa.

Finalement, Dora fut la première à le rompre.

— C'est bien. Tu as raison, Primitivo, pardonne-moi, je retire mes paroles. — On voyait bien qu'elle était sincère et Primitivo relâcha un peu son poing qu'il serrait autour de son bâton. Je sais bien combien ma petite-fille est importante pour toi et je comprends que tu veuilles la protéger, mais dans cette vie, parfois, il est nécessaire de prendre des risques et quand je les vois ensemble, je ne peux m'empêcher de penser à l'intervention divine de La Pilarica. Max… Max est un homme bon.

— Et très bien constitué. — Orosia, qui avait été une vraie femme fatale dans sa jeunesse, avait la nostalgie de son passé.

— Aimable aussi. Tout'la journée des « s'il vous plaît », des « merci beaucoup »… Ça donne envie de travailler *pou'* lui.

— Un peu tendu, dit Sandalia avec sa typique mauvaise foi.

— Mais l'est pas comme nous. L'a pas été fait *pou'* vivre dans c'village l'restant d'ses jours, osa intervenir Maria.

Sa sœur leva les yeux au ciel.

— Bien sûr que non, espèce de naïve. Il retournera aux Amériques et, si notre plan fonctionne, il emmènera la p'tiote avec lui.

Une fois de plus, le silence se fit, comme si, pour la première fois depuis qu'ils avaient fait leur serment lors de cette lointaine nuit d'orage, ils prenaient conscience de ce que signifiait réellement pour chacun d'eux que « la gamine » s'en aille de Santa Olaria. Soudain, ils commencèrent à parler tous à la fois.

— Je ne sais pas à qui je parlerai de mécanique ou de la santé du bourricot. — Amable rentra les épaules avec un geste de déroute.

— Et qui me massera les mains quand l'hiver va arriver ? — Orosia regarda ses doigts déformés par l'arthrose.

— Qui nous emmènera le mercredi au marché aux puces ? — Sandalia adorait aller à Albarracín pour voir les gens et l'animation.

— Qui ramassera les pommes et les figues, et nous aidera pour les conserves ? se lamenta Marta.

— Qui prendra soin d'nous mieux qu'la p'tiote ? — Maria résuma la situation d'une voix plaintive.

— Assez ! — Dora coupa court aux lamentations, exaspérée. Ces dernières années, Hada a assumé bien trop d'obligations. Il est temps que nous arrêtions de nous pendre à son cou comme des pierres de moulin et que chacun de nous assume davantage de responsabilités. Orosia, je te ferai les massages.

— Aïe non ! Tu es une véritable brute, ma fille. La p'tiote en revanche a les doigts comme des pétales de rose.

— Eh bien tu supporteras ! Et toi, Amable tu peux toujours parler de mécanique avec Primitivo, finalement, c'est des affaires d'hommes.

— Moi, j'en ai rien à fair' d'la mécanique, dit Primitivo avec une évidente mauvaise humeur.

— Et pour le marché ? intervint Sandalia.

— Pour le marché aux puces, il faudra réfléchir à ça, dit Dora vaguement. Nous devons mettre nos égoïsmes de côté, ou est-ce que vous ne pensez pas qu'elle me manquera terriblement ?

Sa voix se brisa et elle dut sortir un mouchoir de la poche de sa jupe pour se sécher les yeux et se moucher bruyamment.

Marta s'approcha d'elle et lui donna quelques petites tapes dans le dos.

— C'est fini. C'est fini. Ne te prends pas la tête. — Elle se tourna vers le reste des participants et dit sévèrement : Nous avons fait un serment et il n'y a pas de retour en arrière. Compris ?

Tant que chacun n'eut pas acquiescé avec plus ou moins de conviction, elle ne détacha pas d'eux son regard accusateur.

— Bien, c'est réglé.

— Voilà la p'tiote qui arrive, annonça Amable juste à ce moment-là.

Ils tendirent l'oreille, mais la majorité tarda encore un bon moment à distinguer le son poussif du moteur de la fourgonnette.

— Bon, allons-y, qu'elle ne nous surprenne pas réunis comme si on tramait quelque chose derrière son dos. — Dora distribua quelques petites tapes pour les presser.

— La pure réalité, ronchonna Primitivo en calant bien son béret et remontant les revers de la peau de lapin qu'il s'était cousue lui-même il y a des années et qui lui donnait tout l'air d'un *australopithèque* particulièrement poilu.

Quand Dora arriva chez elle, sa petite-fille venait de donner à manger à Blanquita et attachait d'un double nœud la corde qu'elle avait installée à la porte de l'étable pour qu'elle ne s'échappe pas de nouveau.

— Hé ho, Aba ! — Elle s'approcha d'elle et l'embrassa en souriant. Je vous ai tous vus sortir de chez Marta. Vous étiez en train d'organiser quelle assemblée ?

— Quelle assemblée… pas d'assemblée ! nia Dora avec un sourire coupable. Nous étions en train d'organiser le marché de mercredi.

— Qu'y a-t-il donc à organiser ? demanda Hada, surprise.

— Non, rien, mais comme tu as dit que le petit-fils de la Maxi se joindrait aussi, cette fois, nous avons pensé que nous serions plus à y aller, inventa-t-elle au fur et à mesure.

— Ne vous faites pas d'illusions, je ne sais pas si Max reviendra à temps.

Dora essaya de découvrir le moindre signe de déception sur le visage de sa petite-fille, mais elle ne détecta rien d'anormal ; Hada semblait aussi contente que d'habitude. Peut-être que Max ne l'attirait pas, se dit-elle. Après tout, Miguel et lui ne se ressemblaient en rien. Elle essaya de trouver quelque chose d'autre, en mettant toute sa subtilité en jeu.

— Marta dit que sans lui qui joue au piano, la maison est très vide et le chien est triste.

— Pauvre Wolf ! À vrai dire, il me manque aussi, dit-elle avec tellement de joie que personne n'aurait pu l'imaginer. C'est un homme très gentil.

— Vraiment ? — Dora continua à essayer de la sonder alors qu'elles entraient dans la maison.

— Je ris beaucoup avec lui. — Hada leva le nez en l'air et respira profondément. Mmmm ! Ça sent bon… Voyons, si je devine ! — Elle respira de nouveau l'air. De l'épaule rôtie !

— Avec des pommes de terre, acquiesça sa grand-mère.

Hada se frotta les mains.

— Parfait, je meurs de faim.

Et elles ne reparlèrent plus du sujet qui intéressait Dora plus que tout au monde.

Comme elle le faisait tous les jours depuis que Max était parti à Madrid avec tant de précipitation, Hada passa après dîner pour donner à manger au chien. Elle ouvrit la porte arrière — Max lui avait confié que, après en avoir beaucoup discuté, il avait réussi à trouver un accord avec Marta pour fermer la porte principale à clé, mais laisser ouverte seulement celle de la cuisine ; d'après lui, avec ce petit compromis, il se sentait un peu plus en sécurité dans sa propre maison — et elle vit que, comme d'habitude, Wolf attendait sa venue sans cesser de remuer la queue.

— Coucou, mon beau. — Elle se pencha et le caressa affectueusement, et l'animal la remercia en lui léchant la main. Au bout d'un moment, elle se redressa. Il vaudrait mieux que nous allions droit au but, tu dois être affamé.

Elle laissa la porte ouverte pour que le chien sorte pendant qu'elle versait dans le bol en céramique le contenu du paquet plein de restes que lui avait donné sa grand-mère. Dès qu'il revint, l'animal engloutit son repas et but avidement, puis Hada lui remplit de nouveau son bol avec de l'eau du robinet.

— C'est bien, je dois m'en aller.

Comme s'il n'était absolument pas d'accord, Wolf posa ses deux pattes avant sur sa poitrine et lui lécha joyeusement le visage.

— Descends ! Tu vas me faire tomber ! dit Hada sans arrêter de rire et c'est comme ça que Max les trouva quand il entra par la porte de la cuisine, chargé d'une petite valise.

Au début, Hada eut l'impression qu'il se réjouissait de la voir ; et même elle remarqua qu'il faisait un pas vers elle, comme s'il allait la saluer d'une manière plus affectueuse, mais presque à l'instant, il s'arrêta brusquement et son visage afficha cet air impénétrable et en même temps alerte, avec lequel il maintenait les gens à distance.

— Quelle surprise ! dit-il avec une certaine sécheresse.

Comme ça lui arrivait parfois, Hada se trouva un peu prise de court et s'empressa de lui donner une explication de sa présence chez lui, bien qu'il ne le lui eût pas demandé.

— Je ne savais pas que tu revenais aujourd'hui. Je suis venue le soir pour donner à manger à Wolf. Marta se lève très tôt et je sais qu'elle n'aime pas se coucher plus tard que neuf heures, le soir.

— Toi aussi, tu te lèves tôt. Wolf, à terre ! dit-il en coupant sèchement l'accueil enthousiaste de l'animal.

Hada haussa les épaules.

— Mais j'ai cinquante ans de moins. Bien, dit-elle en saisissant le filet de courses qu'elle avait laissé sur la table, à vrai dire, je m'en allais.

— Pourquoi as-tu pensé que je ne reviendrais pas aujourd'hui ? Je te rappelle que demain, nous nous sommes entendus pour aller au marché aux puces.

— Je croyais que… — Hada s'arrêta et remarqua les cernes prononcés sous les yeux gris et son allure générale fatiguée. Mais je vois que tu es épuisé. Je crois qu'il vaudrait mieux que tu oublies demain.

— Je te prie de ne pas me traiter comme l'un des habitants décrépits de Santa Olaria. Je saurai bien si je peux ou ne peux pas venir demain.

— Épuisé et énervé comme un singe, ajouta Hada comme si elle se parlait à elle-même.

Son commentaire eut un effet évident d'apaisement sur lui, au point de lui arracher un faible sourire.

— Énervé comme un singe…, je crois que l'on ne m'avait jamais dit quelque chose d'aussi beau.

— Tu préfères : plus excité qu'un taureau en colère ?

— J'imagine que c'est le genre de comparaisons qui viennent à l'esprit d'une vétérinaire. — Apparemment, sa mauvaise humeur s'était envolée parce qu'il retira le sac de sa main et le jeta n'importe comment sur la table : Viens, allez, prends un café avec moi.

Mais elle refusa en bloc.

— Pas question que je prenne un café à cette heure.

— Un verre de vin alors ? Une bière ? Un coca-cola ? — Hada refusa d'un ferme mouvement de tête les offres les unes après les autres. Un verre de lait chaud ?

Cette fois, elle hésita quelques secondes.

— Je crois que, tous les deux, nous ferions mieux d'aller au lit.

— Mmm… Ensemble ? dit Max sur un ton suggestif.

C'était si inattendu que, durant quelques secondes, Hada ne sut quoi dire, mais elle se reprit tout de suite et éclata de rire.

— Tu imagines ? Toi et moi dans le lit ? — Elle claqua sa langue, moqueuse. Je pensais que tu t'étais un peu lâché à Madrid, j'imagine que c'est dur, le célibat.

— Tu en penses quoi, toi ?

Soudain, Hada décida qu'elle n'aimait pas la tournure qu'avait prise la conversation et elle changea brusquement de sujet.

— Allez, je prends ce verre de lait chaud avec toi.

— Ça marche. Assieds-toi.

Max chauffa un pichet de lait au micro-ondes, servit deux verres et dans le sien, il ajouta un peu de cacao. Il but une gorgée de sa boisson et la savoura quelques secondes.

— Je n'en avais pas pris un depuis que ma mère me le préparait pour goûter. C'est bon.

— Moi, j'adore le lait tout seul, je pourrais en boire des litres et des litres.

Max plissa les yeux en la regardant se délecter.

— Je t'imagine parfaitement en petite fille, avec les mêmes boucles rebelles et d'énormes moustaches blanches.

Hada acquiesça, souriante, s'essuyant la bouche avec la serviette.

— Des moustaches blanches, des genoux écorchés et toujours les cheveux en bataille ; c'est ce que j'ai été durant toute mon enfance. Et comme je crois que je te l'ai déjà avoué une fois, si tu demandes à Aba, elle te dira que j'étais un authentique garçon manqué.

— Je ne sais pas pourquoi, mais cela ne me surprend pas trop.

— Moi aussi, je peux t'imaginer à la perfection. Uniforme d'un collège de luxe impeccable, des chaussures d'un brillant aveuglant et pas un seul cheveu qui dépasse.

— Ma grand-mère t'a montré des photos, si bien que tu as un avantage.

Hada fit un geste de la main.

— Bah, je l'aurais deviné de toute façon.

— Tu me vois comme un type ennuyeux ? C'est pour ça que tu ne t'imagines pas avec moi dans un lit ?

Elle ne s'attendait pas à ce qu'il insiste de nouveau sur ce sujet et la seconde question la prit tellement au dépourvu qu'elle avala de travers. Quand elle cessa enfin de tousser, elle réussit à demander :

— On peut savoir d'où ça vient, ça ?

Max termina son chocolat chaud, posa son verre sur la table et répondit, imperturbable :

— Simple curiosité, rien de plus.

— Non, je ne pense pas que tu sois un type ennuyeux et non, je ne m'imagine pas non plus dans un lit avec toi. Satisfait ? dit-elle au bout d'un moment, relevant un peu le menton, avec un air de défi inconscient.

— Je peux te demander pourquoi ? Comme tu l'as si bien dit avant, le célibat est dur et à moins que tu te défoules pendant les week-ends que tu passes avec ton amie à Albarracín…

— Cela ne te regarde pas !

— Allez, j'avais pensé que tu étais génétiquement incapable de te fâcher, mais je vois que ce n'est pas le cas. Dans un certain sens, je me sens soulagé. — Elle le tua du regard et Max leva les mains en signe de reddition. Maintenant, sérieusement, ne te fâche pas. Je reconnais que tu as raison : ce que tu fais dans ta vie ne me regarde pas.

Un peu plus calmée, Hada termina son verre de lait et le posa à côté du sien d'un coup sec.

— C'est bon, je vais te dire la vérité : je ne ressens aucun besoin de coucher avec qui que ce soit et encore moins avec quelqu'un qui s'en ira dans quelques mois et que je ne reverrai plus jamais.

— C'est clair que les aventures passagères ne t'attirent pas. Dommage.

Soudain, le sérieux qui s'était emparé de Hada ces dernières minutes disparut tout d'un coup.

— Je suis idiote. — Elle hocha la tête en souriant et se leva de table. À ce stade, je devrais te connaître suffisamment pour savoir quand tu essaies de me mettre en colère. Enfin, il est très tard et demain, une journée plutôt chargée nous attend, si tant est que ta proposition de venir avec nous au marché aux puces tient toujours.

— Elle tient.

Max, qui s'était aussi levé, la raccompagna jusqu'à la porte, attendit qu'elle enfile son manteau, son bonnet et ses gants et lui donna le filet de courses qu'elle avait oublié sur la table.

— À demain !

— À demain et rappelle-toi que tu me dois un dîner.

— Nous en reparlerons.

Hada enfonça un peu plus son bonnet et partit. Elle remarqua que Max ne refermait pas la porte tant qu'elle n'était pas sortie du jardin pour que la lumière de la cuisine éclaire un peu le chemin. C'était l'un de ces détails chevaleresques qui le caractérisaient ; elle était sûre que s'il n'avait pas été certain qu'elle allait lui refuser, il se serait offert à l'accompagner jusque chez elle.

C'était vrai que Max était un homme plein de contradictions ; il pouvait être froid et distant à un moment donné, et plein de considération et aimable le moment d'après. Jusqu'à aujourd'hui, il n'avait été rien de plus qu'une amusante compagnie qui avait aidé à rompre la monotonie de la vie dans un village d'un petit nombre d'habitants. Cependant, cette nuit-là, elle l'avait vu différemment et n'était pas sûre que ce changement allait lui plaire.

Pour commencer, son commentaire inattendu avait fait que, pour la première fois, elle l'avait vu comme un homme. Cela ne voulait pas dire qu'elle n'avait pas remarqué auparavant qu'il était très séduisant ; Max était grand, brun, aux traits réguliers et sûr de lui, et ces yeux gris perçants qui contrastaient avec le teint bronzé attiraient l'attention. On pouvait dire qu'il se détachait de la multitude ; mais jusqu'à présent, elle n'avait pas repéré son évidente attirance sexuelle.

— Qu'il a agitée devant moi comme un torero agiterait la muleta devant un taureau courageux, dit-elle à voix haute.

Il ne faisait aucun doute que Max savait très bien ce qu'il faisait ; quand il décidait de se donner du mal, il pouvait être incroyablement captivant. C'était ce genre de personne à doser son charme personnel à sa guise, spécialement par rapport aux femmes. Il avait complètement embobiné sa grand-mère, Marta — bien que, si elle le lui demandait, elle sût qu'elle le nierait en bloc —, il était évident qu'elle aussi était tombée sous son charme, et Orosia et Sandalia étaient sur le point d'y tomber. Concernant Maria, elle avait des doutes.

— Et pourquoi, tout d'un coup, a-t-il dirigé toute son artillerie sur moi ?

Gênée, elle donna un coup de pied dans un caillou et comme si ce petit acte de violence avait activé ses neurones, elle sut à l'instant quelle était la réponse à sa question.

Max s'ennuyait.

Aussi simple que ça, se dit-elle, convaincue. Cela faisait un peu plus d'un mois qu'il était reclus dans le village et, apparemment, cette dernière escapade à Madrid n'avait pas soulagé son ennui. Sûrement parce que, plus qu'une escapade, cela avait été un voyage d'affaires. Et une fois de retour dans la solitude de Santa Olaria, qui était la seule jeune femme célibataire à des kilomètres à la ronde ?

— *Moi*, se répondit-elle à voix haute et un sourire lui échappa. Au fond, elle ne pouvait pas nier que c'était plutôt comique. Max et elle. Ils ne pouvaient pas moins coller. Max et elle. Le rêve de son Aba devenu réalité. — *Le monsieur sophistiqué et la fille du village*, prochaine sortie dans les meilleurs cinémas.

Un bon titre pour un film des années soixante, pensa-t-elle, amusée. Cependant, elle n'avait pas manqué de voir la façon dont Max la regardait quand il pensait qu'elle ne s'en rendait pas compte. Plus que la regarder, il l'examinait avec la même attention d'un enfant face à un insecte spécialement rare ; avec intérêt, mais sans trop s'approcher de peur de recevoir une piqûre mortelle.

Comme cet enfant, elle savait que Max se sentait attiré et à la fois repoussé par elle. Il ne fallait pas être trop malin pour se rendre compte que l'intérêt masculin n'irait jamais au-delà d'une simple relation passagère ; il devait être plus qu'habitué à briser les cœurs. Sa grand-mère avait tort de penser que sa présence à Santa Olaria était un cadeau de La Pilarica. La Pilarica ne faisait pas de cadeaux empoisonnés et, heureusement ou malheureusement, il n'existait plus de cœur qui puisse être.

10

Quand le réveil sonna à sept heures du matin, Max fut sur le point de l'éteindre et de se rendormir. La température de la maison s'était nettement améliorée depuis que les ouvriers étaient passés par là, mais il se sentait si bien sous l'édredon — rempli avec la plus grande quantité de plumes trouvée sur le marché —, que rien que l'idée de sortir de son lit lui donnait des frissons.

Par ailleurs, malgré la fatigue, il avait mis un bon moment avant de s'endormir la veille, repensant à son étrange réaction face à la présence inattendue de Hada chez lui.

La vérité était que lorsque, après quelques jours de travail intense à Madrid, il avait ouvert la porte de la cuisine et qu'il l'avait découverte là, en train de rire et de jouer avec le chien, il avait ressenti une joie extraordinaire ; si extraordinaire que sa première envie avait été de lui sauter dessus et de l'embrasser à pleine bouche. Il avait dû utiliser tout son *self-control* pour maîtriser cette impulsion plutôt malvenue et son effort s'était traduit par une hostilité à peine cachée.

Même après un sommeil profond et réparateur, il ne s'expliquait toujours pas quelle sorte de démon intérieur l'avait ensuite conduit à faire à Hada ce genre d'insinuations sexuelles qui venaient de nulle part. La première fois, il l'avait dit sans réfléchir, mais en voyant sa réaction — ce rire moqueur et ce « Tu imagines ? Toi et moi dans un lit ? », comme si c'était la plus grande stupidité que l'on puisse imaginer, étaient restés gravés dans son cœur —, sa fierté masculine, peu habituée à de telles insultes, s'était insurgée et l'avait poussé à insister sur le sujet. Ce n'était pas qu'il pensait qu'il était irrésistible, mais les femmes étaient toujours tombées dans ses bras sans trop d'efforts de leur part.

S'il n'y avait pas eu la promesse qu'il avait faite à Primitivo, il aurait pris l'indifférence de Hada pour un défi à part entière ; mais il s'était toujours vanté d'être fidèle à sa parole et, pour peu que son orgueil ne le pique, il n'allait pas mettre en route toute sa lourde artillerie pour la séduire et lui donner une bonne leçon, qui était en réalité ce qu'il aurait aimé faire.

— Non. Je ne vais pas lui faire regretter ses paroles, dit-il à voix haute en se sentant vertueux. Cela étant, je lui ferai peut-être voir qu'elle est en train de perdre quelque chose.

Même s'il était possible que Hada soit un cas perdu, se dit-il en fronçant les sourcils. Sa réaction l'avait surpris ; il l'avait vue réellement fâchée pour la première fois. Max était conscient que, une fois de plus, il avait touché un point sensible et, bien qu'il eût reconnu à voix haute que sa vie sexuelle ne le regardait pas, en vérité sa curiosité s'était exacerbée.

Quel mystère tournait autour de Hada ? Qui l'avait fait souffrir par le passé ? Pourquoi ne voulait-elle pas être avec quelqu'un ? Ces trois questions tournaient dans sa tête en un bourdonnement incessant.

La truffe humide de Wolf sur la paume de sa main qui pendait sur un côté du lit l'arracha à ses pensées et finit par le convaincre qu'il devait se lever.

— C'est bon, c'est bon, j'y vais. — Il mit ses pieds dans ses chaussons qu'il laissait toujours au pied du lit pour ne pas toucher le carrelage gelé et s'étira vigoureusement.

Dès qu'il fut douché, il prit son petit déjeuner, se couvrit bien et prit les clés de sa voiture.

— Non, aujourd'hui, tu ne peux pas venir, dit-il au chien qui le regardait avec des yeux suppliants quand, après être sorti un moment dans le jardin, il l'obligea à entrer de nouveau dans la maison.

Max ferma la porte et se dirigea vers l'ancienne écurie où il rangeait le Range Rover depuis qu'il avait commencé à geler la nuit. Bien qu'il arrivât juste à l'heure, les autres l'attendaient déjà devant la fontaine du petit cochon près d'une vieille camionnette bleu ciel, chargée à ras bord. Max descendit et, après avoir salué les personnes présentes, examina le véhicule, les sourcils froncés.

— Tu vas partout dans ce truc ?

Sans faire de cas de son évidente désapprobation, Hada, dont on ne voyait rien d'autre que les yeux au-dessus de son écharpe et en dessous de son bonnet en laine, répondit avec son habituelle bonne humeur ; elle ne se souvenait apparemment plus que le soir précédent, ils avaient été sur le point de se disputer.

— Ne l'embête pas. Ma *Rossinante* — elle caressa affectueusement le capot rouillé de sa main gantée — m'a toujours rendu de très bons services. Par ailleurs, elle n'a pas un de ces moteurs modernes super-sophistiqués et je suis capable de réparer moi-même la plupart des avaries.

— Mécanicienne aussi ? dit Marx d'un ton sarcastique.

— Un peu de tout, tu sais bien. Les enfants ! dit-elle en claquant des mains, il vaudrait mieux que nous nous mettions en route avant de congeler sur place ! Qui va avec Max ?

— Lui et moi, dit Sandalia sans hésiter. Nous voulons bien voir la voiture à l'intérieur.

La vieille Orosia, qui piquait du nez, assise sur l'appui de la fontaine, se réveilla d'un coup.

— Moi aussi, je veux la voir !

Sandalia leva les yeux au ciel.

— Alors que t'es myope comme une taupe !

— Qu'est-ce que tu crois ! Tiens donc que je vois : tout ce que tu fais, toi et tous ceux de ce village, pour votre information. Alors, prends garde à moi.

Hada s'empressa d'intervenir pour éviter que les choses s'enveniment.

— Alors, Orosia, Sandalia et Amable avec toi et Primitivo, Maria et Sandu avec moi. On se retrouve au poste, si tu te trompes, Sandalia sait où c'est.

Dès qu'ils se furent tous entassés dans leurs moyens de transport respectifs, Hada démarra et il la suivit le long de la route sombre pleine de virages, sans jamais perdre de vue les feux rouges arrière du *pick-up*.

Sandalia, qui s'était installée sur le siège du passager et qui avait mis du temps pour attacher sa ceinture de sécurité autour de sa silhouette corpulente, touchait à tout avec curiosité. Elle caressa avec délice le cuir doux du siège, baissa la vitre et la remonta une demi-douzaine de fois, sans tenir compte des protestations de ceux qui étaient à l'arrière, avant de baisser le pare-soleil et de se regarder dans le miroir.

— Et il y a de la lumière ! s'exclama-t-elle, enchantée, l'allumant et l'éteignant une autre demi-douzaine de fois. Quand elle finit par s'en lasser, elle s'évertua durant un bon moment à remettre une mèche inexistante de cheveux qui semblait s'être détachée de son chignon serré. Une coiffure qui semblait être à la mode chez les habitants de Santa Olaria. Puis elle ouvrit la boîte à gants, fouilla l'intérieur et, enfin, s'adossa contre le siège avec un soupir de satisfaction.
— C'est une voiture bien comme il faut, pas comme la bagnole de la p'tiote.

— À combien roulez-vous ? osa demander Amable, qui, assis derrière sa femme étirait le cou pour ne pas perdre un détail du tableau de bord.

— Ne commence pas avec tes bêtises. À combien ça peut aller ? Eh bien, très vite…

Max avait aimé ce grand timide dès le début et, ignorant sa femme, il répondit avec gentillesse :

— La vitesse maximum est de deux cent soixante kilomètres à l'heure ; elle pourrait même être supérieure, mais elle est limitée électroniquement.

Le petit homme poussa un sifflement d'admiration et ils continuèrent un bon moment à parler des caractéristiques de la voiture, sans faire cas des réflexions de Sandalia, qui n'aimait absolument pas ne pas être le centre de l'attention, ni des petits rires malicieux que lançait de temps en temps Orosia, enchantée de voir sa voisine si malmenée.

Malgré les craintes de Max, entre les piques ingénieuses que les deux femmes échangeaient sans cesse et les histoires pleines de saveur que racontait la plus âgée d'entre elles, le trajet s'avéra très amusant et il se réjouit de faire partie de l'expédition.

L'aube apparut alors qu'il restait à peine quelques kilomètres avant d'arriver à destination. Soudain, derrière un virage un peu plus prononcé, surgit Albarracín avec ses tours dont les silhouettes étaient enjolivées par la lumière rose de l'aube. Les collines, parsemées des couleurs de l'automne, composaient l'écrin parfait pour ce petit bijou perché sur un rocher aux allures sauvages, que le fleuve Guadalaviar entourait comme un ruban de satin. Un léger brouillard enveloppait les maisons suspendues, donnant à ce paysage un air d'irréalité.

— Impressionnant ! — Max contempla, fasciné, cette soudaine apparition jusqu'à ce que la route réclame de nouveau son attention et qu'il se voie obligé de corriger la direction avec une certaine brusquerie pour ne pas sortir dans un virage.

— On dit que c'est le plus joli village d'Espagne. — La voix grave d'Amable respirait la fierté.

Quand, finalement, ils se garèrent porte contre porte avec la fourgonnette de Hada dans la rue de San Antonio, il y avait déjà plusieurs personnes qui montaient les étalages malgré l'heure matinale.

— Hé, Hada ! Je savais que je te trouverais ici.

Un homme de quelques années plus jeune que Max s'approcha de la petite-fille de Dora, l'étreignit et l'embrassa avec effusion sur les deux joues.

— Dani, ça faisait longtemps !

— Écartez-vous ! dit Primitivo, l'air peu amène, et pour une fois, Max se réjouit de sa remarque grincheuse.

— Putain, Primitivo, tu me connais depuis que je suis môme, protesta le nouveau venu, lâchant Hada à contrecœur.

— Tu vas la briser. Ça fait pas mal d'années qu't'es en ville, et c'est à s'demander c'qu'on t'a appris là-bas.

— Tu vas rester longtemps ?

Hada commença à descendre les caisses à l'arrière de la fourgonnette, et les autres l'imitèrent pendant qu'ils écoutaient la conversation sans prendre la peine de cacher leur curiosité, Max y compris.

— J'ai une semaine de vacances, si bien que je compte en profiter pour rester avec toute la bande. Je dors chez Andrea et elle m'a dit qu'elle a suffisamment de place pour que tu restes aussi ce week-end.

Ils continuèrent à parler pendant qu'ils montaient ensemble l'étalage. Ce Dani semblait décidé à ne pas se séparer de Hada une seule seconde, aussi, quand ceux qui accompagnaient Hada vinrent pour le saluer, Max en profita pour dire à Hada à voix basse :

— Ce week-end, tu ne peux pas.

Hada, qui plaçait les pots de confiture en les rangeant par saveur dans l'un des coins du stand, le regarda de nouveau en fronçant les sourcils.

— Je ne peux pas quoi ?

— Passer la fin de cette semaine chez ton amie Andrea.

— Ah non, et pourquoi pas ?

— Je te rappelle que tu me dois un dîner.

Elle fit un geste de la main.

— On n'avait pas décidé et il n'y a pas d'urgence, on peut choisir n'importe quel autre week-end.

— Mais j'avais pensé à ce week-end.

Max serra les lèvres de la même manière qu'il le faisait étant enfant quand quelqu'un venait à le contrarier.

— Eh bien je crains que ça ne puisse être possible. — Hada porta de nouveau son attention sur les confitures avec une indifférence qui le fit grincer des dents. Dani est médecin et il est souvent débordé de travail, si bien que je ne peux pas laisser passer l'occasion.

— L'occasion de quoi ?

Était-ce de la jalousie, ce qui apparaissait dans sa voix ? Immédiatement, Max écarta cette idée si étrange de sa tête.

— Eh bien, oui, c'est bien, Sandalia, c'est parfait là-bas. De sortir avec le groupe comme au bon vieux temps. Amable, passe la corde pour accrocher les saucisses et toi, Maria, ça n'est pas la peine de trier les fromages par taille.

Il était évident que Hada était trop occupée par le montage du stand pour lui prêter attention, si bien que Max n'eut pas d'autre choix que de se contrôler et de continuer à sortir les boîtes et encore les boîtes des cartons.

Les clients les plus matinaux s'approchaient déjà pour fouiner et demander les prix des conserves.

— *Boudiou* ! — Primitivo, qui venait de surprendre Sandu en train de mordre dans une *longaniza*, lui donna une taloche.

Une femme d'âge moyen qui discutait avec Sandalia sur le prix d'un pot de miel s'en prit au vieil homme.

— Vous n'avez pas honte de frapper le gamin ?

— Ce n'est pas un gamin, intervint Orosia qui, assise sur une des caisses à l'envers, n'avait pas cessé de donner des ordres à gauche et à droite, agaçant prodigieusement tous ceux qui travaillaient, c'est un démon.

La femme regarda Sandu qui, avec ses grands yeux bruns écarquillés et ses mèches de cheveux foncés encadrant son visage taché de rousseur, ressemblait davantage à un innocent chérubin, et lança une exclamation scandalisée.

— Mais comment osez-vous dire ça à l'enfant ? Je suis membre du Comité pour la protection de l'enfance et je vais vous dénoncer. Vous ne vous rendez pas compte que vous allez le traumatiser ?

Primitivo lâcha un grognement en entendant cela, mais avant de pouvoir intervenir, la voix aiguë et puérile de Sandu se fit entendre clairement au-dessus de l'agitation du marché aux puces.

— Pourquoi est-ce que tu ne te mêles pas de tes affaires, *vieille peau* ? — Apparemment, l'un des camarades de classe de Sandu était originaire du Mexique et son vocabulaire en français était en train de prendre de nouvelles consonances colorées.

Voyant que l'enfant ouvrait de nouveau la bouche, Hada, faisant preuve de réflexes prodigieux, lui appliqua sa main contre juste à temps et serra fermement pour l'empêcher de parler.

— Pardon, Madame. Je suis terriblement désolée.

La poitrine généreuse de la femme montait et descendait à toute vitesse, affichant nettement son degré d'indignation.

— Tenez, votre miel. — La femme posa le pot sur le comptoir avec tant de force que, durant quelques secondes, Max craignit pour l'intégrité du stand. Vous êtes une honte.

Je parlerai avec les responsables de l'organisation pour qu'ils vous empêchent de vendre ici.

Et, murmurant toutes sortes de menaces, elle s'éloigna vers le bas de la rue sans se retourner.

Hada écarta la main de la bouche de Sandu et lui donna une légère tape.

— Aïe ! protesta l'enfant en se frottant la tête.

— Tu as promis que tu te comporterais bien.

— Et je me comporte bien ! se défendit-il, indigné. Je voulais seulement dire à cette *vieille peau* qu'elle ne se mêle pas de nos affaires.

— L'gamin a raison. — Même si Primitivo ne traitait pas précisément le petit avec un gant de velours, tous les deux s'entendaient très bien et ils passaient beaucoup de temps ensemble à observer les animaux ou à surveiller le bétail.

— Et pis *enco'*, elle voulait qu'j'lui fasse payer deux euros d'moins *pou'* l'miel, la radine !

Entendant Maria, Sandalia et Orosia se montrèrent scandalisées et cette dernière se leva avec difficulté, prête à poursuivre vers le bas de la rue cette mégère culottée.

— C'est bon, il vaudrait mieux que nous nous calmions. — Hada saisit Orosia par le bras et, avec douceur, mais fermeté, elle l'obligea à s'asseoir de nouveau sur la caisse en bois. Maintenant, tout le monde à son poste, car il vient de plus en plus de monde.

Max, qui avait suivi le petit incident très amusant, se pencha sur Hada et lui dit à l'oreille :

— Tu as certainement un don spécial pour maintenir l'ordre.

Hada haussa les épaules avec complaisance.

— Je t'ai déjà dit que c'est l'expérience de nombreuses années. Et maintenant, décide si tu vas faire du tourisme ou si tu restes ici, parce que si tu choisis la deuxième solution, tu vas finir par te faire mal à l'épaule.

Max se redressa immédiatement et porta deux doigts à la tempe.

— À vos ordres, mon sergent.

— Tous à vos postes ! dit-elle, en lui lançant un regard moqueur.

Ensuite, les curieux commencèrent à arriver ; certains se contentaient de demander les prix de tout et s'en allaient sans acheter. Si c'était Hada qui s'occupait d'eux, il ne se passait rien, mais si c'était Primitivo, ils s'en allaient en courant ou achetaient la première chose qu'ils repéraient, le voyant brandir son bâton de façon menaçante.

Sandalia et Maria en profitaient pour papoter, et le marché leur servait d'excuse pour voir leurs connaissances et discuter avec elles, si bien que leurs ventes étaient, pour le moins, plutôt rares. Marta, en revanche, était une vendeuse efficace ; elle allait au-devant des gens et était convaincante, en dépit des commentaires acides d'Orosia qui, plutôt qu'attirer les clients, les effrayaient. Amable était trop timide pour essayer de convaincre qui que ce soit, si bien que son travail consistait à rapporter plus de caisses de la fourgonnette et compléter la marchandise dans les trous au fur et à mesure que le stand se vidait. Sandu, pendant ce temps, courait parmi les stands avec son visage avenant de gentil garçon. La plupart des vendeurs avaient pitié de lui et le laissaient goûter les produits et, à force d'être excité en faisant l'imbécile, il devenait de plus en plus rouge. Hada vendait bien également, mais Max avait l'impression que tous ses clients étaient du sexe masculin et que, pour beaucoup d'entre eux, le fait d'acheter une *longaniza* ou un pot de confiture n'était rien d'autre qu'un prétexte pour s'approcher d'elle. Il était évident qu'elle en connaissait déjà certains et il l'entendait parler et blaguer avec tous. Max s'obligea à se concentrer sur lui-même ; il avait découvert qu'il avait de grandes aptitudes commerciales.

— Je peux savoir ce que diable tu lui as raconté, à celle-là ? murmura Hada, qui était à côté de lui, en voyant qu'une femme, qu'elle connaissait déjà, qui n'arrêtait pas de toucher tout et n'achetait rien d'habitude, s'en allait avec quatre pots de miel.

— Je lui ai parlé de la différence entre le miel des supermarchés, bourré de restes d'antibiotiques et d'autres cochonneries, et le miel que récoltait Primitivo ; du miel pur d'abeilles sauvages qui prolonge la vie et guérit toutes sortes de maladies.

Hada le regarda, surprise.

— Rien que ça ? Et tu as réussi à ce qu'elle parte avec quatre pots ?

— Je l'ai regardée comme ça… — Max cligna les paupières et lui lança un regard suggestif. — Et je lui ai souri ainsi… — Les dents très blanches apparurent dans un sourire charmeur capable de faire fondre un iceberg.

Hada éclata de rire.

— Maintenant, je comprends tout. Maximiliano de la Torre, en vérité, tu es un type très séducteur.

Max lui lança un regard insondable.

— Je suis heureux que tu le penses.

Hada lui lança un sourire chaleureux.

— Et je suis heureuse que tu sois venu, tu as été une excellente recrue pour notre équipe de vente.

Ils se regardèrent un moment en silence et Max eut la sensation qu'il n'existait plus qu'eux deux au milieu de ce brouhaha de gens.

— Hada, j'emporte deux pots de confiture de figues et un de confiture de pêches. Il est impossible de trouver des confitures comme celles-ci à Saragosse.

Gêné par l'interruption, Max se tourna vers ce fameux Dani avec un regard menaçant, mais ce dernier ne le remarqua même pas, parce que toute son attention était centrée sur Hada.

— Marché conclu ! dit-elle avec un sourire.

À ce moment-là, une cliente s'approcha et Max ne put faire autrement que de la servir. Entre deux ventes, il dressait l'oreille, mais il ne pouvait distinguer que quelques bribes de phrases.

— Cette nuit, nous dînerons à…

— …

— Puis nous pourrons aller danser à…

— …

— Sûr qu'après, nous pourrons parler jusqu'à pas d'heure. Ce punch que prépare Andrea est plus efficace que le sérum de vérité.

Dîner, danser et parlotte jusqu'à pas d'heures ? Un punch plein d'alcool ? et puis quoi ? Partager la chambre ? Partager… le lit ? La vision de Hada et de Dani enlacés dans un lit étroit fit que le pot de confiture glissa entre ses doigts ; heureusement, il avait de bons réflexes et il réussit à le rattraper avant qu'il ne s'écrase sur le sol.

La femme qu'il était en train de servir fit un commentaire et il répondit par une plaisanterie, bien que sa tête fût ailleurs.

C'est de la jalousie ? se demanda-t-il une fois de plus. C'était une émotion qu'il n'avait jamais expérimentée avant, mais franchement, ça l'étonnait qu'il puisse la ressentir par rapport à Hada. Pour se sentir jaloux, il fallait avant ressentir de l'amour, non ?

Un douloureux coup de coude dans les côtes l'arracha à ses pensées.

— Prends donc la monnaie.

Le ton grincheux de Primitivo lui fit prendre conscience que la jolie jeune fille qu'il venait de servir avait le bras tendu depuis un bon moment pour le payer.

— Pardon. — Il lui lança l'un de ses sourires les plus charmeurs et, à en juger par la façon dont elle le regarda, il sut qu'il était plus que pardonné.

Pourquoi est-ce que Hada ne le regardait jamais ainsi ? Son ami Alan aurait décrété que c'était une saine cure d'humilité et il aurait sûrement raison ; il était trop habitué à ce que l'on accède à ses propres désirs. Mais, dans ce cas, quel était exactement « son propre désir » ? Avoir une aventure avec Hada ? N'était-ce pas la visite intempestive de Primitivo qui lui avait mis une pareille idée dans la tête ? Jusqu'alors, il n'avait même pas envisagé cette possibilité, si bien que pourquoi l'envisageait-il à présent ? Par pur ennui ? Il fronça les sourcils.

La vérité était qu'il ne ressentait pas spécialement de l'ennui. Bien sûr, certains conforts de la « civilisation » lui manquaient, mais son travail avait le vent en poupe ; la musique qu'il composait collait à la perfection avec les images du film.

Il avait envoyé une épreuve à Alan et son ami avait répondu quasiment tout de suite, complètement enthousiasmé. Par ailleurs, l'environnement l'accompagnait aussi ; peut-être que l'intérieur de la maison de sa grand-mère était un peu désuet avec ces horribles meubles passés de mode, mais c'était une belle et majestueuse construction, et les alentours… que pouvait-il dire ? Il avait rarement vu des paysages plus spectaculaires. Non, il ne s'ennuyait absolument pas.

Alors, pourquoi cette soudaine envie d'avoir une aventure avec Hada, une femme qui n'était même pas son type ? Max haussa les épaules sans en être conscient. Et pourquoi pas ? Si elle était d'accord et les conditions resteraient claires dès le départ, qu'y avait-il de mal à ça ? Au bout du compte, ils étaient deux adultes responsables sans obligation envers des tiers.

Du coin de l'œil il vit venir un coup de coude bien connu dirigé de nouveau contre son côté, mais cette fois-ci, il l'arrêta brusquement avec l'avant-bras.

— N'y pensez même pas !

Primitivo lui adressa un regard détaché sous ses sourcils gris épais et dut voir quelque chose dans les yeux de Max, car il se contenta de pointer du menton et de dire en douceur :

— La monnaie.

Max prit l'argent que lui tendait un homme plus âgé.

— J'ai faim !

La voix aiguë de Sandu fit que tous se tournèrent vers lui. Hada jeta un coup d'œil à sa montre.

— C'est vrai, nous aurions dû avoir commencé à ranger. Bon, nous le ferons après avoir mangé. Qui va acheter les sandwiches ? — Amable leva immédiatement la main. Hada compta quelques billets et nota le montant sur la grosse enveloppe contenant les gains. Sandu et Primitivo, accompagnez-le.

— Que voulez-vous comme sandwiches ? demanda Amable, qui portait bien son nom.

Immédiatement, Hada ferma les yeux avec un air de souffrance et Max ne mit pas longtemps à comprendre pourquoi elle le faisait.

— À l'omelette, dit Maria.

— À la viande avec des poivrons.

— Demande s'ils ont des calamars, sinon, tu m'en apportes un à la viande avec des poivrons, mais des poivrons rouges, parce que les verts me donnent des reflux. Sinon, à la tomate avec du thon et ce sera mieux si tu m'en apportes deux.

Malgré sa prothèse dentaire et le fait qu'elle avait tout le temps grignoté, avec l'aide inestimable de Sandu, Orosia jouissait d'un solide appétit.

— Attention, que l'omelette ne soit pas trop cuite.

— Et ma viande bien cuite.

— Je veux quelque chose de léger, parce que je suis au régime. — Sandalia était toujours « au régime », même si elle n'en avait pas vraiment besoin. — Apportez-m'en un aux poivrons, sans la viande, mais qu'ils ne soient pas pleins de graisse, ou mieux apportez-le moi à la viande sans les poivrons, ou mieux…

— On apportera c'qu'on voudra ben, *sacrebleu* !

Primitivo saisit le bras de Sandu et ils se dirigèrent vers un bar proche, suivis de près par Amable.

Une demi-heure plus tard, assis en cercle sur différentes caisses en bois qu'ils avaient retournées, tous dévoraient, affamés, les sandwiches au jambon de montagne avec des tomates. Quant à la boisson, de l'eau pour tous aussi, même si Primitivo passait de temps en temps la gourde en cuir, pleine de ce vin un peu aigre qu'il fabriquait lui-même et que tous burent avec plaisir ; après être restés au grand air toute la matinée, cela leur réchauffait au moins un peu le corps.

Après avoir mangé, ils se levèrent des caisses — on entendit plus d'un bruit de craquement d'os —, et ils commencèrent à ramasser les affaires. Dani, qui avait mangé avec eux et n'avait pas arrêté de parler avec Hada, les aida et, une demi-heure plus tard, tous ensemble, ils avaient démonté le stand et avaient remis tout ce qui n'avait pas été vendu dans la fourgonnette. Dani prit congé de Hada, de toute évidence à contrecœur et en profita pour l'étreindre à nouveau, l'embrasser aussi sur les joues et lui rappeler qu'ils passeraient le prochain week-end ensemble, pour une super fête.

Max les observait les sourcils froncés, jusqu'à ce qu'il se rende compte que Primitivo ne le quittait pas non plus de l'œil. Il essaya alors de détendre ses traits et se tourna vers Maria pour lui demander si elle avait besoin d'aide.

— Je crois que nous avons battu un nouveau record de ventes, annonça Hada, très satisfaite, en voyant qu'il ne restait qu'une ou deux caisses de confitures et une demi-douzaine de pots de miel.

— Il faut attribuer ça au *siñor*, dit Marta, il a un bagou…

— Les filles ne le laissaient pas en paix et cela ne m'étonne pas ; si j'avais quelques années d'moins… — Les petits yeux d'Orosia brillaient d'un regard lubrique en parcourant la haute silhouette de Max de haut en bas.

— Eh bien, je crois que je vais vomir, dit Sandalia avec un visage dégoûté.

Amable donna à Max ce qu'il considérait comme d'aimables tapes sur le dos et qui furent sur le point de le faire tomber.

— Heu, pardon. Et merci, ajouta-t-il timidement.

— De rien. J'ai passé un bon moment. — Malgré ses paroles, le ton de Max était sec.

— Il se passe quelque chose ? demanda Hada.

— Non, rien. Nous rentrons, n'est-ce pas ? Il fait froid.

Il nota qu'elle le regardait, un peu étonnée, mais sans dire un mot, Max ouvrit la porte de son tout-terrain et s'installa à l'intérieur.

11

Max consacra le reste de la semaine à se concentrer sur sa musique et à faire de longues promenades sans autre compagnie que celle de Wolf. Il avait croisé quelquefois Hada quand elle revenait du travail, mais la plupart du temps, ils avaient seulement échangé un salut distant. Tout du moins de sa part, parce qu'elle, à chaque fois qu'elle le voyait, elle lui lançait l'un de ces sourires chaleureux qui avaient le don de l'irriter encore plus.

— Pourquoi suis-je de si mauvaise humeur ? se demandait-il à voix haute, en regardant fixement ses doigts ; ces mêmes doigts avec lesquels il avait matraqué les touches quelques secondes plus tôt parce qu'il n'arrivait pas à trouver le ton qu'il recherchait, produisant un son désagréable de notes discordantes.

Wolf, allongé à sa place habituelle devant la cheminée allumée, le regardait avec un air sérieux, comme s'il espérait une confidence quelconque.

— C'est la pluie. Il n'arrête pas de pleuvoir depuis mercredi et nous sommes dimanche. C'est plutôt déprimant. — Max eut l'impression que le chien, dont la langue rose pendait sur un côté de sa gueule ouverte, se moquait de lui. Tu n'y crois pas ? Tant pis pour toi.

Fâché, il reposa ses doigts sur les touches et commença à jouer, mais c'était inutile ; cet après-midi, sa tête n'était pas à la musique. Il se leva du tabouret et arpenta la pièce.

— Une autre promenade ? — Les oreilles de Wolf se dressèrent un peu plus, mais, lorsqu'il s'arrêta près de la fenêtre, bien qu'il fît déjà nuit, Max distingua à la lumière de la lanterne de l'entrée le même rideau de pluie dense qui n'avait pas cessé de tomber depuis les premières heures du jour, et il secoua la tête, découragé. Pas la peine, nous étions déjà trempés ce matin. J'ai même dû changer jusqu'à mon caleçon.

Max reprit sa marche.

— Finalement, est-ce qu'ils sont allés danser ou est-ce qu'ils sont restés chez cette Andrea, collés devant la cheminée en sirotant du punch qui les rend si communicatifs ? — Il arriva au bout de la pièce, fit demi-tour brusquement et dit, comme si l'animal lui avait répondu : Tu as raison, ça ne m'intéresse pas le moins du monde !

Wolf appuya sa tête entre ses pattes sans cesser de le regarder.

— Pas le moins du monde, répéta Max sans cesser d'aller et venir. Au bout d'un moment, il ajouta : mais je reconnais que ça me préoccupe un peu. La route pleine de virages, le manque de visibilité avec cette pluie, cette vieille fourgonnette qu'elle ferait bien de changer une fois pour toutes par un tout-terrain comme il faut… et par-dessus tout, s'il se passe quelque chose, qui en sera averti ? Ici, il n'y a pas de couverture.

Soudain, sa tête fut envahie d'images peu rassurantes : le vieux *pick-up* fracassé contre le tronc d'un arbre à la sortie d'un virage très serré ; Hada immobile, penchée vers l'avant avec ses boucles blondes dispersées au-dessus du volant ; une traînée de sang rouge comme un cri…

— Assez !

Le chien leva la tête et émit un doux grognement. Honteux de son manque de retenue, Max passa ses doigts dans ses cheveux, secouant ses mèches frisées brun foncé, généralement impeccablement peignées.

— C'est bon, nous allons sortir pour que tu fasses tes besoins et, en passant, nous nous rapprocherons de chez Dora ; elle doit être aussi inquiète.

Décidé, il hocha la tête et s'en alla à la cuisine, où le matin il avait laissé son Barbour trempé, posé sur le dossier d'une des chaises. Il mit aussi ses bottes, ses gants et son écharpe, il cala jusqu'aux yeux son bonnet et prit un parapluie.

— Allons-y.

Wolf ne se fit pas prier et le suivit à l'extérieur ; il était toujours prêt pour une promenade et se fichait pas mal de la pluie.

Même s'il connaissait bien le chemin, le manque de clarté et la densité de la pluie le firent hésiter plusieurs fois. Il trouva enfin la maison. Il n'y avait aucune fourgonnette bleu ciel garée sous l'ancienne remise qui se trouvait près de l'étable.

Max frappa à la porte plusieurs fois avec son poing. Une minute après, il répéta l'opération. À la troisième fois, la porte s'ouvrit enfin et Dora, bien emmitouflée dans une épaisse robe de chambre bleu ciel, le regarda, surprise.

— Max !

— Excusez-moi de vous déranger à cette heure, Dora. Puis-je entrer ?

— Bien sûr, excusez-moi, c'est que j'ai passé mon temps à travailler en attendant que ma petite-fille arrive et… dit-elle, un peu étourdie, tout en se mettant sur le côté pour le laisser passer.

Max ferma son parapluie trempé et le laissa appuyé contre le seuil de la porte.

— Elle n'est pas encore arrivée ? demanda-t-il inutilement.

— Non, pas encore, mais elle ne devrait pas tarder. Donnez-moi, donnez-moi. — Dora prit le Barbour et le suspendit avec soin au portemanteau de l'entrée. Asseyez-vous près du feu, il commence à rafraîchir.

— Rafraîchir ! Max leva les sourcils en entendant ça ; ça ne l'aurait pas étonné qu'il fasse un degré en dessous de zéro.

En face de la cheminée, il y avait deux fauteuils aux accoudoirs très usés avec le temps, l'un d'eux avec un pull tricoté coloré posé sur le siège. Max s'assit sur l'autre et se dit qu'il savait déjà d'où Hada sortait ces pulls au style unique.

— Vous voulez prendre quelque chose ?

— Non, ne vous embêtez pas, je voulais seulement… — Mais son hôtesse ne le laissa pas finir.

— Je vais vous préparer un bon verre de lait chaud avec du miel ; ça serait dommage que vous veniez à vous refroidir.

Max comprit qu'il était inutile de protester ; il remarquait que Dora était l'une de ces personnes qui adoraient prendre soin des autres. Il n'était pas difficile de deviner de qui tenait sa petite-fille, se dit-il en se penchant un peu plus vers les flammes pour recueillir la chaleur sur son visage.

La vieille femme revint tout de suite avec un verre de lait et quelques biscuits sur une assiette.

— Je les ai faits aujourd'hui, vous savez bien que ma petite-fille les aime beaucoup.

— Merci bien. — Max prit le verre et but sans grande envie. Cependant, le lait sucré et chaud l'enchanta instantanément et, même s'il venait de dîner, il ne put résister à mordre dans l'un des biscuits. — Mmm. Les meilleurs que j'ai jamais goûtés.

Dora se redressa visiblement en l'entendant.

— Ma petite-fille doit arriver à la tombée de la nuit, elle n'arrive jamais plus tard que dix heures. Bien qu'elle me gronde toujours pour ça, elle sait que je ne vais pas au lit tant qu'elle n'est pas rentrée. — Dora reprit son travail, s'assit, et commença à tricoter habilement, tout en le regardant dévorer le reste des biscuits avec un air satisfait. — Ainsi, vous vous en faisiez…

Max décida qu'après s'être donné la peine de venir jusqu'ici, avec ce qu'il tombait, il était stupide de le nier.

— Un peu. Il fait un temps de chien et avec cette vieille fourgonnette… — Il posa l'assiette et le verre vides sur la table qui se trouvait entre les deux fauteuils. S'il s'est passé quelque chose, comment pourrions-nous être au courant s'il n'y a pas de couverture ?

Dora acquiesça de la tête sans cesse d'activer ses aiguilles à toute vitesse.

— Cela me préoccupe aussi, mais ça fait des années qu'elle s'est acheté le… le… allons, le mot ne me vient pas — Elle fronça les sourcils, mais aussitôt son expression s'éclaira : Le *jepe* ! Le *jepe, S* ?

— Elle a un GPS ? — Il avait mis un temps avant de traduire, mais à l'instant, il remarqua un certain soulagement.

— Oui, elle ne part jamais sans le *jepe S*. Apparemment, avec cet appareil, la gendarmerie te trouve peu importe où t'es. Quand elle m'a dit ça, cela m'a bien rassurée.

Ils continuèrent à parler aimablement pendant que l'ancienne pendule qui se trouvait sur le rebord en bois au-dessus de la cheminée en pierre laissait entendre son inexorable tic-tac. Alors qu'il ne restait que cinq minutes avant dix heures, on entendit dehors le bruit d'un moteur, puis le silence.

Max se leva immédiatement pour regarder par la fenêtre et distingua la silhouette du *pick-up* maculé par la pluie. Une petite silhouette, enveloppée dans un imperméable bien plus grand qu'elle, descendit de la fourgonnette d'un bond et courut vers la maison. Avant qu'elle ait eu le temps d'arriver à la porte, Max la lui avait ouverte.

— Max ! Qu'est-ce que tu fais ici ?

— Je tenais compagnie à ta grand-mère pendant qu'elle t'attendait.

— Coucou, Aba. — Dès qu'elle eut accroché son imperméable trempé près du Barbour du visiteur, Hada courut enlacer et embrasser sa grand-mère.

— Max était préoccupé, mais je lui ai dit que tu possèdes le *jepe S*.

Hada tourna la tête et lui lança un regard souriant.

— Tu vois, tu n'avais pas à t'en faire.

— Tu es gelée ! dit sa grand-mère en lui serrant les mains. Je vais tout de suite te préparer un verre de lait chaud avec du miel.

— Je vais le faire, moi. Le chauffage de *Rossinante* fonctionne par moments et c'est vrai que la dernière demi-heure, je l'ai passée plutôt dans le froid.

— Pas la peine, ma fille. Reste avec Max, je reviens dans un rien de temps, dit-elle, et elle disparut en courant dans la cuisine.

— C'est gentil de ta part de venir par cette nuit si pourrie.

Hada s'agenouilla sur le tapis qui se trouvait en face de la cheminée et tendit ses mains vers la chaleur des flammes.

— Assieds-toi sur le fauteuil, je préfère rester ici.

Max s'assit de nouveau.

— Tu ne peux pas aller dans une voiture sans chauffage. Il fait un froid de canard.

Hada répondit sans le regarder.

— Cette semaine, il m'a été impossible de l'amener chez le garagiste et je ne crois pas que je pourrai la semaine prochaine, je ne peux pas rester sans voiture.

Les flammes projetaient des éclats dorés sur ses boucles qui semblaient vibrer comme si elles étaient vivantes, et Max, absorbé par ce jeu de lumières, dut faire un effort pour se concentrer sur la conversation.

— Tu peux prendre la mienne.

— Merci beaucoup, mais ça ne sera pas nécessaire.

Il fut agacé qu'elle l'écarte de cette façon si tranchante.

— Pourquoi pas ? Je ne vais pas l'utiliser.

— Sérieusement, ne t'en fais pas.

Avant qu'il ait pu répondre, Dora revint avec un verre de lait et une assiette de biscuits.

— Merci, Aba. — Hada s'assit, les jambes croisées sur le tapis et but une grande gorgée, les yeux fermés. — Mmm. Encore meilleur.

— Qu'est-ce que Dani t'a raconté ? — Sa grand-mère s'assit dans son fauteuil et reprit son travail d'aiguilles. Il me semble vous voir encore, inséparables tous les trois, quand il venait au village en été.

Max remarqua que Dora pinçait les lèvres, comme si elle en avait trop dit, mais sa petite-fille répondit tout à fait tranquillement :

— Oui, nous avons parlé du bon vieux temps et de son travail à Saragosse. Ça lui va très bien ; il dit qu'il ne lui reste plus qu'à trouver une jolie et sympathique jeune femme avec qui se caser. — Elle rit comme si l'idée lui paraissait très amusante et Max serra les poings sans savoir pourquoi. — Tu ne sais pas à quel point on a passé du bon temps, Aba.

Même s'il savait qu'il devenait irrationnel, ce commentaire acheva de l'énerver. Tout d'un coup, il se leva et dit sur un ton un peu plus sec qu'il ne l'aurait voulu :

— Il vaut mieux que je m'en aille.

— Si vite ? dit Dora en le regardant, peinée.

— Vous venez de me dire qu'à neuf heures et demie, vous devez être au lit, Dora, répondit Max en souriant, aussi il vaut mieux que je vous souhaite bonne nuit.

— Mon enfant, raccompagne-le au moins à la porte. — Dora semblait désespérée, au point d'essayer de prolonger un peu plus la situation.

— Pas la peine.

Mais Hada s'était relevée. Max saisit le Barbour sur le portemanteau et l'enfila. Puis le bonnet, les gants et l'écharpe.

— Une chance que tu n'habites pas loin. — Hada le regarda en souriant ; apparemment, elle se fichait pas mal qu'il s'en aille si vite. Merci de t'être fait du souci pour moi.

— À vrai dire, celle qui me préoccupait, c'était ta grand-mère. — Il regretta immédiatement cette réponse tranchante.

Les grands yeux noisette le regardèrent avec une expression indéchiffrable.

— Alors, merci de t'être fait du souci pour ma grand-mère. Bonne nuit.

Pendant qu'il retournait chez lui sous le déluge, Max se demanda une fois de plus ce qui lui passait par la tête.

Le piano émit un son strident qui retentit dans la pièce.

— Malédiction ! — Max donna une tape dans les partitions qui volèrent dans toutes les directions.

Wolf se contenta de dresser les oreilles un peu plus ; apparemment, il s'était habitué à ce genre de réactions, ce qui n'était pas surprenant car elles étaient devenues habituelles ces derniers temps. Jusqu'à Marta qui, chose incroyable, essayait de ne pas dire un mot quand elle lui servait le petit déjeuner et le déjeuner ; ses sourcils, perpétuellement froncés, n'invitaient pas aux commérages.

Il avait au moins réussi à reconstituer ce qu'il avait perdu, se dit Max, même s'il savait bien que ce n'était qu'un tout petit réconfort, étant donné qu'il n'avait pas été capable ces derniers jours d'associer ne serait-ce que deux notes qui en valaient la peine.

— Qu'est-ce qu'elle prétend ? Que je m'excuse ? — Rageur, il referma brusquement le piano et se leva. Je ne le ferai pas, tu m'entends ? Je ne le ferai pas. C'est sa faute, c'est elle qui devrait s'excuser de m'avoir dit tout ce qu'elle m'a dit.

Wolf ouvrit la gueule dans un gigantesque bâillement.

— Je vois bien que je t'ennuie. — Max s'en prit au chien. Tu t'amuses mieux avec elle, n'est-ce pas ? Tu apprécies ses caresses qu'elle te fait derrière les oreilles, ou quand vous vous mettez à courir comme si elle était encore une enfant avec un trop-plein d'énergie.

Cela faisait des jours qu'ils ne voyaient pas Hada par ici, pas plus qu'ils ne la trouvaient quand ils sortaient en promenade. Exactement six jours et demi ; depuis qu'ils avaient eu cette dispute à propos de Blanquita.

— J'aurais dû me taire ? C'est ce que tu penses ? demanda-t-il pendant qu'il parcourait la pièce en agitant les bras. Bien sûr, qu'est-ce que ça peut faire qu'une stupide chèvre mange quelques feuilles ? Après tout, pour toi, ce ne sont pas des semaines entières de travail.

Comme dans l'un de ces cas d'expériences extracorporelles, Max pouvait se revoir rempli de fureur, ramenant de force la coupable chez Dora et il se sentit honteux.

— Oui, tu as raison, admit-il, même si le chien avait de nouveau appuyé sa tête entre les pattes et fermé les yeux. J'aurais dû avoir compté jusqu'à cent, voire jusqu'à mille. Ce fut une erreur d'aller là-bas avec une terrible envie d'assassiner quelqu'un.

Ce fut aussi une malchance que Hada vienne juste de descendre de la fourgonnette quand il était apparu en tirant cette putain de chèvre, se dit-il. Si elle était arrivée quelques minutes plus tard, il serait revenu par où il était venu après avoir laissé ce maudit animal en lieu sûr et, l'esprit plus tranquille, il se serait contenté de lui passer un léger savon la prochaine fois qu'il l'aurait rencontrée.

Mais non. Il serra les lèvres. Il se souvenait de ce qui s'était passé comme s'il était en train de revivre la scène. Hada avait été stupéfaite de le voir arriver avec la chèvre.

— Max, qu'est-ce que tu fais avec Blanquita ?

— Je t'ai dit que je ne voulais pas que ça devienne une habitude.

— Une habitude ?

— Cette maudite chèvre était de nouveau chez moi.

Son interlocutrice avait froncé les sourcils, tout en secouant la tête, découragée.

— C'est impossible qu'elle se soit échappée. Depuis l'histoire des hortensias, en plus du verrou, qui est un peu abîmé, je ferme la porte de l'étable en faisant un double nœud. — Elle s'approcha de la porte de l'étable et constata que la corde était détachée d'une des épaisses rondelles de fer. Elle secoua de nouveau la tête. — Je ne me l'explique pas, je te jure que je l'ai bien fermée ce matin avant d'aller travailler.

— Écoute, Hada, ne me raconte pas ça. Je peux comprendre que tu aies été négligente, admets-le, c'est tout. Je ne vais pas te poursuivre parce que ta chèvre a mangé le fruit de plusieurs semaines de travail. — Même s'il bouillait de rage, il le dit avec un calme dont il se sentit fier.

Il la vit porter les mains à sa bouche et le regarder avec de grands yeux.

— Qu'est-ce qu'elle a fait ?

— Cette fois-ci, ce n'est pas ta faute, admit-il à regret. Je suis sorti un moment avec Wolf et j'ai laissé la porte ouverte. Cela n'a duré que quelques minutes, mais quand je suis revenu, j'ai trouvé ta chèvre dans le salon en train de mastiquer l'une de mes partitions ; avant, elle en avait mangé une demi-douzaine.

— Mon Dieu ! Je suis terriblement désolée… dit-elle sans retirer les mains devant sa bouche. Il la voyait si horrifiée, qu'il lui aurait immédiatement pardonné si elle n'avait pas eu le commentaire suivant : je comprends Dani quand il dit qu'il fait toujours une ou deux copies des documents importants.

— Dani ? — La simple mention de ce nom attisa la colère de Max jusqu'à des extrêmes insoupçonnés. — Qu'a-t-il à voir dans tout ça ? Tu m'accuses d'être négligent dans mon travail ?

— Non, bien sûr que non ! C'était simplement une réflexion.

— Une réflexion de trop, tu ne crois pas ?

Il remarqua qu'elle poussait un soupir en entendant son ton mordant.

— Je t'ai dit que je suis désolée. Je regrette sincèrement que Blanquita t'ait mangé tes partitions, s'il y a quelque chose que je puisse faire pour t'aider à récupérer ton travail…

— Quelque chose comme quoi ? l'interrompit-il sur le même ton. Tu suggères peut-être une opération de lavage d'estomac ? Parfois, j'oublie que tu es vétérinaire.

— Tu le dis comme si c'était quelque chose de mal.

Les joues de Hada qui étaient toutes pâles portaient maintenant deux taches rouges et les boucles blondes qui s'échappaient de son bonnet en laine vibraient comme si elles contenaient du courant ; Max, cependant, ne fut pas capable de reconnaître les signes de danger.

— Ni mal ni bien. À partir de maintenant, tu tiendras cette chèvre famélique loin de ma maison et de mes affaires. Compris ?

Hada mit les poings sur ses hanches et releva le menton.

— Ou quoi ?

Max la regarda, déconcerté.

— Ou quoi ? Quoi ?

— Qu'est-ce que tu vas me faire si je décide d'ignorer tes ordres ?

— J'ai un avocat qui se charge uniquement et exclusivement de mes affaires… — Cette menace si peu subtile fut une mauvaise idée et Max s'en rendit compte dès que ses paroles sortirent de sa bouche.

— Ah oui ? Regarde comme je tremble.

Quel génie ! Qui l'eût dit en voyant cette allure trompeusement angélique. S'il n'avait pas été aussi fâché, Max aurait aimé la scène : un petit bout de femme affrontant un grand type comme lui sans le moindre soupçon de crainte.

— C'est incroyable, dit-il en secouant la tête, exaspéré, ta chèvre mange mes partitions et au lieu de t'excuser, tu fais ta crâneuse.

— Je te rappelle que je m'étais excusée et c'est toi qui t'es montré très désagréable. — Le menton provocant ne descendit pas d'un pouce.

— Je n'ai pas été désagréable.

— C'est faux. En réalité, ces derniers temps, tu n'as pas cessé d'être désagréable, comme l'autre jour quand nous sommes revenus du marché. Tu te crois supérieur et tu penses que nous, les autres, nous devrions être éblouis par ta grandeur et que nous devrions faire des courbettes à ton passage.

— Je ne me crois pas…

Mais elle ne le laissa pas poursuivre.

— Eh bien, on ne va pas le faire, tu sais ? La plupart des gens par ici ne sont pas là pour s'agenouiller et moi, qui suis l'une des rares à ne pas avoir encore les articulations qui craquent, je ne pense pas le faire non plus.

— Jamais je ne t'ai demandé de…

— Et sache que si je me suis excusée avant, c'est parce que Blanquita est la chèvre de ma grand-mère, mais je ne suis absolument pas négligente et je me souviens parfaitement que ce matin, j'ai fermé le verrou et j'ai attaché la corde avec un double nœud avant de m'en aller travailler. — Max ouvrit la bouche, mais ce fut inutile ; il était impossible de placer un mot. Ça m'est égal ce que tu dis. Ça m'est égal ce que tu penses. Ça m'est égal ce que tu fais. Heureusement, dans quelques mois tu seras parti d'ici et nous ne nous souviendrons de toi que comme « ce gars qui tape sur le piano à toute heure ».

Avec ce bouquet final, Hada fit demi-tour, entra dans la maison et claqua la porte. Cependant, avant que Max ait pu réagir, elle ressortit, lui arracha la corde des mains et disparut avec Blanquita à l'intérieur de l'étable. Quand elle réapparut, elle ferma le verrou et attacha la corde sans prêter la moindre attention à Max qui était toujours là, telle une épave.

Et depuis, cela faisait six jours et demi qu'il ne l'avait pas vue.

— Et ce n'est pas qu'elle me manque. Ce n'est pas ça.

Wolf éternua.

— Tu ne me crois pas ? C'est bon, je le reconnais, il se peut que cela me manque un peu de pouvoir parler à quelqu'un qui n'est pas un chien impertinent ou une commère qui, dès que tu lui demandes ce qui t'intéresse vraiment de savoir, devient tout à coup une tombe.

Oui, il était sûr qu'après avoir vu la réaction de Dora quand elle avait fait ce commentaire, en apparence inoffensif, sur « ces trois compagnons inséparables qui passaient les étés dans le village », il avait tenté de sonder Marta pour découvrir qui était la troisième roue du carrosse. Cependant, son employée s'était fermée comme une huître qui se sent en danger. D'un côté, ce manque de collaboration lui avait indiqué que ses soupçons étaient bien fondés ; de l'autre, il était énervant que, dans un lieu où les ragots étaient le pain quotidien des habitants, il n'avait pas pu encore découvrir quoi que ce soit sur cet être mystérieux qui, semble-t-il, avait fait tant de mal à Hada dans le passé.

— Mais tu sais quoi ? Je m'en fiche complètement. Qu'ils gardent leurs secrets et qu'ils en profitent.

Max alla se rasseoir devant le piano et commença à jouer furieusement la *Cinquième symphonie* de Beethoven, qui cadrait à ce moment-là à la perfection avec son état d'âme.

À la sortie de la messe, Dora s'approcha du prêtre.

— Pouvons-nous parler un instant, mon père ?

Le vieux prêtre lui lança un regard aimable par-dessus ses lunettes à la monture en métal.

— Bien sûr, Dora. Tu as besoin de te confesser ou c'est quelque chose de plus informel ?

— Non, je n'ai pas besoin de me confesser.

— Moi, oui, j'en ai besoin, les interrompit Orosia qui, tout à fait dans sa ligne, avait piqué du nez durant l'homélie.

Le prêtre soupira ; l'un des passe-temps hebdomadaires de la vieille Orosia était de confesser les péchés les plus étranges dans le but peu subtil de scandaliser le curé.

— Attends-moi dans le confessionnal, je dois parler une minute avec Dora, dit-il patiemment et, s'adressant à cette dernière, il ajouta : accompagne-moi à la sacristie.

Dans la sombre sacristie, Dora aida le prêtre à retirer sa chasuble et à la suspendre avec soin dans l'armoire.

— Qu'est-ce qui te préoccupe, ma fille ? demanda Don Servando pendant qu'il nettoyait le calice ancien en argent qu'il avait utilisé pour la communion dans le *sacrarium*, un petit édifice spécial, et qu'il le rangeait, une fois propre, dans une petite armoire qu'il ferma à clé avant de glisser cette dernière dans la poche de son pantalon.

— C'est à propos de ma petite-fille, Don Servando. Je vous ai raconté le cadeau que m'avait envoyé La Pilarica, vous vous souvenez ?

— Je m'en souviens, Dora, et je t'ai aussi prévenue que la venue du petit-fils de Maximina n'était pas due à une intervention divine.

Dora saisit l'aube que venait de retirer le curé et l'étole, les plia avec soin et les rangea dans la commode en bois sculpté.

— Si vous voyiez comment ils parlent, comment il la regarde… L'autre jour, il est venu à la maison malgré la pluie diluvienne qui tombait parce qu'il était inquiet pour la petite. Si vous aviez vu tout cela, vous n'auriez aucun doute.

Don Servando leva les yeux au ciel, mais ne dit rien.

— Le problème, c'est qu'il y a eu un malentendu…

— Un malentendu ?

Dora respira profondément, décidée à lui raconter la vérité.

— L'autre jour, ils se sont disputés à cause de Blanquita.

— Qu'a donc fait cette maudite chèvre ? demanda le prêtre en souriant ; la chèvre de Dora était apparue au cours d'un de ses sermons, entraînant l'hilarité des fidèles.

— Elle s'est introduite chez Max et a mangé ses partitions. Ne riez pas ! Vous n'imaginez pas la fureur dans laquelle il s'est mis. Il est venu rapporter la chèvre, fou de rage, et a fortement réprimandé ma petite-fille pour négligence, et vous savez dans quel état Hada se met quand elle se trouve en face de ce qu'elle considère comme une injustice…

Don Servando acquiesça. Il connaissait bien la petite-fille de Dora ; quand elle n'était qu'une enfant, il l'avait vue en venir aux poings, y compris contre des enfants qui faisaient le double de sa taille, pour défendre ceux qu'elle considérait comme les plus faibles.

— J'imagine qu'elle a dû lui dire un certain nombre de choses.

Dora approuva, peinée.

— J'étais dans la maison en train de tout entendre, mais je n'ai pas osé intervenir. Et maintenant… Maintenant, ils ne se parlent plus ! Et quand j'ai essayé de raisonner ma petite-fille, elle m'a sorti qu'elle ne pensait pas de nouveau adresser la parole à ce « type coincé qui pense que le Soleil, la Terre et la Lune tournent autour de son illustre personne ». Si je me rappelle bien, ce furent exactement ses paroles. — Dora, qui se tordait les mains d'un geste impuissant, s'excusa en silence pour ce petit mensonge ; en réalité, sa petite-fille, qui ne parlait généralement pas grossièrement, après « ce type coincé » avait ajouté : « sans doute que quelqu'un a dû lui mettre un balai dans le cul ! », mais elle jugea plus prudent de ne pas le mentionner. — Il ne reste que quelques mois avant que Max reparte en Amérique et ils perdent un temps précieux !

— Calme-toi, ma fille, dit-il en voyant que Dora séchait une larme avec un bout de la manche de sa veste en laine très colorée, qui était l'incontournable marque de la maison. Chaque année, inexorablement, Don Servando lui-même recevait l'un de ces vêtements en cadeau à chacun de ses anniversaires.

Le vieux prêtre lui donna quelques petites tapes dans le dos et, soudain, son autre main trouva un papier qu'il avait mis dans la poche de sa soutane le matin même.

— Regarde ça, je viens d'avoir une idée ! — Dora, qui continuait à être toute retournée, sécha sa joue une fois de plus et le regarda, pleine d'espoir. — L'autre jour, j'ai dû aller au diocèse et ils m'ont donné ça. Immédiatement, j'ai pensé à vous tous.

Il lui tendit un dépliant tout en couleur que Dora lut avec intérêt.

— Un concours de chants de Noël ?

— À Santa Olaria, vous avez tous de très belles voix…

— Excepté Hada, précisa Dora.

— Excepté la pauvre Hada, acquiesça le curé de la tête. Le prix nous serait très utile pour couvrir ces fuites qui sont apparues récemment dans l'église, ce qui éviterait d'utiliser vos économies.

— Et ce sera le prétexte parfait pour les réunir de nouveau. — Dora sautait de joie.

— En effet, ainsi, nous ferions d'une pierre deux coups. Vous pourriez répéter ici, dans l'église. Tu sais que Maximina a donné ce petit orgue que personne n'utilise ; ce serait bien que ce soit son propre petit-fils qui l'étrenne. Je lui parlerai et, s'il trouve à redire, il me viendra bien quelque chose à l'esprit avec l'aide du Seigneur.

Don Servando lui lança un clin d'œil et son interlocutrice n'eut pas le moindre doute que ce prêtre d'aspect si fragile, qui, malgré son âge avancé, continuait à parcourir infatigablement les villages de la région pour porter la parole de Dieu où presque rien d'autre ne se passait, arriverait à faire ce qu'il voulait.

Soudain, l'expression de joie qui s'était décuplée sur le visage de Dora, au fur et à mesure qu'elle l'écoutait, s'assombrit d'un coup.

— Et ma petite-fille ? Vous lui direz quoi pour qu'elle aille aux répétitions si elle ne sait pas chanter.

— Dis-lui que vous avez besoin d'elle. Il est dit que dans la chorale, les participants doivent être de tous les âges. J'essaierai aussi de convaincre les parents de ce diablotin pour qu'ils le laissent se joindre à nous.

— Sandu ?

Le curé acquiesça.

— Je l'ai entendu chanter quelquefois et il ne le fait trop mal.

À ce moment, quelqu'un frappa à la porte de la sacristie et on entendit la voix cassée d'Orosia de l'autre côté.

— Don Servando, ça fait une demi-heure que j'suis à genoux ! Qu'est-ce que vous faites là, enfermé avec la Dora depuis tant d'temps ?

Don Servando leva les yeux au ciel et s'empressa d'ouvrir la porte.

— Rien de mal, Orosia, rien de mal ; surveille tes pensées, dit-il avec la même patience qu'il employait avec tous ses paroissiens. Puis il se tourna vers Dora et ajouta : Je vais agir de mon côté et toi, parle avec ta petite-fille.

— De quoi allez-vous parler avec la p'tiote ? demanda Orosia qui mourait d'envie de savoir quels secrets ils avaient, tous les deux.

Le curé fit comme s'il ne l'avait pas entendue.

— J'espère que cette demi-heure que tu as passée à genoux t'a donné le temps de faire un acte de contrition comme Dieu l'ordonne, pour qu'ensuite tu tournes autour du pot et qu'on n'en finisse jamais.

— Bien sûr que oui, *pater*. — Apparemment Don Servando avait réussi à faire diversion.

— Au revoir, Don Servando, et mille fois merci !

Dora sortit de l'église d'un pas léger, caractéristique des personnes qui ont un poids de moins dans la tête.

12

Don Servando se pencha sur la table basse, se servit un peu plus de café et prit un autre biscuit.

— Il faut reconnaître que Marta cuisine comme un ange.

— Bien sûr. — Max réprima un sourire ; le curé non seulement entérinait la théorie quant aux noms — un homme pouvait-il s'appeler Servando et échapper au destin de servir son prochain ? —, mais durant les quelques minutes où il était assis dans son salon, il avait déjà dévoré une demi-douzaine de biscuits.

Comme s'il avait deviné ses pensées, le vieux prêtre qui, malgré tout était très mince, lui adressa un sourire légèrement coupable.

— Excusez-moi, j'imagine qu'en me regardant, il vous sera venu à l'esprit le péché de gourmandise, mais en vérité, c'est qu'aujourd'hui, je n'ai pas pris le temps de manger. C'est ma seconde messe et, dès que je vous aurai quitté, j'ai la confession et le catéchisme dans deux autres villages des environs.

Max lui retourna son sourire et fit un geste de la main. Il n'avait pas l'habitude de converser avec des religieux, mais

Don Servando lui plaisait bien depuis qu'il s'était présenté chez lui avec l'un de ces sourires timides et aimables, pour lui demander s'il disposait d'un moment pour discuter avec lui.

— Mangez autant que vous voulez et, si vous avez encore faim, il doit bien rester par ici un peu de ces délicieux gâteaux au fromage que Marta a faits l'autre jour.

— J'adore les « soupirs d'amour ». — Don Servando hocha la tête avec tant d'enthousiasme que Max se leva et alla les chercher. J'imagine que vous savez déjà que ces délicieuses tartelettes doivent leur nom aux Amants de Teruel de la célèbre légende. Vous l'avez illustré quand vous êtes revenu de la cuisine avec le plateau de pâtisseries.

Après avoir mangé trois « soupirs » et deux gâteaux de plus, le prêtre s'adossa contre le dossier de la chaise, une nouvelle tasse de café à la main, manifestant un bonheur complet.

— Le Seigneur pourvoit toujours, déclara-t-il en buvant une gorgée de café. — Puis il regarda Wolf qui, comme d'habitude, était allongé sur le tapis en face de la cheminée. Beau chien !

— Ce n'est pas le mien, s'empressa d'expliquer Max. Un jour, en revenant de promenade, il m'a suivi jusqu'à la maison et il est toujours là.

— J'imagine que recueillir un animal abandonné est aussi une œuvre de miséricorde, dit le vieil homme en regardant le chien avec sympathie.

Max haussa les épaules.

— Qu'est-ce donc que vous vouliez me dire ?

— En réalité, je voudrais vous demander une faveur.

Max qui sentait quelque chose de ce genre depuis que cet homme à l'air fragile, en soutane très noire et aux cheveux très blancs avait frappé à la porte, porta une main à la poche de sa veste.

— Non, non, s'empressa de refuser le prêtre en voyant qu'il sortait son portefeuille, et il ajouta, très amusé : Quelle réputation, nous avons, nous, les prêtres ! Non. Je ne suis pas venu pour vous demander de l'argent. Il s'agit de quelque chose de plus personnel.

De plus personnel ? Max n'était pas très sûr d'aimer ça ; il aurait mille fois préféré sortir quelques billets de cinquante euros et en finir avec ça une fois pour toutes.

— Ne vous inquiétez pas. — Il était clair que Don Servando avait l'habitude de lire dans l'âme des personnes. Ce ne serait pas très compliqué pour vous, mais je reconnais que vous auriez à y consacrer un peu de temps.

Alors que Max ouvrait déjà la bouche pour s'excuser du peu de temps dont il disposait, étant très occupé, Don Servando fit un geste de la main, si bien qu'il se tut à nouveau et cela laissa transparaître à quel point le petit prêtre aux manières douces et au regard bienveillant suintait d'autorité.

— Voyez, j'imagine que vous aurez déjà remarqué que les habitants de Santa Olaria ne sont pas ce que l'on dirait des personnes aisées. L'idée de Hada de vendre sur le marché les produits qu'ils ont eux-mêmes fabriqués leur a procuré une bonne source de revenus, mais ce serait fantastique s'ils pouvaient disposer d'un petit extra pour les imprévus.

— Mais vous venez de me dire que vous ne voulez pas que je vous donne d'argent. — Max fronça les sourcils, plutôt perplexe.

— Les Sanolariens sont très fiers, ils ne veulent pas la charité, mais l'autre jour, au diocèse, l'on m'a donné ceci. — Don

Servando lui tendit le dépliant qu'il venait de sortir de la poche de sa soutane.

Son hôte l'examina quelques secondes d'un air renfrogné.

— Un concours de chants de Noël ?

— En effet. Il aura lieu dans la cathédrale de Teruel le 24 décembre. Les trois prix sont en espèces et les quantités non négligeables.

En voyant où il voulait en venir, Max essaya encore de s'esquiver.

— Vous êtes en train de me dire que vous voulez que j'organise une chorale en si peu de temps ?

— En effet, répéta Don Servando sans perdre son éternel sourire. Les habitants de ce village ont de très belles voix, et le concours les distraira non seulement durant les longues soirées d'hiver, mais, s'ils gagnent, le prix serait le bienvenu pour boucher quelques fuites qui viennent du toit de l'église, sans qu'ils aient à utiliser leurs économies.

Max fit non de la tête.

— Écoutez, j'ai beaucoup avancé dans mon travail et je ne sais même pas si je serai prêt à ces dates-là. Je suis musicien, mais je n'ai jamais dirigé de chorale de ma vie et je n'ai pas vraiment le temps de…

Une fois de plus, le prêtre l'arrêta d'un simple geste de cette main blanche, pleine de taches, propres à son âge.

— En principe, ça ne serait que les vendredis après-midi ; plus tard, vous verriez s'il est nécessaire de répéter aussi le samedi après-midi. Vous pouvez vous entraîner à l'église ; Dora a les clés et là-bas, il y a l'orgue dont votre grand-mère a fait don, qui n'a pas encore servi.

— Ma grand-mère a fait don de l'orgue ? demanda Max, le regard surpris.

— Votre grand-mère a été très généreuse dans sa vie et, comme elle me le répétait toujours — Don Servando n'eut aucun scrupule à sortir l'artillerie lourde —, son rêve le plus cher était de vous voir un jour jouer sur cet orgue même dans notre petite église. Malheureusement, la pauvre est décédée avant que son rêve ne se réalise…

Le prêtre secoua la tête, l'air triste, et Max comprit que toute possibilité d'échapper à un tel traquenard s'était évaporée d'un coup. Malgré le fait que c'était sa mère qui lui avait caché l'existence de sa grand-mère, il continuait à ressentir un curieux sentiment de culpabilité quand il pensait à elle, seule dans cette vaste maison, vivant par et pour les rares lettres qui lui parvenaient de l'autre côté de l'Atlantique.

Soudain, il lui vint une idée.

— Et vous dites que tout le village sera là ?

— Tous, excepté Costel et Ionela, qui doivent travailler le samedi très tôt, mais dès que je sortirai de chez vous, j'irai leur parler pour qu'ils laissent leur fils Sandu participer.

Peut-être que ce ne serait pas si mal après tout, se dit Max, sans cesser de tourner tout ça dans sa tête. Avec le prétexte de la chorale, il reverrait Hada sans avoir besoin de renoncer à sa fierté.

— C'est bon. Comptez sur moi, mais je ne vous promets rien. C'est un sujet que je ne maîtrise pas et il reste peu de temps pour organiser quelque chose de décent. Des chœurs plus exercés se présenteront sûrement.

— Sûrement, mais à Santa Olaria, nous avons beaucoup de dévotion pour La Pilarica et je suis sûr qu'elle nous prêtera un coup de main.

— Il vaudrait mieux deux, grogna Max sans trop d'espoir.

Don Servando éclata de rire, se leva du canapé et secoua les miettes qui étaient tombées sur sa soutane avant de tendre la main à Max.

— Merci beaucoup pour votre aide. Si Maximina nous voit depuis le ciel, je suis sûr qu'elle sera très fière de son petit-fils.

Max serra la main du prêtre et le raccompagna jusqu'à la porte.

— Dites aux intéressés que la première répétition aura lieu ce vendredi à partir de quatre heures de l'après-midi.

— Vendredi à quatre heures. Parfait ! confirma le prêtre, souriant, et tout en s'éloignant par le sentier, il agita la main une fois de plus.

Elles venaient de dîner et de ramasser la vaisselle, et Hada commençait à s'assoupir devant la cheminée, mais quand elle entendit le commentaire de sa grand-mère, elle se redressa d'un coup de son fauteuil.

— Mais, Aba, je chante faux !

— C'est le moins qu'on puisse dire. — Sa grand-mère, assise en face d'elle, tricotait une écharpe aux couleurs vivres, même si elle n'avait pas encore décidé qui serait l'heureux ou le chanceux à qui elle était destinée. Don Servando dit que ça doit être une chorale de tous les âges et tu sais bien qu'ici, dans ce domaine, il n'y a pas beaucoup de choix.

Hada secoua la tête, dans un refus ferme, et les boucles blondes remuèrent un peu plus.

— Je ne veux pas voir Max. Nous nous sommes disputés.

— Tu n'auras presque pas à le voir.

— Mais tu viens de dire qu'il va être le directeur de la chorale !

L'esprit de sa grand-mère s'agitait à la même vitesse que ses doigts pendant qu'elle réfléchissait à une réponse convaincante.

— Eh bien, tu verras bien, parce que j'imagine qu'il se tiendra devant nous pour nous guider, mais tu n'as pas à lui parler si tu ne veux pas. Ce n'est pas comme si vous étiez seuls tous les deux. Sûrement qu'Orosia et Sandalia feront tout pour rivaliser et attirer son attention.

— Ce qui lui manquait ; comme il ne se prend pas pour rien… dit sa petite-fille avec mépris.

— Eh bien je ne vois pas pourquoi il ne se prend pas pour rien. La vérité est que je trouve que c'est un garçon charmant. — Dora utilisa un ton particulièrement indifférent.

— Charmant ! Ah ! Je ne sais pas pourquoi tu le défends, Aba. Je t'ai déjà raconté combien il a été injuste et désagréable l'autre jour avec moi.

Sa grand-mère haussa les épaules.

— Tout le monde a un mauvais jour. De plus, souviens-toi que c'est notre chèvre qui a mangé ses partitions ; il avait suffisamment de raisons pour être en colère.

Hada la regarda, indignée.

— Et pourquoi est-ce qu'il me l'a fait payer ? Ce n'était pas ma faute si Blanquita s'est échappée.

— Tu es sûre que tu as bien fait le nœud ? C'est très bizarre qu'elle ait pu se détacher. C'était peut-être une erreur ; tu as beaucoup de problèmes au travail ces derniers temps, et tu as souvent la tête ailleurs…

— Tu es en train de me dire que toi non plus, tu ne me crois pas ? l'interrompit sa petite-fille d'un ton furieux.

— Non, bien sûr que non, — Dora s'empressa de la calmer —, mais le nombre de fois où je pense que j'ai allumé le poêle et quand je me retourne, il est encore éteint.

Hada fit un effort pour s'armer de patience.

— Tu vois, Aba, si cela avait été une erreur, je l'aurais admis immédiatement ; je ne prétends pas être infaillible, mais c'est que justement, ce jour-là j'ai dû revenir parce que j'avais laissé les clés de *Rossinante* sur la table de la cuisine et je me souviens qu'en passant devant l'étable, je suis allée revérifier que la corde était parfaitement nouée.

— Oui, je te crois, ma petite, et à vrai dire ce n'est pas non plus si important.

— Eh bien, admit Hada, qui au fond avait un peu mauvaise conscience, qu'une chèvre gloutonne en vienne à manger ton travail, c'est un mauvais tour des plus énormes !

— Alors, tu reconnais que Max avait le droit d'être fâché ? — Hada haussa les épaules sans rien dire. — Alors, répéta sa grand-mère, tu viendras aux répétitions ?

Sa petite-fille soupira fortement.

— C'est bon. J'irai. Mais sache que je ne compte pas lui parler.

— Que tu chantes, ce sera suffisant. — Dora était ravie de s'en être tirée.

Hada lui lança un regard malicieux.

— Ce qui est bien, c'est que dès qu'il m'aura entendue chanter, il m'expulsera de la chorale et je n'aurai plus à supporter ce regard désapprobateur planté sur moi. Bonne nuit, Aba, je vais me coucher. — Hada se pencha sur sa grand-mère et l'embrassa sur la joue.

— Bonne nuit, ma petite.

Dora resta là un moment, assise dans son fauteuil, les yeux fixés sur les flammes, son travail complètement oublié et un sourire rêveur sur les lèvres.

L'église aux lignes sobres était une bonne représentation de l'art roman tardif ; elle n'était pas très grande et avec le bruit que faisaient les gens réunis, parlant tous en même temps, elle semblait bondée. Max, qui s'y entendait assez bien en art, parcourut la petite nef de pierre, s'arrêta devant le simple retable, dont les scènes de la vie de Jésus étaient obscurcies par le passage du temps, et il l'examina avec intérêt.

— Elle est belle, n'est-ce pas ?

Dora, qui l'avait accueilli affectueusement à l'entrée de l'église, vint le rejoindre.

— Un petit bijou, dit-il, sincère.

Le chaud sourire qu'elle lui lança lui rappela beaucoup sa petite-fille.

— Tout le monde est là ? demanda-t-il, même s'il savait bien que Hada n'était pas encore arrivée.

— Il manque seulement ma petite-fille, mais elle m'a dit de commencer sans elle.

Énervé, Max se dit qu'après tout il se fichait pas mal de savoir si Hada était en retard ou même si elle allait venir ;

après tout, c'était sa grand-mère qui avait décidé d'accepter la mission de Don Servando, n'est-ce pas ?

— Alors, commençons.

Amable et lui sortirent l'orgue pesant — que personne n'avait touché autrement que pour nettoyer la poussière — du coin où il avait été oublié depuis des années et ils le placèrent au milieu de la nef, en face de l'autel. Max joua quelques notes et constata avec satisfaction qu'il résonnait bien. Les notes vibrèrent à l'intérieur de l'église, et tout le monde se tut immédiatement.

— Bonsoir à tous, dit-il, alors qu'il avait salué la plupart à leur arrivée. Comme j'imagine que vous le savez, Don Servando m'a demandé que j'organise la chorale de Santa Olaria. Il est prévu qu'il nous inscrive cette semaine au concours de chants de Noël du diocèse de Teruel.

Ses paroles déclenchèrent un authentique brouhaha.

— À Teruel ! Chanter ! — Maria porta les mains à sa poitrine, extasiée.

— Ils vont apprendre que, *par chez nous*, il y a du talent dans ce village. — Sandalia leva le poing en l'air d'un geste dramatique.

Sandu qui, jusqu'à présent, avait joué avec Wolf, commença à courir comme un dératé autour des bancs, sans cesser de donner des coups avec un bâton sur les dossiers.

— Et comment qu'on s'habillera alors ? — Primitivo frappa plusieurs fois les dalles de pierre avec sa canne, dans un souci de se faire entendre par-dessus le vacarme. Qu'y en ait pas un qui m'voye avec eun' cravate. Jamais j'en ai porté et qu'y vienne à person' l'idée d'm'en met' une l'jour d'mon enterr'ment.

Orosia se mit à chanter à tue-tête :

— *Si vas a Calatayuuud, pregunta por la Doloreees, que es una chica muy guapaaa, y amiga de hacer favoreees* !

Dépassé, Max regarda autour de lui pour voir si une aide lui arrivait quelque part. Heureusement, son employée vint à son secours. En deux foulées, elle se planta à côté de son patron et frappa les touches de l'orgue avec son poing, produisant un son désagréable et discordant qui fit que tous se bouchèrent les oreilles.

— Taisez-vous donc tous une bonn' fois, *saperlipopette* !

Primitivo allongea un bras, arrêtant brusquement la énième course de Sandu, lui arracha son bâton de la main et lui en donna un léger coup sur la tête.

— Arrêt' donc, s'pèce de démon !

Sandu lui lança un regard chargé de reproches tout en se frottant le haut du crâne endolori, mais il obéit.

— Le *siñor* Max n'est point là pour perdre du temps. — La voix de Marta résonna dans la nef de pierre. Alors que tout le monde écoute et celui qui n'obéit pas, il aura affaire à moi ! Alors, on est prêts ?

— On y est, on y est. — La plupart des présents approuvèrent, honteux.

— J'aime mieux ça. — Marta se tourna vers son patron sur un ton qui n'admettait pas de réplique : Vous pouvez commencer.

Max qui, durant ces dernières minutes, avait amèrement regretté d'avoir accepté la mission du prêtre, s'éclaircit la gorge avant de s'adresser à tous les membres de ce projet de chorale qui n'avait pas l'air de partir d'un bon pied.

— Bien, nous allons y aller pas à pas. Qui veut commencer ?

— Moi !

— Moi !

Autant Sandalia qu'Orosia paraissaient prêtes à en venir aux mains, mais, cette fois, Max était déterminé à imposer son autorité.

— Silence ! — Les deux femmes se turent immédiatement et le regardèrent comme une paire de collégiennes prises en faute. Nous irons par ordre d'âge. Orosia, vous commencez.

Orosia lança un regard chargé de triomphe à sa rivale, monta sur la dernière des trois marches qui menaient à l'autel et commença à chanter à tue-tête :

— *Si vas a Calatayuuud, pregunta por la Doloreees, que es una chica…* !

— Un moment, un moment ! l'interrompit le directeur, faisant des gestes avec les bras pour qu'elle s'arrête.

Orosia le regarda, les sourcils froncés.

— Qu'est-ce qu'y s'passe donc ? Je n'chante pas ben, peut-être ? demanda-t-elle, offensée.

— Bien au contraire — Max s'efforça de montrer son côté le plus diplomatique. Vous, Orosia, avez une voix forte.

La vieille femme lui lança l'un de ses plus beaux sourires édentés ; elle donnait l'impression d'avoir grandi d'un coup.

— Mais, comme il arrive avec toutes les voix fortes, poursuivit Max, il est nécessaire de les canaliser. Maintenant, regardez mes mains et essayez de suivre le rythme que je vous montre. Recommencez, s'il vous plaît.

Les yeux fixés sur les élégantes mains masculines, Orosia commença sur un ton de voix beaucoup plus bas et, dès qu'il se mit à s'emballer de nouveau, les gestes fermes du directeur maîtrisèrent la situation. Quand elle eut terminé, Max applaudit doucement.

— Très bien. Contralto.

Orosia porta une main derrière l'oreille avec une expression de perplexité.

— Que je chante plus haut ? Et si je ne peux pas monter plus haut.

— Non, non, — le directeur de la chorale, s'arma courageusement de patience, votre niveau de voix est celui du contralto ; un niveau très apprécié dans les meilleurs orchestres d'ailleurs. Allez, vous pouvez descendre et mettez-vous à droite. Au suivant.

Un à un, Max les passa tous en revue. Pour certains, comme Maria ou Primitivo, au début il les voyait plus timides, mais ensuite, ils perdirent leur timidité et chantèrent de tout leur cœur.

— Très bien, acquiesça Max, satisfait quand Sandu, qui était le dernier à se présenter, eut terminé. — Je vois que Don Servando n'a pas exagéré. Basse, ténor, contralto, plusieurs *mezzos* et un petit soprano ; il y a de la variété et beaucoup de talent à Santa Olaria. Maintenant, nous allons choisir…

À ce moment-là, la porte de l'église s'ouvrit et une rafale d'air gelé se faufila à l'intérieur.

— Hada, je pensais que tu ne viendrais pas ! — La voix aiguë de Sandu, qui fusa pour accueillir la nouvelle arrivée, fit se retourner Max rapidement.

— Bonjour, Sandu !

Il la vit marcher vers lui dans l'allée. D'un mouvement rapide, Hada retira son bonnet de laine et secoua ses boucles dorées avec impatience avant de se pencher et d'embrasser l'enfant sur la joue. Puis elle ébouriffa ses cheveux noirs avec tendresse et, en voyant ce sourire affectueux qui ne lui était pas destiné, Max sentit une légère oppression en haut de sa poitrine. La sensation d'un incroyable bonheur qui l'envahit en la voyant l'effraya tellement que, immédiatement, il fronça ses sourcils sombres et s'adressa à elle d'un ton plus sec :

— J'espère que lors des prochaines séances, tu essaieras d'être plus ponctuelle.

Hada releva le menton d'un air de défi que Max commençait déjà à trop bien connaître et répondit sur un ton chargé de sarcasme :

— J'ai dit à la vache qu'elle se presse de vêler, parce que j'ai une séance de chorale avec le plus célèbre directeur, mais le croiras-tu ? Elle ne m'a même pas écoutée. — Elle secoua la tête comme si elle était scandalisée. Il faut voir comment sont les animaux dans ce pays, ils ne respectent plus rien !

Sandu, qui avait déjà rejoint Primitivo, dont il avait apparemment du mal à se séparer, éclata d'un rire moqueur. Immédiatement, le vieil homme lui donna une petite tape, mais si légère, qu'elle ressemblait davantage à une caresse ; il était évident que lui aussi avait du mal à se retenir de rire.

Hada courut embrasser sa grand-mère ainsi que le reste des personnes présentes sans faire de cas de l'attitude réprobatrice de Max, qui attendait, les bras croisés devant la poitrine et les sourcils plus que jamais froncés. Quand elle eut terminé d'embrasser la dernière personne, Max tapa des mains pour demander le silence.

— J'espère qu'il n'y aura plus d'interruptions, dit-il avec la même sécheresse que lorsqu'il l'avait accueillie. C'est à toi.

— Qu'est-ce qui est à moi ? demanda la nouvelle venue, soudain alertée.

Sandu s'empressa de la mettre au courant.

— Tu dois monter sur la dernière marche et chanter une chanson que tu connais.

— Chanter ? *Moi* ? — Hada pointa son doigt vers sa poitrine, comme si elle voulait souligner la folie de lui demander quelque chose de semblable.

— Chanter dans une chorale ? Quelle chose étrange ! — À présent, ce fut au tour de Max de se montrer sarcastique et d'Amable de se mettre à rire, chose que sa femme interrompit immédiatement et de façon expéditive, en lui plantant son coude dans les côtes.

— Ça doit être une blague. Je chante faux. Je suis ici pour faire masse ; Aba m'a dit que tu avais besoin d'une chorale de tous les âges.

— En tant que directeur, c'est moi qui décide ce dont nous avons besoin dans cette chorale. Monte et chante ce que bon te semble.

— Aba, dis quelque chose !

Sa grand-mère lui lança un sourire bienheureux.

— Écoute Max, il sait beaucoup de choses.

Hada souffla, gravit les trois marches et affronta Max, les mains sur les hanches, ses yeux lui lançant des étincelles.

— Tu l'auras voulu. Je vais chanter *Un beso y una flor*, ma chanson favorite.

Sans plus de préambule, elle commença à chanter avec enthousiasme et Max dut croiser les doigts et serrer les mains avec force pour ne pas les porter à ses oreilles et délivrer ses tympans fragiles de ce vacarme infernal. Effrayé, il regarda autour de lui et il ne lui fut pas difficile de reconnaître une nette expression de souffrance sur tous les visages de ceux qui se trouvaient réunis là. Max serra les dents ; c'était encore pire que ce qu'il avait imaginé. La vérité, c'est qu'il n'avait jamais entendu dans sa vie quelqu'un qui chantait faux à ce point-là. Si elle n'avait pas précisé que c'était la célèbre chanson de Nino Bravo, jamais il ne l'aurait reconnue. D'un autre côté, il ne pouvait pas nier que Hada, avec ses boucles brillantes et cette expression de grande joie sur le visage, était jolie ; elle aurait été un tableau ravissant si quelqu'un avait eu le bon sens de lui retirer le son, se dit Max.

Wolf, qui avait passé les auditions précédentes allongé très tranquillement aux pieds de son maître, émit un hurlement funèbre.

— Assez ! Assez ! J'ai compris.

Hada se tut immédiatement et lui lança un sourire innocent.

— Voilà, tu es content ? Je crois qu'il vaut mieux que je m'en aille préparer le dîner et que je vous laisse tranquilles.

Mais Max n'était pas disposé à la perdre de vue.

— Tu ne peux pas t'en aller.

Elle le regarda, perplexe.

— Pourquoi pas ? Tu n'en as pas encore eu assez ?

— À vrai dire, tu es décorative. Tu pourrais nous être utile pour attendrir le cœur du jury.

Son interlocutrice le regarda, bouche bée.

— Décorative ?

— C'est ce que j'ai dit. — Max s'adressa aux autres sans tenir compte de son évidente indignation. Vous ne croyez pas qu'elle est décorative ?

— Oui, Hada est très jolie, dit Maria en souriant et sa sœur, Amable, Sandu et Primitivo acquiescèrent de la tête.

— Ça rendra bien avec les projecteurs, certifia Sandalia, d'un air expert.

— S'il y a des vieillards dans le jury, ça sera facile de gagner. Vous savez bien combien les hommes aiment les filles à la chair ferme.

Max fit comme s'il n'avait pas entendu le commentaire d'Orosia, si politiquement incorrect.

— Alors, tu restes, affirma-t-il d'un ton coupant. Tu n'auras qu'à te contenter de bouger les lèvres et d'être décorative, compris ?

— Aba, dis quelque chose ! fit Hada une fois de plus.

Sa grand-mère haussa les épaules ; elle était enchantée de voir comment les choses se déroulaient, si bien que, une fois de plus, elle s'empressa de se mettre du côté de Max.

— Je crois que Max a raison, ma petite, nous n'avons pas beaucoup de temps pour nous exercer et toute aide est la bienvenue.

Voyant que même sa grand-mère ne la défendait pas, Hada haussa les épaules, d'un geste découragé. Cependant, loin d'avoir pitié d'elle, Max décida de continuer à lui remuer le couteau dans la plaie.

— Et tu devras être ponctuelle.

Il la vit serrer les lèvres qu'à ce que ces dernières ne forment plus qu'une ligne droite, et l'effort évident qu'elle faisait pour ne pas lui sortir ses quatre vérités devant tout le monde le fit presque sourire ; mais il se retint. Il avait suffisamment pris de risques aujourd'hui.

13

Le samedi après-midi, après avoir travaillé sans arrêter durant plus de deux heures, Max décida de sortir prendre l'air. Alors qu'il marchait derrière Wolf, qui reniflait tout sur son passage tout en remuant la queue, il pensait à la répétition de la veille avec un sourire presque imperceptible sur ses lèvres.

Cela n'avait pas été aussi horrible qu'il l'avait craint au début. C'est vrai que tout s'était très bien passé ; non seulement pour le défi de coordonner un ensemble de voix qui avaient l'habitude de s'exprimer chacune de leur côté, mais aussi pour la bonne ambiance qui avait régné à tout moment. Y compris Hada qui — même s'il lui avait interdit définitivement de chanter, se laissait porter parfois par son enthousiasme, jusqu'à ce que Sandalia lui lance un de ces douloureux coups de coude dans les côtes qu'elle aimait distribuer à droite et à gauche — s'était détendue et avait mis de côté cette colère absolument irrationnelle, selon lui. Tout au long de la répétition, ils avaient bavardé et ri comme au bon vieux temps et, pour une fois, il y avait eu une remarquable bonne entente entre tous les habitants querelleurs de Santa Olaria.

Max prit le chemin de traverse qui menait à la rivière, l'une de ses promenades favorites. À l'apogée de l'automne, avec les arbres changeant de couleur, c'était absolument impressionnant et à présent que l'hiver se rapprochait et que la plupart des branches avaient perdu leurs feuilles, il régnait une atmosphère mélancoliquement romantique qui était des plus inspiratrices.

À ce moment-là, Wolf lança l'un de ses bizarres aboiements et se mit à courir, mais au lieu de continuer sur le chemin qu'ils prenaient d'habitude, il disparut par une petite fissure entre deux gigantesques roches calcaires, recouverte d'une vigne nue de feuilles qui la rendait presque invisible. Max fronça les sourcils, surpris. Ce n'était pas la première fois qu'il passait près de cette masse rocheuse et il avait toujours pensé à elle comme à une muraille inexpugnable, excepté pour ces jeunes aventuriers qui faisaient de l'escalade. Empli de curiosité, il écarta la vigne et suivit le chien par l'étroit passage où, à moins de trois mètres, une forte clarté annonçait l'issue.

« Le passage secret dont rêvent tous les enfants », se dit-il amusé et aussi, pourquoi le nier, avec une certaine émotion.

Ce qu'il vit de l'autre côté lui coupa le souffle. La rivière se terminait dans cette zone, formant un petit étang d'une singulière beauté. La muraille de rochers et les arbres denses qui l'entouraient contribuaient à donner l'impression que c'était un endroit isolé du reste du monde, où aucune présence humaine n'était arrivée jusqu'à présent.

— Hé ho, Max !

La voix de Hada lui fit savoir que son impression était fausse.

— Je vois que nous avons découvert ta cachette secrète. — Faisant attention de ne pas glisser sur les pierres humides, Max s'approcha jusqu'à l'endroit où elle se trouvait et s'assit à côté d'elle sur une vieille couverture en laine.

— Oui, vous l'avez découverte, dit-elle sans quitter des yeux les eaux verdâtres tout en caressant distraitement Wolf qui, selon son habitude, avait appuyé sa tête sur sa cuisse.

Max eut le sentiment qu'elle n'était pas trop contente qu'ils l'aient fait.

— Si tu veux, je m'en vais.

Elle le regarda enfin, avec un léger sourire sur les lèvres.

— Ne t'en fais pas, il est si secret que tous les Sanolariens ne le connaissent pas ; nous ne voulions simplement pas que les touristes soient au courant de son existence.

— Nous ne voulions pas ? demanda-t-il sans être conscient qu'il retenait son souffle.

Après une pause presque imperceptible, Hada répondit :

— Miguel et moi. Un garçon du village avec qui j'ai grandi. Nous venions nous baigner ici dès que la chaleur apparaissait. Tu vois cette corniche ? — Elle lui signala une petite aspérité sur la muraille de pierre qui se trouvait à une hauteur de presque deux mètres au-dessus du niveau de l'eau —, nous sautions de là.

— Vraiment ? Moi, j'aurais peur.

— Tu es une poule mouillée. — Hada, qui s'était visiblement animée au souvenir de cette époque, secoua la tête avec un mépris feint. Ça fait longtemps que je n'ai pas pratiqué, mais avant j'étais capable de faire un saut périlleux.

— Un saut périlleux ? — Max haussa un sourcil avec scepticisme. Je vais devoir te tester quand il fera beau.

— Je te rappelle que, en mai, le mois où nous commencions à nous baigner en cachette parce que l'eau était encore gelée, tu ne seras plus là.

Ce rappel que, d'ici quelques mois, il s'en irait de Santa Olaria pour ne plus jamais revenir ou du moins durant une bonne période, ne lui plut absolument pas, mais Max ne s'arrêta pas pour en chercher la raison ; il ne voulait pas laisser échapper l'occasion d'en découvrir enfin un peu plus sur ce garçon mystérieux.

— Dani se baignait aussi avec vous ?

Hada sourit, perdue dans ses souvenirs.

— Non, nous n'avons jamais divulgué notre secret à Dani. Il avait beau nous prier et nous supplier, cet endroit était seulement à Miguel et à moi.

Quelque chose dans cette façon de lui dire ça fit que le cœur de Max se serra.

— Et ce Miguel, demanda-t-il en utilisant un ton plus qu'indifférent, où est-il à présent ?

Le sourire de Hada s'effaça immédiatement, elle prit une pierre près d'elle et répondit sans le regarder :

— Il nous regarde depuis le ciel, d'après Don Servando. — Et elle lança la pierre avec force dans l'étang.

Max brûlait du désir de continuer à l'interroger, mais quelque chose dans l'attitude de Hada lui souffla qu'il n'était pas préférable de le faire, si bien que, à son grand regret, il s'empressa de changer de sujet.

— Parlons de ta théorie des noms.

— Encore une fois avec ma théorie — Hada se détendit visiblement. Je vois que je t'ai impressionné. Pourquoi est-ce que ça t'intéresse tant ?

— Cela me semble curieux. Faisons une révision : Primitivo, c'est vrai ; Dora, c'est vrai ; Hada, c'est vrai ; Max aussi ; Marta et Maria aussi ; Wolf bien sûr ; Amable, il n'y a pas besoin d'en dire plus ; Sandalia…

— Change Sandalia par chaussure ; une des armes les plus redoutables dans les mains d'une mère. Ne me dis pas qu'elle ne frappe pas avec ça son pauvre mari toute la sainte journée ?

— Hum. C'est bon, j'achète.

— Don Servando, il n'y a pas même pas besoin de l'expliquer, poursuivit Hada. Toute une vie pieuse dédiée au service des autres.

— Ionela ? Costel ? Sandu ?

Hada retira l'un de ses gants et sortit deux biscuits de sa poche. Sans demander, elle en donna un à Max, brisa un petit morceau du sien et l'approcha de la gueule du chien, qui le dévora en un instant, avant de mordre dans le morceau qui restait et de dire, la bouche pleine :

— J'ai eu la même hésitation et leur ai demandé si leur nom avait une signification quelconque. J'ai découvert que Ionela signifie « d'une grande beauté » et elle est très belle, avec ces grands yeux sombres et ces cheveux si noirs, tu ne trouves pas ? — Max, qui l'avait rarement rencontrée et ne l'avait pas spécialement remarquée, hocha immédiatement la tête. Et Costel vient de Constantin, qui signifie « ferme et constant ». Et tu ne nieras pas qu'il existe peu d'hommes aussi travailleurs et aussi soucieux que lui d'amener sa famille à un meilleur niveau de vie. C'est un honneur de quitter son pays et les siens et de recommencer à zéro dans un village comme Santa Olaria.

— Je te l'achète aussi. — Max ramassa une miette qui était tombée sur son manteau et la mangea ; les biscuits de Dora étaient si délicieux qu'il en aurait volontiers mangé une demi-douzaine de plus. Et en ce qui concerne le petit démon, comme l'appelle Primitivo ?

Comme si elle avait deviné ses pensées, Hada lui tendit ce qui lui restait du sien.

— Non, non, mange-le, toi…

Mais elle le lui mit dans la bouche, l'obligeant à se taire et poursuivit :

— Sandu est un diminutif d'Alexandru et, comme son homonyme, Alexandre le Grand, cela ne m'étonnerait pas qu'il soit destiné à de grandes conquêtes. Je ne sais pas si tu as remarqué, mais quand il veut quelque chose, rien d'autre ne compte avant qu'il ait réussi.

Max avala le biscuit, il sentait encore le frôlement des doigts glacés sur ses lèvres. Il continua à parler comme si de rien n'était, mais plus que le froid, il ressentait une chaleur étrange dans ses entrailles.

— Maintenant arrive le plus difficile. Que me dis-tu sur Orosia ?

Hada se tourna vers lui avec un sourire triomphant sur les lèvres, et Max dut faire un effort considérable pour ne pas se pencher sur elle et l'embrasser.

— Pendant longtemps, j'ai pensé que ma théorie, comme tu l'appelles, avait échoué avec Orosia, mais un jour, il m'est venu à l'idée de chercher son nom sur Google et tu sais ce que j'ai découvert ? — Elle le regarda, les yeux brillants. Max fit non de la tête pendant qu'il faisait un effort encore plus grand pour écarter son attention de cette bouche tentatrice et d'essayer de se concentrer sur ses paroles. J'ai découvert que la sphère d'influence et d'intercession de Sainte Orosia se concentre, ni plus ni moins, sur les catastrophes naturelles telles que sécheresses, plaies et pestes, en plus de la libération des démons et des mauvais esprits. Qu'est-ce que tu en dis ?

— Bien sûr, ça va merveilleusement bien avec notre sorcière locale. — Mais Max ne savait pas très bien ce qu'il disait ; il était seulement conscient que, sans mettre un peu de distance entre eux, il allait faire quelque chose qu'il regretterait certainement amèrement. Aussi se leva-t-il rapidement. — Je suis en train de geler et tu as le nez comme un poivron.

Hada regarda autour d'elle avec un certain regret.

— Tu as raison, il vaudrait mieux que nous revenions avant qu'il fasse nuit. Tu sais ? — Elle lui lança l'un de ses sourires lumineux, et les boyaux de Max se resserrèrent encore davantage, je dois confesser que quand je t'ai vu apparaître, cela ne m'a pas fait très plaisir, mais maintenant, je suis heureuse d'avoir partagé avec toi la beauté de cet endroit.

Max ne fit pas mine de l'aider à se relever ; quelque chose lui disait que s'il la touchait d'une manière quelconque, il ne pourrait plus se retenir une seconde de plus. Complètement étrangère à ses souffrances, Hada ramassa la couverture et la plia plusieurs fois avant de la mettre dans le petit sac à dos qu'elle avait amené.

— En route.

Ils revinrent ensemble au village. Trop troublé par ce qu'il ressentait, Max ouvrit à peine les lèvres sur le chemin du retour ; mais Hada, en revanche, passa tout le temps à jouer avec Wolf et à bavarder comme si de rien n'était.

Ce dimanche-là, Max décida d'aller à la messe. Après tout, il n'avait rien de mieux à faire. Le dimanche, il s'obligeait à ne pas travailler ; tout au plus, il jouait par pur plaisir, mais depuis sa rencontre avec Hada à l'endroit de l'étang secret, se concentrer sur la musique lui coûtait.

Juste au moment où il sortait de chez lui, après avoir averti Wolf catégoriquement de ne pas penser à le suivre, il entendit le son des cloches. La veille au soir, il était tombé une petite couche de neige et le village avait complètement l'aspect d'une carte postale de Noël. Il remonta la rue pavée jusqu'à l'église, en faisant attention à ne pas glisser, et en chemin, il rencontra Marta et Maria qui avaient leur tête recouverte d'un châle ; comme d'habitude, elles se disputaient.

En arrivant à l'église, il poussa la lourde porte d'entrée qui s'ouvrait à son tour sur la porte en bois sculpté et, en entrant, il remarqua que l'air était à peine plus chaud qu'à l'extérieur grâce aux deux anciens poêles en fer placés près des premiers bancs.

La plupart des habitants de Santa Olaria étaient déjà là. Max s'assit à côté de Primitivo, juste derrière Hada et sa grand-mère qui priaient à genoux. Dans le silence de la nef, on n'entendait que la voix aiguë d'Orosia et les réponses de Don Servando, tous les deux un peu durs d'oreille, provenant du confessionnal.

— Non, Orosia ! Il n'est pas nécessaire que tu me racontes encore une fois qu'Anastasio a essayé de te passer sa main sous ton jupon.

— Mais, *pater*, c'est mon péché…

— Dans lequel tu te complais, mon enfant. Cela s'est passé il y a plus de soixante ans et je t'ai déjà donné l'absolution plusieurs fois. Raconte-moi le présent, c'est ce qui intéresse le Seigneur.

— Bah ! Maintenant, je ne fais plus de péchés. Quand t'es une vieille comme moi, c'est d'un ennui.

— Je suis sûr que nous allons trouver quelque chose. Voyons… — La voix du prêtre suintait de patience. As-tu fait des critiques ? As-tu raconté des potins ?

— Eh bien, rien d'anormal, *pater*. Sans télé, je ne sais pas quoi faire, je ne peux même plus coudre avec ces yeux.

— Et que me dis-tu concernant Sandalia, tu continues à te quereller avec elle ?

— Mais quel péché, quel péché ! Ce qui serait étrange, ce serait de ne pas me disputer avec une harpie comme la Sandalia.

Max regarda du coin de l'œil la susmentionnée, qui était assise sur le banc d'à côté, et il la vit lever les yeux au ciel avec le visage d'une martyre.

— Orosia, Orosia… — Don Servando claqua sa langue plusieurs fois —, il faut essayer d'aimer son prochain malgré ses défauts et ses faiblesses. Si nous n'aimons que ceux avec qui nous nous entendons, quel mérite avons-nous ? Bon, il faut que je dise la messe. Tu te repens, n'est-ce pas ?

Il y eut un silence, comme si Orosia hésitait.

— Oui, *pater*, je me repens, dit-elle finalement, à contrecœur.

— Très bien, ma fille, tu feras trois Ave Maria.

Hada et sa grand-mère s'assirent sur le banc et Max remarqua que les épaules de la petite-fille tremblaient comme si elle était prise d'un fou rire.

— *Ego te absolvo a peccatis tuis, in nomine Patris, et Filii, et Spiritus Sancti... Amen.*

— *Amen.*

La porte du confessionnal s'ouvrit enfin, et Don Servando sortit laborieusement de l'intérieur, déjà vêtu de son aube et de sa chasuble. Max remarqua qu'Orosia avait également du mal à se lever du Prie-Dieu, si bien qu'il s'approcha d'elle, lui saisit le bras et l'aida à se redresser. À ce moment-là, Marta et Maria arrivèrent et prirent place aussi au premier rang.

— Merci, mon mignon. — Sans la lâcher, Max rapprocha la vieille femme du banc.

Don Servando fit un signe et tous, y compris Hada, commencèrent à chanter, pleins de ferveur.

Bien que Max eût été baptisé, il n'avait été à la messe que de très rares fois et il savait à peine répondre à chaque fois. Primitivo, en revanche, répliquait avec fermeté à chaque échange et sa voix profonde résonnait fortement à l'intérieur de la nef. Il fut surpris par la profondeur et la simplicité de ce rite millénaire, et l'expression de recueillement sur les visages des participants quand ils revenaient de la communion. Jusqu'à Sandalia qui paraissait en paix, pour une fois.

Pendant qu'il contemplait Hada agenouillée devant lui, le visage caché derrière ses mains, un rayon de soleil, le seul que Max avait vu depuis plusieurs jours, apparut par l'étroite fenêtre du mur et illumina d'un halo d'or les indomptables boucles blondes.

À cet instant précis, Max eut une révélation aussi foudroyante qu'avait dû la ressentir Saint Paul à son époque, bien que, dans son cas, elle n'eût été reliée à aucune dimension transcendantale de l'être humain, mais à quelque chose de beaucoup plus terre à terre : il venait de comprendre qu'il était amoureux.

C'était si impensable, si absurde, si incroyablement ridicule qu'il sut immédiatement que c'était vrai. Il aimait Hada, se dit-il, émerveillé. Pas pour une simple aventure passagère, ni pour un flirt de quelques mois ; il voulait Hada à son côté pour toujours. Ce qu'il avait ressenti lors de cette rencontre inattendue à l'endroit de l'étang secret n'avait rien à voir avec le désir, comme il l'avait alors pensé ; ou plutôt, cela n'avait pas *seulement* à voir avec le désir. C'était plus que ce qu'il avait pensé au début. Beaucoup plus. Il voulait fonder une famille avec elle ; il voulait vieillir avec elle.

Une famille !? Vieillir !? Max respira bruyamment, ce qui lui valut un regard courroucé de son compagnon de banc. À quoi diable était-il en train de penser ? — Il se mit en colère contre lui-même. La solitude l'avait affecté, c'est clair. Tant de mois sans plus de compagnie que celle d'un chien l'amenait à avoir des idées démentielles. Il n'y avait aucun doute ; il était à un pas de la folie. Cependant, Maximiliano de la Torre n'était pas de ces hommes capables de se leurrer eux-mêmes longtemps et presque instantanément, il se rendit à l'évidence.

Il était amoureux. De Hada. Une vétérinaire de village qui vivait dans un coin perdu du monde que, pour ce qu'il en savait, elle n'avait aucune intention d'abandonner. Une femme qui avait fait de son don aux autres le *leitmotiv* de son existence ; tout le contraire de lui, mondain et matérialiste à l'extrême, habitué à faire passer son propre confort à tout moment. Un amour qui, dans le cas improbable d'être partagé, n'avait pas d'avenir. Aucun futur.

Don Servando se mit debout à ce moment-là et l'assistance avec lui. Il les imita avec un bizarre tremblement dans les jambes ; il ne se rappelait pas la dernière fois où il s'était senti aussi terrifié, mais il fit un effort herculéen pour récupérer son *self-control*. Quand la messe fut terminée et que le prêtre eut disparu dans la petite sacristie, Max, un peu plus maître de lui, se tourna vers Primitivo, animé par la curiosité.

— Vous m'avez dit que vous êtes athée et républicain… si ça ne vous gêne pas, j'aimerais savoir pourquoi vous venez à la messe tous les dimanches.

Primitivo haussa les épaules.

— Quand on a mon âge, il vaut mieux être bien avec tout le monde. — Il baissa un peu plus la voix et ajouta : On ne sait jamais…

— Bonjour, Max, quelle joie que vous nous ayez rejoints ce dimanche !

— Bonjour, Dora. Hada — il la salua à peine d'un mouvement de la tête. Il est vrai que je suis heureux d'être venu. La cérémonie m'a plu et l'homélie était intéressante.

— Don Servando va rester pour manger à la maison, ça vous dirait de venir aussi ?

Durant un instant, il pensa refuser. Même si la bonne humeur qui avait toujours régné entre Hada et lui, semblait être revenue, après sa découverte inattendue, Max ne savait plus très clairement comment se comporter avec elle.

— Allez, Max. Nous prendrons Wolf au passage.

Incapable de résister à la chaleur de son sourire, Max accepta finalement avec une certaine réserve.

— Merci beaucoup. J'en serai enchanté.

— Aba, j'ai aussi invité Primitivo, ça ne te fait rien, n'est-ce pas ? demanda sa petite-fille qui avait entrelacé ses doigts avec ceux de la main de la vieille femme dans un geste plein d'affection que Max envia immédiatement.

— Bien sûr que non.

14

Malgré les craintes de Max, le déjeuner chez Dora avait été une réussite. Les *migas* étaient extraordinaires, et ni les conversations, ni les rires n'avaient manqué dans la cuisine accueillante. Jusqu'à Primitivo qui avait été presque loquace ; en fait, Max avait découvert qu'il avait un esprit mordant qui était très amusant quand ses flèches effilées n'étaient pas dirigées contre lui. Cependant, il fallait reconnaître qu'il avait dû faire un grand effort pour parler avec Hada comme si tout était normal et pour ne pas la regarder fixement à chaque moment. Le visage animé et souriant, couronné par les boucles blondes en perpétuel mouvement, l'attirait comme un aimant.

Quand ils eurent terminé, Wolf et lui avaient raccompagné Primitivo jusqu'à sa maison, prenant comme prétexte de marcher un peu pour faire descendre le copieux repas. En chemin, il avait essayé de lui soutirer des renseignements sur ce mystérieux Miguel pour lequel les habitants de Santa Olaria semblaient avoir fait un pacte de silence, mais ses questions s'étaient heurtées à un mur.

— D'mandez à la p'tiote, avait-il répondu sèchement.

Pour le reste, les semaines suivantes s'écoulèrent dans une agréable routine qui incluait un travail gratifiant, de savoureux repas, de longues promenades, les répétitions le vendredi et les messes dominicales. Les deux dernières activités, à son avis, étaient les moments les plus agréables de la semaine. Non seulement parce que c'était presque les uniques moments où le chemin de Hada et le sien se croisaient, mais parce qu'il devait reconnaître que, en plus de s'amuser énormément, il était très satisfait de voir comment la chorale prenait forme petit à petit.

Cependant, tout dans cette vie rurale qu'il menait n'était pas idyllique. Les petits accidents et les contretemps qui s'étaient acharnés sur lui depuis son arrivée au village — en particulier quand Hada et lui avaient eu cette période de querelles — et qui semblaient lui avoir donné un répit dans les derniers temps, étaient revenus avec une vigueur renouvelée.

Un jour, en ouvrant l'armoire dans laquelle il avait rangé les pulls qu'il ne portait pas très souvent, deux souris avaient sauté sur lui en traître et avaient disparu dans un soin sombre de la chambre bien avant que ne se calment les battements de son cœur. Heureusement, Wolf les avait acculées sous la lourde commode et Marta, qui était arrivée en hâte en entendant les jurons inhabituels qui résonnaient dans toute la maison, avait créé un piège pour les faire sortir. Marta les avait effectivement soumis à un répulsif épouvantable, si bien qu'elle l'avait chargé de recueillir les deux petits rongeurs dans un bocal en verre pour les rejeter loin de la maison, et ensuite, il lui avait fallu plus d'une demi-heure pour convaincre son inconsolable employée que, non seulement, il ne pensait pas la renvoyer, mais qu'il n'avait jamais eu avant une maison aussi propre et bien rangée. Finalement, l'événement s'était soldé par une grosse frayeur et une paire de pulls rongés qu'il n'eut pas d'autre choix que de jeter à la poubelle.

L'incident suivant survint peu de temps après. Les aboiements hystériques de Wolf, aussi insolites que ses propres jurons des jours précédents, l'arrachèrent d'un coup à un soudain accès d'inspiration. Max laissa tout en plan, monta les escaliers quatre à quatre et courut vers sa chambre. Il s'arrêta sur le seuil de la porte et vit que Wolf aboyait après quelque chose qui grognait sous le lit de façon menaçante, mais en maintenant toujours une distance prudente de sécurité. Quelques gouttes de sang sur l'une de ses pattes lui firent comprendre pourquoi. Max se mit à genoux et avec de grandes précautions se pencha sous le lit, sa main, qui tenait son portable pour éclairer, tendue un peu vers l'avant.

— Putain ! C'est quoi, ça ?

En guise de réponse, Wolf se contenta de remuer la queue, très excité.

— Mon gars, tirons-nous d'ici.

Il dut saisir le chien par son collier et le traîner jusqu'à la porte avant de la fermer avec force.

— Tu es fou ou quoi ? Qu'est-ce qui va se passer si cette bestiole a la rage ?

Max arpenta le couloir de long en large sans savoir quoi faire. Il ne pouvait pas laisser cette bête vivre sous son lit pour toujours, mais il ne voulait pas non plus risquer de perdre un doigt en essayant de la sortir de là. Il regretta que Marta soit déjà retournée chez elle ; son employée était une femme à qui l'on pouvait faire confiance en cas d'urgence. Il pensa aller la chercher, mais il écarta cette idée presque immédiatement ; il ne jouerait pas un très bon rôle s'il laissait une vieille femme ayant deux têtes de moins que lui le sortir de là.

— Primitivo ! dit-il à voix haute. Allons le chercher.

Il eut du mal à éloigner Wolf de la porte, mais y réussit finalement. Max se couvrit bien, prit une lampe de poche et sortit dans l'obscurité froide, suivi par le chien. Il y avait eu une bonne chute de neige la veille, si bien qu'il chaussa ses raquettes et prit les bâtons qu'il avait achetés précisément pour ce genre de contingences. La neige était très molle et il mit un bon moment avant d'arriver chez Primitivo. Il frappa plusieurs coups à la porte, de son poing ganté, mais il dut attendre quelque cinq bonnes minutes avant que celle-ci s'ouvre enfin.

— Qu'est-ce que vous voulez encore, *sacrebleu* ! fut son aimable salut.

— Ça vous gêne de me laisser entrer ? Je suis en train de congeler sur place.

Le vieil homme s'écarta un peu. Max laissa les raquettes et les bâtons dehors et s'empressa d'entrer, suivi de près par Wolf. Il secoua fortement les bottes contre un vieux morceau de couverture qui faisait office de paillasson, pour enlever la neige qui s'était attachée aux semelles et regarda autour de lui avec curiosité. La pièce n'était pas très grande et tant la marmite accrochée à un crochet dans la cheminée qui dégageait une odeur délicieuse, que le petit lit de camp avec les couvertures bien étirées dans un coin lui firent penser qu'elle devait servir à la fois de salon, de cuisine et de chambre à coucher.

— Vu tout le temps que vous avez mis pour m'ouvrir, n'importe qui aurait dit que vous viviez dans un palais, dit-il de mauvaise humeur.

— Vous m'avez surpris quand j'étais en train d'mettr' les herbes aromatiques dans l'ragoût et ça s'fait pas à la hâte.

Primitivo se pencha pour remuer le contenu de la marmite avec une cuillère en bois et s'assit sur la seule chaise qu'il y avait dans la pièce. Voyant qu'il n'allait recevoir aucune invitation de ce genre, Max s'approcha de la cheminée et tendit ses mains gelées vers le feu.

— J'ai un problème.

Le vieil homme haussa les épaules avec indifférence.

— Pas un n'sort d'chez lui par eun' nuit com' celle-là s'il en a pas un.

— Une bestiole s'est glissée dans la maison et elle est sous mon lit.

Cela parut éveiller l'intérêt de son interlocuteur.

— Eun' bestiole ? Qué bestiole ?

— Une bestiole inconnue. Pas très grande, des dents acérées et plutôt hargneuse.

— Hum.

— Elle a mordu Wolf, vous voyez ? — Max montra le chien, qui allongé près de la chaleur de la cheminée, se léchait bruyamment la patte.

— Vous avez soupé ? se contenta de dire l'autre au bout d'un bon moment.

— Pas encore.

— On dîne d'abord, *pis* on jette un œil après. — Le vieil homme étira une jambe et récupéra un petit tabouret qui se trouvait tout près avec le pied. — Asseyez-vous.

Max s'assit sur le petit siège et plia ses longues jambes comme il put. En le voyant, Primitivo sourit pour la première fois.

— C'est ici qu'la p'tiote s'assoit à chaque fois qu'al'vient.

— Je crains d'être un peu plus grand que « la p'tiote ».

— Un peu, ouais.

L'ancien se leva, prit trois bols de tailles et couleurs différentes, et les remplit à ras bord avec le contenu de la marmite, en donna un à Max, laissa l'autre sur la chaise et déposa le troisième devant Wolf.

— Attendez qu'ça r'froidisse.

Comme s'il l'avait compris, au lieu de se jeter sur la nourriture comme il le faisait d'habitude, le chien resta à regarder le contenu du bol avec des yeux affamés.

Primitivo prit deux cuillères dans une boîte sur le rebord de la cheminée et lui en tendit une.

— Mangez, ordonna-t-il sèchement.

Max s'empressa d'obéir ; le ragoût était savoureux, mais surtout bien chaud et avait un goût divin.

Ils mangèrent en silence et quand il remit le bol vide à son hôte, Max ne voyait plus les choses aussi noires qu'avant.

— Bien. Allons voir c'te bestiole.

Le vieil homme se leva, mit sa veste en peau, prit quelque chose dans un coin et le mit dans sa poche. Max n'avait pas envie de sortir de nouveau dans le froid de la nuit, mais il l'imita à contrecœur et dut s'appuyer à la cheminée quelques secondes, le temps que le sang circule de nouveau normalement dans ses jambes.

Dès qu'ils furent bien emmitouflés, Primitivo prit des raquettes en osier avec des lanières de cuir — qui n'avaient rien à envier à celles d'un trappeur canadien du XIXe siècle —, qui étaient appuyées contre le mur, son inséparable bâton et ils sortirent.

L'ancien marchait rapidement, posant ses pieds dans les traces qu'avait laissées son visiteur lorsqu'il était venu et ne semblait pas avoir besoin de la lumière de la lampe de poche de Max, qui avait du mal à le suivre.

Quand enfin, il distingua la lanterne allumée au-dessus de la porte arrière de sa maison, Max ressentit une intense sensation de soulagement ; malgré le froid qu'il faisait, il étouffait et le ragoût qu'il venait de manger lui revenait. Il ouvrit la porte et se mit sur le côté pour laisser passer l'ancien. Sans dire un mot, il le conduisit à l'étage et s'arrêta devant la porte de sa chambre.

— C'est ici, dit-il inutilement.

Wolf griffa la porte avec une patte, impatient, mais Max lui ordonna de rester tranquille.

— Vous ouvrez pas ?

Max s'éclaircit la gorge plusieurs fois avant de tourner le pommeau de la porte avec précaution. Wolf et lui étaient sortis si rapidement qu'il avait laissé la lumière allumée. Dès qu'ils entrèrent dans la chambre, Primitivo referma la porte au nez du chien.

— Vous ne croyez pas qu'il vaudrait mieux qu'il entre ? demanda Max, pour qui la présence de l'animal donnait une certaine sensation de sécurité.

— Non.

Max ne put faire autrement que de se conformer à cette réponse laconique.

— Et maintenant, qu'allons-nous f… ?

Le vieil homme mit un doigt sur ses lèvres. Max se tut et, soudain, lui aussi entendit un grognement sourd qui provenait de sous son lit. Primitivo s'approcha et souleva le couvre-lit en tissu avec la pointe de son bâton. Une fois de plus, Max entendit le bruit désagréable qu'émettait cette créature inconnue en attaquant, et des petites dents pointues se plantèrent quelques secondes dans le bois épais avant que l'animal ne se retire de nouveau dans l'obscurité qui régnait sous le lit. Primitivo laissa retomber le couvre-lit.

— C'est c'que j'pensais.

Marx le regarda, surpris.

— Vous savez de quel animal il s'agit ?

— Eun' fouine.

Max ne bougea pas.

— Ça r'ssemble à la martre, mais al'a l'poil blanc et pis pas ocre, expliqua l'ancien en traçant un cercle dans le sien. Comme vous dites, al' sont très hargneuses.

— Mais comment a-t-elle pu arriver sous mon lit ?

Le vieil homme haussa les épaules.

— Ouais, c'est bizarre. Les fouines sont plutôt du côté des poulaillers. À Santa Olaria, on a pas mal de problèmes avec elles.

— Et alors ?

— Alors, quoi ?

— Eh bien qu'allons-nous faire ?

— La sortir, pour sûr. À moins qu'vous vouliez dormir avec ça sous l'lit. — Le vieux éclata d'un rire méchant.

Max s'empressa de faire non de la tête.

— Non, bien sûr que non. Sortez-la, s'il vous plaît.

Primitivo se gratta la tête sous le béret qui, comme d'habitude, était enfoncé jusqu'aux sourcils.

— Et qui qu'j'y gagne, moé ?

Max porta la main à la poche arrière de son pantalon et sortit son porte-monnaie.

— Combien… ?

— Point d'argent, non ! — Primitivo le regarda, les sourcils plus froncés que jamais ; cela sautait aux yeux qu'il l'avait offensé.

— Excusez-moi, mais je ne comprends pas… — Max rangea son porte-monnaie, déconcerté.

— Un gâteau d'la Marta par semaine jusqu'à c'que vous r'tourniez aux Amériques.

L'expression de Max s'éclaircit immédiatement.

— Marché conclu !

— C'est ben ! dit le vieux, nettement satisfait.

Il sortit alors ce qu'il avait rangé dans sa poche, qui se trouva être une sorte de sac en toile de jute, et avec ça et son bâton, il se pencha près du lit, souleva le couvre-lit et planta son bâton dans le sol. Rapide comme l'éclair, la fouine planta ses crocs dedans et avec un habile mouvement de poignet digne d'un joueur expert de minigolf, l'ancien propulsa la bête agressive à l'intérieur du sac et s'empressa de le refermer.

Primitivo souleva le sac, qui n'arrêtait pas de s'agiter, au-dessus de sa tête et se tourna vers Max avec une expression triomphante.

— L'mardi, c'est l'bon jour pour manger du gâteau.

— Le mardi, acquiesça Max, se sentant profondément soulagé en voyant que, pour le moment, il avait été témoin d'un autre exemple de la faune sauvage du lieu, une faune qui, il ne savait pas pourquoi, semblait décidée à se réfugier au milieu de sa maison, et il demanda par curiosité : qu'allez-vous en faire ?

— J'vais la relâcher près d'la rivière. J'crois pas qu'on la r'verra par ici.

— Je l'espère.

— Bon, j'y vais, qui s'fait tard.

Max le raccompagna jusqu'à la porte et lui proposa de le raccompagner jusque chez lui, mais son interlocuteur, qui avait déjà mis ses raquettes, se contenta de lui lancer un regard dédaigneux avant d'enfoncer son béret encore plus et de s'éloigner dans l'obscurité.

— Bonne nuit ! Et merci beaucoup ! — cria Max en prenant congé, mais le vieux ne daigna même pas se retourner.

15

— Tu n'as pas joué avec des souris dernièrement…

De temps en temps, Hada arrivait tôt du travail et Max — avec l'aide inestimable de Wolf qui, dès qu'il entendait le bruit caractéristique du moteur du *pick-up* délabré s'empressait de relever les oreilles en état d'alerte — s'empressait de bien se couvrir, chaussait ses raquettes, descendait la côte à toute vitesse et passait devant la porte de la maison de Dora juste à temps pour feindre de la rencontrer par hasard.

Le premier jour, il l'avait invitée à se promener avec eux et Hada avait accepté avec enthousiasme avant d'entrer chez elle un moment, de saluer sa grand-mère et de ressortir avec des biscuits enveloppés dans un tissu dans une main et les raquettes et les bâtons dans l'autre. Cela s'était reproduit le second et le troisième jour et, peu à peu, s'était converti en une sorte de routine que Max attendait avec tant d'impatience que le jour où elle était retardée et qu'ils ne pouvaient pas se promener, son désenchantement atteignait des proportions inimaginables alors qu'il était si seul quelques mois auparavant.

À son avis, se disait-il dans une tentative de se cacher même à lui-même l'importance qu'avait prise pour lui la compagnie d'une certaine jeune habitante du village, il n'y avait pas de plus grand plaisir que de se promener dans ces paysages sauvages enneigés, en imprimant ses empreintes sur la neige vierge, avec l'air glacé qui le frappait au visage tandis que les nuages commençaient à prendre feu avec les couleurs intenses du coucher de soleil.

À ce moment précis, il ne restait pratiquement plus qu'une heure avant l'apparition du crépuscule, mais le petit bout de nez de Hada avait déjà acquis cet intéressant ton rosé qui lui donnait envie d'allonger le doigt et de le poser dessus. Wolf marchait devant selon son habitude, remuant la queue sans arrêt et s'arrêtant à chaque instant pour renifler quelque trace intéressante.

— Des souris ? — Hada qui, jusqu'alors avait été très occupée à rechercher dans le chemin un bâton adéquat pour le lancer à Wolf, se tourna vers lui, le sourcil arqué. Tu n'es pas en train d'insinuer que j'ai eu quelque chose à voir avec cette paire de souris qui, apparemment, t'a rongé les culottes comme celles de saint Joseph, non ?

— En réalité, c'étaient deux de mes plus beaux pulls en cachemire. Elles ont bon goût, ces petites boules de poils.

— Donc, tu as pensé que c'était moi qui t'avais fait cette plaisanterie de mauvais goût.

Max ne le nia pas.

— Mais j'ai écarté ça de mon esprit presque aussitôt, s'empressa-t-il d'ajouter.

— Alors, merci bien. — Hada n'essaya pas de cacher son ton sarcastique. Et peut-on savoir pourquoi tu l'as écarté aussi rapidement ? Peut-être que j'envie ton style inimitable et que je voulais te donner une leçon…

— Je ne crois pas, on voit bien que tu es enchantée de ces pulls de différentes couleurs que ta grand-mère te tricote.

Elle lui lança un regard malicieux, en même temps qu'elle ressortait de sa veste le haut du pull rouge aux rayures orange, mauves et vertes.

— Mon Aba est une artiste et il vaut mieux que tu sois également d'accord ; mon petit doigt me dit qu'au prochain Noël, il est fort probable que tu puisses commencer ta propre collection.

— Tout cadeau qui vient de ta grand-mère est le bienvenu, dit Max avec galanterie.

Hada éclata d'un rire moqueur.

— Je lui dirai. Mais ne change pas de sujet, je veux savoir pourquoi tu as une si mauvaise opinion de moi.

Max siffla et Wolf, qui était resté à la traîne en train de creuser un monticule de neige près d'un arbre, abandonna sa tâche à contrecœur et les suivit immédiatement.

— Tu es la seule personne du village avec qui j'ai discuté et en plus, tu es vétérinaire.

— Pour ton information, les souris me font horreur.

— Vraiment ?

— Vraiment. Et je n'ai aucun plaisir à jouer avec des fouines ; malgré leur aspect mignon, elles ont très mauvais caractère. Je ne m'en approcherais pas, même avec un bâton, aussi j'ai peur que tes talents de détective laissent beaucoup à désirer.

— Je vois aussi que tu es au courant pour la fouine.

De nouveau, ce geste malicieux qui donnait envie à Max de la serrer contre sa poitrine et de l'embrasser à lui en couper le souffle.

— Tu plaisantes ? On ne s'est pas beaucoup moqué de cette histoire. — Hada secoua la tête avec une feinte commisération. J'ai bien peur que Primitivo ne se soit étendu sur les détails.

— Si bien que son récit m'indispose plutôt, dit-il très sérieusement.

— C'est moche, répondit-elle avec le même sérieux.

— Tu insinues que j'ai perdu l'admiration des Sanolariennes ?

— Il n'en reste aucune trace.

— Et de ta part… je ne demande même pas.

— Tu fais bien.

Max poussa un profond soupir et elle ne put se retenir de rire plus longtemps.

— Tu es cruelle.

Hada acquiesça sans s'arrêter de rire, mais cette fois, les boucles rebelles étaient bien à l'abri sous son bonnet de laine et n'accompagnèrent pas le mouvement.

Ils étaient arrivés à l'un de leurs endroits favoris. Un rocher qui surplombait les cimes des arbres, ce qui permettait d'avoir une vue de près de 180 degrés sur le relief accidenté des montagnes voisines, recouvertes d'une épaisse couche de neige.

Ils grimpèrent jusqu'en haut en un temps record et, une fois au sommet, Max écarta la neige avec une main gantée, jusqu'à laisser suffisamment de place pour que tous les deux puissent s'asseoir. Il étendit ensuite le morceau de toile cirée que lui avait donné son employée dès le début du froid et qu'il emportait toujours dans la poche du Barbour.

— Mademoiselle… — Il fit un geste courtois de la main.

— Merci, chevalier.

Hada s'assit et Max le fit à côté d'elle, de sorte que leurs bras et une partie de leurs jambes se frôlaient. Wolf, qui avait également grimpé derrière eux, s'assit de l'autre côté et appuya sa tête sur le genou féminin. Le froid était intense et ils appréciaient la chaleur de leurs corps. Max l'entendit pousser un soupir de contentement.

— Tu ne crois pas que ces montagnes ressemblent à de gigantesques meringues recouvertes de chantilly ? — Et presque aussitôt, Hada ajouta : J'ai faim.

Elle retira l'un de ses gants avec ses dents et chercha dans sa poche le mouchoir avec les biscuits de sa grand-mère, qui ne manquait jamais lors de ces excursions. Suivant ce qui était déjà devenu une sorte de rituel, elle en donna un à Max, partagea l'autre en deux et en donna une moitié au chien pendant qu'elle se contentait de grignoter l'autre moitié.

Ils mangèrent sans parler, les yeux perdus dans la blancheur éblouissante qui les entourait ; jouissant du silence de la nature.

— Mais maintenant, sérieusement, dit Hada au bout d'un moment. Tu crois vraiment qu'il y a quelqu'un de mal intentionné derrière cette histoire de souris ?

Max tendit sa main et Hada s'empressa de déposer un autre biscuit dans sa paume gantée.

— Comment les souris auraient-elles pu rentrer autrement dans ce placard ?

— Eh bien — elle haussa les épaules, hésitante —, il n'est pas impossible…

— J'ai vérifié, il n'y a aucun trou ni aucune fissure et je ne l'avais jamais ouvert depuis que j'ai rangé là ces pulls à mon arrivée à Santa Olaria.

— Marta…

— Marta m'a assuré qu'elle n'ouvre pas d'armoires ou de tiroirs à moins que je lui ordonne de les nettoyer à l'intérieur. — Max la regarda du coin de l'œil ; son interlocutrice ne paraissait pas très convaincue. Et qu'en penses-tu pour la fouine ? Primitivo m'a assuré que c'était très bizarre qu'elle se soit réfugiée sous mon lit.

— Oui, à moi aussi, ça m'a paru bizarre quand il nous l'a raconté, mais qui voudrait te faire une telle blague ? C'est même pas drôle.

À présent, ce fut Max qui haussa les épaules.

— J'y ai réfléchi… Il reste des biscuits ?

Hada soupira, en même temps qu'elle en sortait un autre de son mouchoir et le lui donnait.

— *Bon sang* ! Tu peux penser à autre chose qui ne soit pas les biscuits de ma grand-mère ?

— Je peux, mais c'est beaucoup plus dangereux, dit-il sans cesser de mâcher.

Elle fronça les sourcils.

— Qu'est-ce que tu veux dire ?

Mais cela devenait un terrain trop épineux et Max s'empressa de changer de sujet.

— Comme je te disais, j'ai réfléchi à plusieurs choses qui se sont passées depuis que je suis arrivé. Au début, je pensais que ce n'était rien d'autre que des faits sans importance, mais après l'histoire de la fouine, je n'en suis plus aussi certain.

Hada trembla violemment ; Max n'était pas sûr si cela provenait de ce qu'il venait de dire ou du froid, mais il en profita pour passer son bras sur ses épaules et l'attirer un peu plus vers lui.

— Tu es gelée, tu veux que l'on rentre déjà ?

— D'abord, je veux que tu m'expliques ce que tu veux dire quand tu parles de ces « choses » qui se sont passées depuis que tu es arrivé.

— Un, — avec son bras encore sur ses épaules, Max commença à énumérer avec ses doigts gantés de l'autre main —, l'histoire de la fenêtre mal fermée. Je ne suis plus si sûr que ce sont les ouvriers qui l'avaient laissée ouverte. Deux, l'histoire de la chèvre. Tu jures et jures encore que tu avais laissé la porte de l'étable bien fermée comme tu le fais toujours. Trois, j'ai noté que des petits objets disparaissent, et réapparaissent au bout de quelques jours dans des endroits où je sais de façon sûre que je ne les avais pas mis.

— Quel genre d'objets ?

— Je ne sais pas… mon peigne, mon stylo… un carnet dans lequel je prends des notes qui me viennent à l'esprit quand je suis au lit…

— Tu es sûr que ce n'est pas Marta qui te les change de place quand elle nettoie ?

— Les premières fois, je le lui ai demandé, mais elle était tellement bouleversée que j'ai arrêté de le faire. Je ne veux pas qu'elle pense que je me méfie de son honnêteté.

— Tu fais bien, Marta est l'une des personnes les plus honnêtes que je connaisse.

— Je n’ai douté d’elle à aucun moment.

— Et ensuite, les souris et la fouine…

Hada se blottit un peu plus contre sa poitrine. Max pouvait presque sentir les rouages du vif cerveau féminin tournant autour de ce mystère apparemment insoluble. Cependant, à ce moment-là, l’esprit masculin était plus attentif à un autre genre d’affaires et la soudaine tension de son entrejambe lui fit savoir qu’il était temps de revenir. Avec un soupir, il tourna la tête et l’embrassa sur le bonnet de laine sans qu’elle fût consciente de son geste.

— Il vaudrait mieux rentrer.

Max frappa à la porte avec le poing, et la grand-mère de Hada lui ouvrit presque tout de suite.

— Max, quelle surprise ! dit-elle en souriant — Cela faisait des jours qu’ils ne s’étaient pas vus. Ma petite-fille n’est pas encore arrivée.

— Je sais, je voulais seulement discuter un moment.

— Entre, entre donc. Je viens tout juste de faire des gâteaux et je préparais du café.

Max entra dans la chaleureuse habitation, ôta son Barbour avec le reste des vêtements chauds et accrocha le tout sur le portemanteau à l’entrée, à côté d’une épaisse veste en laine bleu ciel, décorée de ce qui ressemblait à des sapins verts et rouges, qu’il reconnut comme celle que Hada portait quand elle était à la maison.

— Je ne sais pas ce que je vais faire à Manhattan sans tes biscuits, dit Max en même temps qu’il s’asseyait à la table ronde qui se trouvait près de la cheminée allumée, et sur laquelle Dora avait déjà disposé deux tasses avec leurs soucoupes correspondantes et une corbeille pleine de biscuits.

Dora rit, flattée, servit le café et le lait et s'assit en face de lui.

— Du sucre ?

— Non merci.

La grand-mère de Hada, en revanche, se prit allégrement deux cuillers à café dans sa tasse.

— J'ai dû descendre à Teruel pour faire quelques démarches et je suis passé devant un atelier. Je n'ai pas pu résister.

Max tendit à Dora un sac en plastique plutôt bien gonflé.

— Oh, Max ! Tu n'aurais pas dû. — Dora sortit les quatre gigantesques pelotes de laine chinée et les examina, extasiée. Quelles belles couleurs ! Vraiment, ce n'était pas nécessaire…

Max haussa les épaules, légèrement mal à l'aise devant sa réaction presque infantile ; à vrai dire, ce n'était pas un cadeau complètement désintéressé. Bien sûr, il avait vu la boutique et avait automatiquement pensé à la grand-mère de Hada, mais sa première idée avait été que ce serait le prétexte parfait pour lui rendre visite et obtenir le renseignement qu'il recherchait depuis des mois.

— Tiens, prends.

Dora lui présenta la corbeille avec les biscuits et Max s'empressa d'un saisir un ; ils étaient chauds et fondaient presque dans la bouche.

— Mmm…

Max ferma les yeux et pensa que si ce n'était pas ça le paradis, ça y ressemblait beaucoup. En les ouvrant de nouveau, il vit que son hôtesse l'observait avec un geste de tendre satisfaction.

— En réalité, je dois avouer que ma visite a un but… — il s'arrêta sans bien savoir comment poursuivre.

Dora but une gorgée de son café et le regarda par-dessus sa tasse, intriguée.

Max se racla la gorge plusieurs fois.

— Tu vois, Dora, depuis que je suis arrivé à Santa Olaria, je sens qu'un mystère plane par ici, que je suis incapable de déchiffrer.

— Un mystère ? demanda-t-elle, surprise. Je ne me souviens pas d'un mystère à Santa Olaria depuis que, cela fait environ quinze ans, des caleçons d'Amable que Sandalia venait d'étendre au soleil ont disparu. Cela a provoqué un remue-ménage considérable, crois-moi. Sandalia a accusé Primitivo qui était alors, sans compter son mari, le seul homme du village parce que Costel n'était pas encore arrivé, tu sais ? Mais heureusement, La Pilarica est intervenue avant que le sang n'atteigne la rivière et Hada a trouvé la réponse à l'énigme.

Max avala le biscuit qu'il était en train de manger et en prit un troisième.

— Et la réponse était ?

— La mère de Blanquita. — Dora fit un geste éloquent avec les mains. Tu vois, telle mère, telle fille, et dans ce cas, on parle de chèvre. Hada a trouvé dans l'étable ce qu'il en restait. À cause de cela, Primitivo et Sandalia sont restés plus d'un an sans s'adresser la parole. Le pauvre Amable a dû faire l'entremetteur entre les deux durant tout ce temps et, bien sûr, il se prenait toutes les engueulades.

— Fascinant ! — Max termina sa tasse et montra la cafetière. — Je peux ?

— Bien sûr. — Dora s'empressa de lui resservir du café, du lait et posa deux autres biscuits sur son assiette, j'aime voir les jeunes manger avec appétit.

Max apprécia le compliment inattendu et mangea son énième biscuit avant d'aborder son sujet.

— En réalité, le mystère qui m'intéresse est en rapport avec ta petite-fille.

— Avec Hada ? — Les yeux de la femme brillèrent, pleins d'intérêt.

— J'aimerais savoir quelque chose sur un certain Miguel.

Soudain, toute l'animation disparut du visage bienveillant et Dora remua la tête avec une expression mélancolique.

— Ah, Miguel…

Pendant quelques instants, Max pensa qu'elle ne dirait rien de plus, mais finalement il la vit hocher la tête, comme si elle venait de prendre une décision. Puis elle reprit son ouvrage qu'elle avait laissé sur une chaise et commença à tricoter, comme si le fait d'avoir les doigts occupés allait l'aider à ordonner ses idées.

— Miguel était le seul fils de la Manuela et du Chisco, des voisins de Santa Olaria, dit-elle enfin. Dès que nous sommes arrivés au village, ma petite-fille et lui sont devenus inséparables. Si tu voyais l'un d'eux, tu savais que l'autre n'était pas loin. Rien ne leur plaisait plus que de parcourir la montagne toute la sainte journée, peu importe le temps qu'il faisait, comme deux petites bêtes sauvages. Sans parler des bêtises qu'ils faisaient, mon Dieu Seigneur, il leur arrivait toujours quelque chose de plus gros que la fois précédente. Parfois Miguel et d'autres fois Hada, bonnet blanc et blanc bonnet… c'étaient deux petits diables — elle esquissa un sourire chargé de nostalgie. Et dans le village, dès que disparaissait l'un des seaux de la traite ou la houe que quelqu'un avait laissée appuyée à l'entrée de la maison, il ne fallait pas chercher bien loin pour savoir qui étaient les coupables. En général, le seau finissait en aquarium pour grenouilles et têtards, et la houe leur servait pour faire leurs circuits de billes.

Ils allaient aussi à l'école ensemble, à l'époque, il y en avait une dans le village. La maîtresse nous envoyait chercher, la mère de Miguel et moi, jour après jour soit parce qu'ils étaient très turbulents, soit parce qu'ils avaient grand cœur et étaient adorables, et il était difficile d'être longtemps en colère contre eux.

Dora s'arrêta pour reprendre son souffle, examina son ouvrage et corrigea un point qui ne lui convenait pas avant de poursuivre.

— Les années ont passé, mais ils continuaient à être toujours autant amis. Depuis qu'ils étaient hauts comme trois pommes, ils disaient déjà que quand ils seraient grands, ils se marieraient et auraient une ferme à Santa Olaria. Tous les deux étaient fous des animaux… j'ai l'impression de les entendre encore : « Je vais épouser Hada, Madame Dora, et nous aurons un tas de vaches, de chèvres, de chevaux, de porcs, de poules… », disait Miguel. « Et dix enfants, Miguel, n'oublie pas les enfants », l'interrompait ma petite-fille. — Dora s'essuya le coin de l'œil avec des doigts tremblants. Excuse cette vieille sentimentale, Max, mais quand je pense à combien ces rêves sont déjà loin…

Max, qui écoutait, les mâchoires serrées, dut faire un effort pour parler normalement.

— Ne t'en fais pas, Dora. Hada m'a dit… m'a raconté que Miguel était mort.

— Hada t'a parlé de Miguel ? demanda-t-elle, surprise. — Elle ne prononce presque jamais son nom, pas même quand elle est avec moi.

— Un jour, j'ai découvert par hasard son point d'eau secret et elle m'a raconté comment ils s'échappaient pour venir là pour se baigner.

— Le point d'eau secret… — Le visage de Dora s'adoucit un peu plus à l'évocation de ce souvenir. Cela fait des années que personne ne m'avait parlé du point d'eau secret. C'était l'un de leurs endroits favoris et, en été, ils passaient là tous leurs après-midi. Ils avaient plusieurs amis parmi les vacanciers qui revenaient à Santa Olaria année après année, mais jamais ils ne les ont amenés là-bas ; c'était leur secret.

— Et que s'est-il passé, Dora ?

Soudain, Max se sentait impatient de connaître la fin de l'histoire, même s'il pressentait que ça n'allait pas lui plaire.

— Ça s'est passé l'été où tous les deux venaient d'avoir leur majorité. — Les sourcils gris se froncèrent un instant. Je ne te l'ai pas dit, n'est-ce pas ? Miguel et Hada sont nés en août de la même année. À vrai dire, ils auraient pu être jumeaux ; d'autant plus qu'ils se ressemblaient un peu, tous les deux aussi blonds et minces. Cependant, le lien qu'il y avait entre eux cessa d'être fraternel dès qu'ils arrivèrent plus ou moins à l'adolescence. Je n'ai jamais vu deux jeunes aussi amoureux.

Max serra les poings, mais Dora était trop investie dans sa propre histoire et elle ne remarqua pas la soudaine raideur qui l'envahit.

— Au mois de septembre, ils allaient commencer la carrière de vétérinaire à Saragosse. Ils avaient tout planifié : Miguel irait loger dans de la famille et Hada dans une chambre universitaire ; c'était le maximum qu'ils étaient prêts à faire pour se séparer, mais à la fin de juillet, Miguel a commencé à se sentir très fatigué. Hada, au début, le prenait à la légère et se moquait de lui, mais ensuite, on vit bien que la chose était sérieuse. Ses parents l'ont emmené à Teruel pour faire un contrôle et Miguel n'est plus revenu au village. Ce même jour, ils l'ont placé dans un service d'oncologie ; il avait une leucémie aiguë.

Il a été plus d'une année à lutter contre la maladie, ils lui ont même fait une greffe de moelle, mais ce fut inutile. Durant tout ce temps, Hada est restée à son côté. La famille de Miguel n'était pas des gens très riches ; Chisco devait s'occuper des animaux et de la récolte, si bien que Manuela a loué une petite chambre dans une pension et ma petite-fille l'a suppliée de loger avec elle, et elle payait même sa part en donnant des cours particuliers à la fille de la propriétaire. Hada a mis ses études de côté pendant un temps indéterminé ; elle ne voulait pas commencer sa nouvelle vie sans son âme sœur. Elle et la mère de Miguel passaient la journée à l'hôpital, mais le garçon était de plus en plus faible. Finalement… finalement, il est mort — La voix de Dora se brisa. Un gars si jeune, si plein de vie et du jour au lendemain…

La grand-mère de Hada fouilla frénétiquement dans les poches de son tablier, jusqu'à ce que Max lui tende un mouchoir propre avec ses initiales brodées. La femme l'accepta avec un sourire tremblant, essuya ses larmes et se moucha avant de le plier soigneusement et de le ranger dans sa poche.

— Je le laverai et le repasserai. Enfin, il n'y a plus grand chose à raconter. Hada a été inconsolable durant des mois ; elle ne mangeait pas, dormait à peine, a perdu l'intérêt de ce qui l'entourait. Elle qui avait toujours été si enthousiaste, si active, si… — elle haussa les épaules —, tout d'un coup, elle ressemblait à une vieille chaussette. Il y a eu des moments où j'ai même pensé qu'elle perdrait la tête. Deux jours après l'enterrement, Manuela et Chisco ont tout vendu et sont partis à Saragosse pour aider le frère de Manuela dans son affaire. Ils ne sont pas revenus ; Santa Olaria leur rappelait trop de souvenirs…

Elle se tut, mais Max ne voulait pas en rester là. Il se servit alors encore un peu de café qui restait dans la cafetière, ajouta un nuage de lait et deux cuillères à café pleines de sucre comme il l'avait vue faire et poussa la tasse vers elle.

— Et Hada ?

Dora but quelques gorgées de café ; il était évident qu'avoir tant parlé lui avait rendu la gorge sèche.

— Au fur et à mesure que les jours passaient et qu'on la voyait toujours pareille, nous tous qui restions dans le village, nous nous sommes réunis. Ce fut Primitivo qui a apporté la solution : la petite devait s'en aller à Saragosse ; les cours avaient commencé depuis environ deux mois, mais Hada était très intelligente et ça ne serait pas trop compliqué pour elle de se mettre à jour. Moi, au début, je ne voulais pas : « Je ne vais pas laisser ma petite-fille traverser une telle épreuve toute seule ! » lui ai-je dit, fâchée. « Dans cette ville, elle ne connaît personne, elle sera loin de tout ce qui a été sa vie jusqu'à présent ». « C'est justement pour ça, *bon sang* ! ». C'est ce que Primitivo m'a répondu ; il était encore plus en colère que moi, parce que la petite avait toujours été son point sensible et il ne supportait pas de la voir souffrir ainsi. « Ici, tout lui rappelle Miguel, il faut qu'elle commence une nouvelle vie loin de Santa Olaria ! »

Dora termina le café qui restait dans sa tasse, alors qu'il devait déjà être froid.

— Il m'a convaincue ; tout au moins, de le proposer à Hada. J'ai pensé qu'elle refuserait, mais à ma grande surprise, elle a accepté la proposition immédiatement. Maintenant, je me rends compte qu'à ce moment-là, tout lui était égal. Cependant, Primitivo avait raison : ce fut la meilleure solution. J'ai insisté et supplié tant que Hada m'a promis qu'elle m'écrirait toutes les semaines sans en rater une. Je sais bien que, bien qu'elle ne l'ait reconnu que bien plus tard, les débuts ont été très durs, mais peu à peu, la nouveauté de la vie dans une grande ville, les études où elle se voyait obligée de se concentrer et ses nouveaux camarades l'ont distraite de sa peine. Cependant, je sais bien aussi qu'elle n'a pas oublié Miguel et bien sûr, elle ne veut même pas entendre parler de fiancé ou rien de ce genre. Malgré cela, je ne perds pas la foi en La Pilarica et je rêve toujours de voir une poignée d'arrière-petits-enfants courir dans les rues de Santa Olaria. — Elle haussa les épaules et laissa son ouvrage sur la table avec un geste de découragement. Tu vois, des fantasmes d'une vieille chouette.

Max allongea la main, prit la sienne, toute calleuse par une vie de dur labeur, et la serra fortement.

— Ne dis pas ça. Nous avons tous le droit à nos rêves.

Ils restèrent ainsi un moment, sans rien dire, jusqu'à ce que Max lui lâche la main et se redresse.

— Tu t'en vas déjà ? Reste dîner, la petite est sur le point d'arriver.

Mais Max avait besoin de temps pour penser à ce que la chère femme lui avait raconté avant de se trouver de nouveau devant Hada.

— Je suis désolé, Dora. Je dois terminer certaines choses ce soir. Je te remercie pour les délicieux biscuits et le café, dit-il en même temps qu'il se mettait debout et se dirigeait vers le portemanteau où il avait laissé toutes ses affaires.

— Je te remercie pour la compagnie, Max.

Max se couvrit bien, installa ses raquettes qu'il avait laissées près de la porte, prit ses bâtons et retourna chez lui d'un pas rapide, sans cesser de penser à tout ce qu'il avait découvert cet après-midi.

16

Quelques jours plus tard, en revenant de la promenade matinale, il découvrit un 4x4 avec un autocollant d'une société de location bien connue garée devant la maison. Max pressa le pas ; son ami Alan était arrivé plus tôt que prévu. Il était content que Costel ait dégagé la route juste la veille avec le petit chasse-neige qu'il avait commandé à Teruel il y a quelques semaines. Il avait conclu un accord avec le Roumain et lui payait une somme hebdomadaire pour qu'il entretienne le chemin qui menait à sa maison ; il lui donnait aussi un supplément pour faire de même avec toutes les maisons habitées de Santa Olaria. Selon Max, l'hiver y était suffisamment dur pour que les habitants du village ne soient pas obligés de rester enfermés dans leurs maisons jusqu'à la fonte des neiges.

— Je vais avoir au moins, pour quelques jours, quelqu'un de plus communicatif que toi avec qui parler, dit-il au chien à voix haute pendant qu'il secouait bien ses bottes sur le paillasson pour que Marta ne le gronde pas.

Puis il courut au salon pour souhaiter la bienvenue à son ami. Il ouvrit la porte et…

— Surprise !

Max s'arrêta sur le seuil. Son ami Alan, qui se levait à ce moment-là d'un des fauteuils qui se trouvait devant la cheminée allumée pour le saluer, n'était pas seul. Une femme grande, brune et séduisante, vêtue d'un pantalon large et élégant en laine et d'un pull assorti à col roulé, s'avançait aussi vers lui, très souriante.

— Norma ! s'exclama-t-il dès qu'il eut un peu récupéré. Bien sûr, quelle surprise ! Alan ne m'avait pas dit que tu venais aussi.

Norma s'approcha de lui, mit ses bras autour de son cou et le salua avec un léger baiser sur les lèvres que Max ne lui retourna pas. Elle était si grande qu'elle eut à peine besoin de se hisser sur la pointe des pieds.

— Je lui ai dit de ne rien te dire, chéri. Sinon, il n'y aurait pas eu de surprise.

— Je vois. — Max se retourna pour serrer la main de son ami avec un regard inquisiteur, mais Alain se contenta de hausser légèrement les épaules.

Norma fronça un peu les sourcils.

— Tu ne sembles pas content de me voir…

Finalement, Max réagit ; il la prit par le bras et la mena de nouveau vers le fauteuil où elle était assise auparavant.

— Bien sûr que je suis content, Norma, mais je reconnais que tu es la dernière personne que j'imaginais voir dans ce coin perdu du monde.

Rassurée, Norma lui lança un sourire charmeur.

— Quand Alan m'a raconté qu'il venait te voir, je n'ai pas pu résister. Il fallait que je connaisse cet endroit qui, d'après ce qu'il m'a dit, t'inspirait tant. J'ai à peine eu de tes nouvelles ces derniers mois — de nouveau un léger regard de reproche —, et tu sais que Manhattan n'est pas pareil sans toi.

— J'imagine qu'Alan t'a aussi raconté que les communications sont très compliquées par ici. — Max se dirigea vers le bar sans cesser de parler. Pour appeler par téléphone, je dois faire plus d'un demi-kilomètre.

— Quelle horreur ! Je ne sais pas comment tu peux le supporter !

Max prit des verres.

— On s'habitue à tout. Le déjeuner sera prêt d'ici peu, mais j'imagine qu'un apéritif ne vous fera pas de mal entre-temps.

— Tu imagines bien. Qu'est-ce que tu as ? — Alan s'approcha de Max pour examiner les bouteilles.

Max alla chercher de la glace à la cuisine et, au passage, tenir au courant son employée du changement de plan.

— Le *siñor* Pis est arrivé avec sa *siñora*, annonça joyeusement Marta, tout en versant une pincée de sel dans l'une des casseroles qu'il y avait sur le feu. Dès que j'en aurai fini avec le repas, je ferai aussi l'autre lit, vu que je ne savais pas qu'ils venaient tous les deux.

La façon dont son employée avait prononcé le nom de son ami fit sourire Max, mais il s'abstint de tout commentaire.

— Mademoiselle Hammond n'est pas la femme de Monsieur Pierce… commença-t-il à dire de bonne humeur, mais en voyant que le visage de son interlocutrice s'assombrissait subitement, il s'arrêta aussi sec.

Sa femme de ménage lança une rafale de questions avec un air peu amène :

— Ah non ? Et qui est-ce alors ? Ce n'est pas la fiancée du *siñor* ?

— Non, ce n'est pas ma fiancée, c'est une amie.

— Une amie. — Marta souffla avec mépris.

— Oui, une amie, répéta Max sans se fâcher en cherchant le bac à glaçons dans les placards.

— Et que fait-elle ici si je peux savoir ?

— Marta, dit-il d'un ton serein, en même temps qu'il remplissait de glace le bac à glaçons qui, enfin, était apparu, je vous rappelle que je ne suis pas un arrière petit-enfant perturbateur qu'il faut rappeler à l'ordre.

— Oui, *siñor*. — Marta se mit à remuer le contenu de l'une des casseroles à la vitesse d'un tourbillon géant.

Max s'arma de patience et continua à parler avec le même calme :

— Mais comme je sais que vous ne dormirez pas tranquille tant que vous ne le saurez pas, je vais vous épargner l'insomnie. Mademoiselle Hammond est juste une amie qui est venue passer quelques jours, puis elle retournera à New York avec Monsieur Pierce. C'était une surprise, voilà pourquoi je ne vous ai pas prévenue avant. Je vous prie de préparer la chambre contiguë à celle de Monsieur Pierce.

— Comme vous voudrez, *siñor*, répondit-elle avec raideur.

Max poussa un soupir et sortit avec la glace.

— Maria, laisse ça et viens voir !

La sœur de Marta, qui venait d'entrer dans la cuisine en portant une douzaine d'œufs dans son tablier, s'empressa de les déposer avec soin sur la table et la regarda, alarmée.

— Qu'as-tu ? J'te vois tout' retournée.

— Va à la fontaine et attache le mouchoir sur le petit cochon. C'est urgent !

Maria commença à faire des petits bonds nerveux.

— Qu'est-ce qui s'passe ? C'est au sujet d'la p'tiote ?

Sa sœur serra fortement les lèvres.

— Tu ne vois pas que je ne peux pas te raconter maintenant ? Fais donc ce que je te dis !

— OK, OK, j'y vais.

Maria jeta son châle de laine par-dessus sa tête et repartit à toute vitesse.

Max n'avait pas trop apprécié la surprise, mais il prépara tout son répertoire de bonnes manières pour qu'on ne le remarque pas pendant que tous les trois sirotaient leur vermouth qu'il venait de servir, sans cesser de parler.

Marta entra pour annoncer que la chambre de la « *siñora* » était prête et que si elle voulait monter se rafraîchir avant de déjeuner, elle l'accompagnerait.

— Elle n'a pas pu s'en empêcher, s'empressa de justifier Alan dès que la porte se fut refermée derrière les deux femmes. Elle a insisté pour venir. Je crois qu'elle a la puce à l'oreille.

Max fronça les sourcils.

— Que veux-tu dire ?

— D'après ce qu'elle m'a raconté, il lui semble très bizarre qu'un homme comme toi reste enfermé des mois dans ce village… et à vrai dire, je dois dire que je lui donne raison. Santa Olaria est joli, je l'admets, et le peu que j'ai vu des alentours est à couper le souffle, mais qu'est-ce que tu fous là, Max ?

Max, le verre de vermouth dans une main, s'approcha du piano et joua quelques notes de l'autre avant de se tourner pour regarder son ami.

— Tu as écouté ce que j'ai composé, n'est-ce pas ? Je ne pense pas que j'aurais réussi quelque chose de semblable ailleurs.

Apparemment, sa tactique fonctionna car, en se rappelant le pourquoi de tout ça, Alan réagit instantanément et écarta ses soupçons.

— Goldstein est euphorique ! dit-il avec enthousiasme. Et Schmidt et Anderson. Tu les as tous séduits, ils disent que ton nom va être cité pour les Oscar.

Max fit un geste de la main qui reflétait son scepticisme.

— Je te dis ça très sérieusement. Même Wilder, qui est une sorte de nuage noir ambulant, a dit qu'il commencerait à le présenter aux bons endroits. C'est précisément pour ça que je suis venu.

Max leva un sourcil d'un air moqueur.

— Je pensais que tu étais venu parce que tu t'ennuyais de ma compagnie.

— Ça aussi, bien sûr. Mais sérieusement, Max, tu dois revenir avec moi.

En entendant cela, Max sursauta visiblement.

— Revenir ? Je t'ai dit que je resterais environ six mois, en fait, je pensais à repousser la date limite…

— Max, Max, Max, répéta-t-il d'un ton impatient, c'est très important. J'ai besoin de toi là-bas. Ta présence est indispensable pour faire campagne.

Max secoua la tête négativement.

— C'est impossible, Alan, j'ai d'autres engagements…

— D'autres engagements ? l'interrompit son ami. Qu'est-ce qui peut être plus important que de gagner un Oscar ?

Une fois de plus, Max lui tourna le dos et, comme à son habitude quand il essayait de se concentrer, il joua quelques accords : Do-mi-sol, ré-fa-la.

— J'ai accepté de diriger la chorale de Santa Olaria. Le 24 décembre, nous nous présentons à un concours de chants de Noël à Teruel et je ne peux pas les laisser tomber.

— La chorale de Santa Olaria ? Un concours de chants de Noël ? — Le ton d'Alan ne cachait pas sa complète incrédulité.

Max but une gorgée de vermouth et joua de nouveaux accords : Fa-la-do, la-do-mi.

— Max, tu m'écoutes ? Ce sont les Oscar ! Les Oscar !

Max tapa sur les touches, produisant une série de notes discordantes et se retourna pour le regarder.

— Je t'écoute, Alan, je t'écoute, mais je te l'ai dit : je me suis engagé.

Alan se passa la main dans ses cheveux bruns jusqu'alors bien coiffés et commença à arpenter le salon de long en large sans cesser de penser tout haut.

— C'est bon. C'est bon. Le 24. Tu pourrais être de retour à Manhattan le 26. Je vais parler avec Wilder. Ça ne va pas lui plaire, mais je vais essayer de le convaincre.

— Tu ne comprends pas, Alan. Je vais passer Noël à Santa Olaria. Je serai bientôt de retour le 30.

— Le 30 ! — Son ami s'arracha les cheveux.

— Le 30, conclut Max. — On voyait bien qu'il n'était pas prêt à céder. Cela signifie avancer mon retour de presque deux mois.

— C'est bon. C'est bon, répéta Alan sans cesser de marcher. Wilder va me faire chier, mais que diable, je suis plus qu'habitué à prendre les coups qui te sont destinés !

Les paroles de son ami lui arrachèrent un sourire peu enthousiaste.

— C'était il y a plus de vingt ans, et je crois me souvenir que tu as été largement compensé.

À ce moment-là, la porte s'ouvrit et Norma apparut. Elle s'était recoiffée et remaquillée et elle avait l'air toute fraîche et pimpante.

— De quoi as-tu été largement compensé, Alan ? demanda-t-elle en souriant.

— Rien, Norma, des histoires de gamins.

— As-tu convaincu Max pour qu'il revienne avec nous ?

C'était donc ça, se dit Max. Même si Alan n'avait pas amené Norma de lui-même, il n'avait pas non plus refusé de le faire ; il avait certainement pensé qu'en venant avec elle, il serait plus facile de le persuader de revenir le plus tôt possible.

— J'ai peur que nous ne puissions pas compter sur lui d'ici le 30 décembre, dit Alan d'un ton désinvolte.

Une fois de plus, les sourcils parfaits se froncèrent légèrement, pendant que Norma observait Max en silence. Heureusement, Marta entra juste à ce moment-là pour leur dire que le déjeuner était prêt et tous passèrent dans la salle à manger.

— Je ne suis pas en train de vous raconter des histoires, vous me connaissez, mais je vous dis qu'il y a anguille sous roche. — Marta, debout près de la cheminée, venait de sortir sa bombe.

Dora, Maria et Sandalia qui étaient serrées dans le petit canapé du salon la regardèrent, troublées, tandis qu'Orosia dormait sur une chaise à bascule près du feu. Primitivo et Amable, qui étaient assis sur les deux seuls fauteuils en osier qui restaient libres, échangèrent un regard sceptique.

— Marta, je te rappelle que c'est toi qui as dit que le vacancier avait tué sa femme et l'avait jetée dans le puits. — Dora essaya de parler sur un ton qui ne l'offensait pas.

— Tout ça parc'que, d'après toi, l'eau du puits sentait mauvais. — Orosia cessa de se reposer quelques secondes pour y mettre son grain de sel et, comme elle n'avait pas les scrupules de Dora, elle n'hésita pas à charger ses paroles d'une pointe de mépris. — Quel tapage tu as fait ! Jusqu'à être obligés d'assécher le puits.

— C'était cette fois-là, et pis voilà ! — Marta fit un geste impatient de la main.

— Tu as aussi insisté pour dire que le facteur avait enterré un membre humain sous le genévrier de l'église. — Sandalia en profita pour mettre un peu de pression.

— Et finalement, il s'est avéré que le pauvre homme se tenait le ventre, et qu'il avait dû partir en courant derrière l'église pour se soulager… ajouta Maria avec un rire innocent. On a dû aller pendant des mois chercher le courrier à l'autre bout du village.

Sa sœur frappa le rebord de la cheminée, fâchée.

— J'vous dis que le *siñor* Pis et la demoiselle Jamón* trament quelque chose !

— Tu es sûr que ce sont leurs vrais noms ? demanda Dora, étonnée.

— Les gens des Amériques ne sont pas comme nous, ils ont des noms bizarres. Si vous regardiez plus de *pellicules*, vous le sauriez, répliqua Marta avec un air suffisant.

— Et tu dis — la voix forte de Primitivo résonna dans la pièce — que c'te mad'moiselle Jamón a des accointances avec le petit-fils d'la Maxi.

— J'ai vu comment elle le regarde.

— Regarde-toi, l'experte, se moqua Sandalia.

Marta ouvrait déjà la bouche pour lui sortir ses quatre vérités, quand Dora intervint rapidement.

— Voyons, soyons clairs, n'est-ce pas que cette dame a quelque chose avec Monsieur… avec Monsieur… avec ce monsieur ? abrégea-t-elle.

— *Siñor* Pis ? Elle ne le regarde pas comme ça, nia Marta d'un ton coupant.

— Si j'apprends qu'y fait la fête avec c'te dame et qu'y passe son temps à tourner autour d'la p'tiote… — Primitivo serra le poing avec force autour de son bâton.

— Max ne tourne pas autour de la petite ! — Dora se mit aussitôt sur la défensive.

— J'l'ai vu aussi comment qu'y la r'garde, quiqu'tu crois ! — L'expression de Primitivo devint doublement menaçante.

---

*(*Jamón = jambon en espagnol, note de la traductrice)*

— On sait s'ils dorment ensemble ? C'est ce que font les couples modernes. — Sandalia affichait une attitude de largesse d'esprit, mais comme pour toute personne non méfiante, il ne lui arrivait même pas de jeter un coup d'œil à Amable les jours de marché, et ce dernier en profitait.

Marta s'empressa de faire non de la tête.

— Chacun dans sa chambre.

Dora poussa un soupir de soulagement.

— Alors, ils…

— Mais si, quand tous dorment, elle lui rend visite ? Qui va le savoir ? la coupa sèchement Marta.

— C'est là qu'elle a raison, admit Sandalia à contrecœur ; cela se voyait qu'elle n'aimait pas être d'accord avec sa voisine.

— Mais si c'est la fiancée du *siñor* Max, y'a rien à faire. — Maria haussa les épaules ; elle ne semblait pas trop affectée par la nouvelle. Il r'tournera avec elle aux Amériques et nous r'prendrons not' vie comme toujou'.

— Ça n'est pas sa fiancée ! — Dora secoua la tête avec véhémence. Max n'est pas ce genre d'homme.

— Tous les hommes sont « ce genre d'homme », énonça d'une voix d'outre-tombe Orosia qui, une fois de plus, était sortie de sa léthargie.

— Max ? Non !

Voyant que Dora semblait sur le point de pleurer, Sandalia posa la question qui tournait depuis un moment dans sa tête.

— Elle est jolie, la demoiselle Jamón ? Plus que la petite ?

De nouveau, tous les yeux se tournèrent vers Marta qui haussa les épaules.

— Vous savez que je n'échangerais la petite pour rien au monde, mais Mademoiselle Jamón est beaucoup plus grande, brune, une belle plante… tout l'air d'une artiste de cinéma.

— Oui, tout comme eun' artiste d'cinéma, répéta sa sœur pour qu'il n'y ait aucun doute.

Dora se laissa tomber contre le dossier du canapé, effondrée.

— C'était trop beau ! — Elle secoua la tête d'un air découragé, en même temps qu'elle s'essuyait les yeux avec la pointe de son tablier. Max et la petite… je voyais déjà les petits-enfants courir dans le village, deux petites têtes blondes comme Hada et deux gamins bruns comme lui…

Incapables de trouver des paroles de consolation, les autres la regardaient en silence. Primitivo avait les sourcils plus froncés que d'habitude. Amable sortit un mouchoir et se moucha bruyamment. Les lèvres de Maria commencèrent à trembler, jusqu'à Sandalia et Marta, d'habitude dures comme le roc, qui clignèrent des yeux plusieurs fois, essayant de retenir leurs larmes.

Heureusement, Orosia interrompit ce qui promettait de devenir une compétition de lamentations.

— Fiancée ou pas ! Vous ai-je pas dit des centaines de fois que tout est écrit, que j'l'ai vu en rêve ? Ça m'est égal comment la plantureuse r'garde le p'tit-fils de la Maxi, on peut *r'en y fair'* ; ça s'ra not' p'tiote qui l'emmènera dans l'jardin.

Le commentaire impatient de la vétérante du groupe, même si cela ne servait pas à fonder un quelconque espoir, sortit au moins Dora du puits de tristesse dans lequel elle était tombée en entendant la nouvelle inattendue.

— Enfin. Il n'y a plus rien à faire, j'aurais quand même vraiment aimé les voir ensemble pour juger par moi-même.

— Eh bien, il ne faut pas manquer la répétition d'aujourd'hui…

Dora regarda Marta comme si deux têtes venaient de sortir.

— Mademoiselle Jamón va venir à la répétition ?

L'employée haussa les épaules.

— Et l'autre *siñor* aussi. Qu'est-ce qu'ils vont faire sinon à s'ennuyer toute la soirée à la maison ? J'ai entendu qu'ils le disaient pendant le repas.

Dora inspira profondément.

— Bien. Dans ce cas, je réserve mon opinion jusqu'à ce que je les voie ensemble, et vous… — elle pointa son doigt vers eux —, ayez l'œil !

17

Je regrette d'avoir emmené Alan à la répétition, se dit Max énervé, pendant qu'il plaçait les partitions sur le pupitre sans trop de délicatesse. Depuis qu'il avait fait les présentations, son ami s'était collé à Hada comme un pot de colle et ils n'arrêtaient pas de discuter et de rire. Il savait surtout comment Alan se comportait quand une femme lui plaisait et il n'avait pas le moindre doute que la petite-fille de Dora entrait complètement dans cette catégorie.

Il examina son ami en essayant de rester objectif et il en arriva à la désagréable conclusion qu'Alan était un homme séduisant. Les cheveux châtain clair, qui étaient toujours un peu plus longs que la normale, les yeux malicieux verts et cette silhouette élancée qui donnait l'impression que ses vêtements étaient toujours un peu trop grands, lui donnaient un air juvénile qui enchantait généralement les femmes.

— Ces gens sont si pittoresques, dit Norma qui s'était assise à une extrémité du banc, et à ce moment-là, elle observait Primitivo en train de présenter à Sandu sa canne à une certaine hauteur pour que le garçon, après avoir pris son élan dans le couloir de la nef, saute par-dessus.

— A e i o u ! Aaaaa ! Eeeee ! Iiiii ! Ooooo ! Uuuuu ! — Orosia commença à se chauffer les cordes vocales et ses envolées résonnèrent de façon spectaculaire dans la petite église.

— C'est pas vrai ! dit Max en hurlant, essayant de se faire entendre au milieu de ce vacarme.

À ce moment-là, il vit qu'Alan se penchait et murmurait quelque chose à l'oreille de Hada. Rien qu'à voir le nez de son ami plongé dans cette mer de boucles blondes, c'en était trop et il ne put en supporter davantage. Max tendit ses doigts vers le clavier de l'orgue et appuya trois fois très fort. Ce fut une main de saint. Immédiatement, tous abandonnèrent ce qu'ils étaient en train de faire et lui prêtèrent attention.

— Allons, nous n'avons pas toute la journée. Chacun à sa place.

Le ton sec qu'il employa, auquel ils n'étaient pas accoutumés, fit qu'ils obéirent tout de suite.

La répétition fut chaotique. Alan, qui ne parlait pas l'espagnol suffisamment pour se faire comprendre, mais avait cependant une très bonne oreille — et une considérable dose de désinvolture —, décida de se joindre à la chorale et bien sûr se plaça à côté de Hada. Souvent, il arrêtait de chanter et lui disait quelque chose à l'oreille et, à en juger par la façon dont elle riait, Hada le trouvait très amusant. Max, plus sensible à eux qu'à autre chose, ne savait plus où il en était. Il répondait n'importe quoi aux questions que lui posait Norma et oubliait de signaler l'entrée à temps aux chanteurs, au point que Primitivo dut le rappeler à l'ordre plusieurs fois.

— Mais où qu'c'est qu't'as la tête, *boudiou* ! — fut ce qu'il lui dit de plus aimable.

Max s'excusa de nouveau, mais la situation ne s'améliora pas, si bien que, une demi-heure plus tôt que d'habitude, il décida que c'était suffisant. Il se leva de son tabouret et frappa dans ses mains.

— Très bien. On arrête la répétition pour aujourd'hui.

Tous les chanteurs manifestèrent leur indignation.

— Mais on a encore besoin de temps !

— On n'a pas chanté celle de *Joticas al niño* !

— Allez, Max, on s'amuse beaucoup.

Le commentaire d'Alan fut le coup de grâce.

— J'ai dit à la maison, tout le monde ! — Max stoppa les protestations, en colère.

— Quelle mouche l'a piqué ?

— Eh bien oui, que…

Les membres de la chorale se dispersèrent à contrecœur, sans cesser de rouspéter, et Max essaya de se concentrer sur ce que Norma était en train de lui dire.

Alan s'approcha d'eux en souriant.

— Eh, Max, ça ne te gêne pas qu'on invite Hada à dîner, n'est-ce pas ?

Max rassembla les partitions avec des mouvements brusques.

— Je ne sais pas s'il y aura suffisamment à manger, je n'ai pas dit à Marta qu'elle la compte, dit-il du même ton sec qu'il avait employé tout l'après-midi.

À ce moment-là, il leva les yeux et se rendit compte que Hada se trouvait près d'eux.

— Allez, mec…

— N'insiste pas, Alan. D'ailleurs ma grand-mère a déjà le dîner de prêt et elle n'aime pas que l'on gâche de la nourriture. Merci beaucoup de toute façon.

Max détourna le regard, honteux, conscient que Hada savait aussi bien que lui que son employée aurait probablement laissé le frigo plein à craquer.

— En y réfléchissant, je suis sûr que nous trouverons… commença-t-il à dire ; mais Hada l'interrompit avec un regard qui le fit se sentir mal à l'aise.

— Non, n'insiste pas, Max, vraiment. Bonne soirée à tous, ce fut un plaisir de faire votre connaissance. — Hada prit congé d'eux en souriant, et sortit de l'église suspendue au bras de sa grand-mère.

— Allez, c'est dommage. — L'évidente déception de son ami finit de le mettre hors de lui et, profitant que Sandalia avait pris Norma à part et la soumettait à toutes sortes de questions indiscrètes que l'Américaine était incapable de comprendre, Max déchargea toute sa frustration sur lui.

— Je te rappelle que dimanche prochain, tu retournes à New York, Alan, et dans ce village, ils ne sont pas habitués à des types sophistiqués comme toi. Je ne voudrais pas qu'une personne pense que tu es sérieux et qu'elle soit déçue ensuite.

Son ami le regarda, les sourcils froncés.

— Puis-je savoir de quoi diable tu parles ?

— Je crois que tu le sais très bien, dit-il très dignement et, sans plus, il alla récupérer Norma.

— L'ami de Max paraissait un garçon très sympathique… commença Dora de façon incitative, sans quitter les yeux de sa petite-fille qui mangeait avec son appétit habituel.

— Alan ? Oui, j'ai beaucoup ri avec lui.

— Et elle… qu'en penses-tu ?

Hada se servit un peu plus avant de répondre :

— Norma m'a semblé aussi très bien.

Sa grand-mère avait beau l'étudier, elle ne réussit pas à découvrir la moindre émotion cachée, aussi essaya-t-elle de nouveau :

— Tu crois que… ? — Elle s'arrêta, respira profondément et laissa tomber : Tu crois que Max et elle sont fiancés ?

— Fiancés ? — Hada fronça les sourcils, considérant la question. Cela ne m'a pas donné cette impression, bien qu'ils aient peut-être été ensemble par le passé ; ils sont cette sorte de relation amicale que tu rencontres parfois entre des personnes qui ont été en couple à un moment donné.

Les paroles de sa petite-fille lui retirèrent un grand poids en moins, même si elle ne put empêcher que son attitude indifférente la remplisse d'impatience. Vraiment, la vie sentimentale de Max lui importait si peu ? se demanda-t-elle. Désireuse de le découvrir une fois pour toutes, Dora décida de prendre le taureau par les cornes :

— Ça t'est égal que Max ait une fiancée ?

Hada leva les yeux de son assiette et regarda sa grand-mère avec tendresse.

— Je croyais que tu avais abandonné ton idée folle que je sorte avec Max.

— Moi ? — Elle afficha sa plus belle expression d'innocence. Que tu sortes avec Max ?

— Ne dis pas non, Aba, moi, tu ne me trompes pas.

« Bravo pour mon habileté à dissimuler », se dit Dora, impatiente.

— Il se peut que…

Elle avait l'air si mal à l'aise que sa petite-fille décida de l'épargner.

— Max est adorable, Aba, vraiment. Grand, beau, bien éduqué, intelligent… il a tout, mais tu sais aussi bien que moi que d'ici quelques mois, il partira de Santa Olaria pour ne pas revenir. Sa vie n'a rien à voir avec la mienne.

— Mais tu pourrais aller avec lui à New York…

— À New York, rien que ça ! — Hada se mit à rire. Que viendrait faire une vétérinaire d'un village à New York ? Ma vie est ici, Aba, à Santa Olaria, avec vous tous. Quand j'étudiais à Saragosse, je me suis rendu compte que je ne pourrais pas vivre ailleurs.

— Des bêtises, ma petite ! — Le coup sec que donna Dora sur la table avec la paume de sa main exprimait clairement son agitation. Il y a des centaines… des milliers d'endroits où tu pourrais vivre et être tout aussi heureuse, voire plus ; ce qui se passe, c'est que tu es convaincue que c'est ton devoir de te charger de nous tous et ça n'est pas vrai. Ça n'est pas vrai ! répéta-t-elle presque en criant.

— Aba, Aba…

Hada se leva, l'enlaça et l'embrassa sur la joue. Dora se calma immédiatement.

— Pardonne-moi.

Sa petite-fille caressa ses cheveux blancs soyeux avec douceur.

— Je vais te le dire une autre fois et je le répéterai toutes les fois que ça sera nécessaire : toi et les autres habitants de Santa Olaria, vous êtes ma famille. Je ne me sacrifie pour rien ni pour personne. C'est ma vie et je n'en veux pas une autre. Compris ?

Sa grand-mère acquiesça de la tête.

— Compris.

Elles ramassèrent en un rien de temps. Hada monta dans sa chambre, mit son pyjama et se lava les dents. Quelques minutes plus tard, elle était allongée dans son lit, les mains derrière la nuque, se demandant si l'étrange sensation de vertige qu'elle avait ressentie dans son estomac en rencontrant la très belle amie de Max avait quelque chose à voir avec la jalousie.

Le dîner s'était passé dans une ambiance légèrement tendue. Norma, habituée à évoluer dans la meilleure société de Manhattan, avait réussi à maintenir la conversation en allant et venant, mais en les voyant manger avec le même air taciturne, si loin de l'habituelle camaraderie qui régnait entre eux deux, elle n'avait pas pu empêcher que, de temps en temps, apparaisse dans ses yeux bleus une étincelle de désarroi.

Dès qu'ils eurent terminé de dîner, Alan annonça qu'il était fatigué et monta dans sa chambre. La dernière chose que Max désirait était de se retrouver seul avec Norma, mais sa courtoisie innée l'empêcha de partir lui aussi dans sa chambre. Préoccupé, il s'approcha du piano et commença à jouer.

Quelques minutes après, il sentit les mains de Norma posées sur ses épaules. Immédiatement, ses doigts cessèrent de glisser sur les touches et il se tourna vers elle avec un sourire, mal à l'aise.

— Pardonne-moi, je ne voulais pas t'interrompre, dit Norma, même s'il était évident qu'en réalité, cela avait été son intention, parce que, dès que Max se retourna pour la regarder, elle entoura le visage de ses mains et l'embrassa.

Max laissa passer quelques secondes avant de lui saisir les poignets, de l'écarter de lui avec douceur et de se lever.

— Norma, je…

— Je ne sais pas pourquoi nous sommes dans des chambres séparées, dit-elle avec une moue câline, même si j'imagine que les commérages circulent à plein dans ce petit village.

— C'est l'une des raisons.

Norma le regarda, surprise.

— L'une ?

Max s'éclaircit la gorge ; ce n'était pas une situation facile, mais il était décidé à clarifier les choses.

— Norma, toi et moi avons été de très bons… amis.

Norma fit un pas en arrière sans cesser de le regarder dans les yeux. Soudain, elle était devenue très sérieuse ; on sentait qu'elle commençait à comprendre.

— Amis, répéta-t-elle d'une voix neutre.

— Norma, avant de venir ici, nous nous étions mis d'accord que chacun était libre de poursuivre son propre chemin.

Elle lui tourna le dos et s'approcha de la fenêtre.

— J'ai cru que tu avais besoin de temps pour réfléchir ; que, dès que tu te serais un peu éloigné, tu comprendrais que nous formons un couple parfait. Si une chose a été démontrée ces dernières années, c'est que nous sommes compatibles à tous égards.

Max s'approcha de l'endroit où elle était et cette fois-ci, ce fut lui qui posa ses mains sur les épaules féminines.

— Compatibles. Tu as tout à fait raison, Norma. Tu es une femme intelligente et très belle, nous aimons les mêmes choses, cela me plaît d'être à tes côtés et le sexe est merveilleux, mais…

— Mais, l'interrompit-elle sans se retourner, dans notre relation, il n'y a pas d'aventures, il n'y a pas de risques, il n'y a pas de hauts et de bas et je n'ai pas une multitude de boucles blondes qui étincellent au moindre mouvement…

Max se raidit.

— Que veux-tu dire ?

— Max, je ne suis pas aveugle. J'ai vu comment tu la regardes. Cependant, je pensais que tu réaliserais toi-même à quel point c'est impossible.

— Impossible ? Pourquoi ?

Norma se tourna pour le regarder. Ses yeux ne cachaient pas la douleur qu'elle ressentait, mais il n'y avait ni trace de rancœur ou désir de vengeance dans son regard et Max se sentit encore plus coupable ; si rompre avec une personne était toujours difficile, ça l'était encore plus quand cette personne était une femme adorable qui ne le méritait absolument pas.

— Je n'imagine pas Hada à Manhattan. Non pas parce que je ne pense pas qu'elle ne serait pas à la hauteur de nos amis ou quoi que ce soit, s'empressa-t-elle d'éclaircir, mais parce que l'on sent qu'elle est un pilier indispensable dans cette petite communauté et je ne crois pas qu'elle soit prête à s'éloigner d'ici.

Max le savait très bien. Cependant, entendre cela de la bouche d'une personne qui le disait si clairement, alors qu'elle avait à peine passé un après-midi avec Hada, lui fit encore plus mal. Les lèvres serrées, il passa une main dans ses cheveux sombres.

— Tu ne lui as rien dit, pas vrai ?

Max haussa les épaules impatiemment et décida qu'il était inutile d'essayer de le cacher.

— Quel sens cela aurait-il ? Les habitants de Santa Olaria dépendent d'elle en grande partie et par ailleurs elle porte le poids d'un amour de jeunesse qui a été brisé juste au meilleur moment. Je ne crois pas qu'elle ait pensé à moi dans ce sens une seule seconde.

— Ne sois pas si modeste, Max. Tu es un homme très séduisant.

— C'est ce que je croyais, tu sais ? dit-il avec un sourire triste qui retirait toute trace de prétention à ces mots. Jusqu'à ce que je la rencontre.

— Tu devrais le lui dire, Max. Bon, il vaut mieux que j'aille dormir.

Max lui saisit les deux mains et les porta à ses lèvres, l'une après l'autre.

— Norma, je veux que tu saches…

Mais elle, avec un tendre sourire sur ses lèvres, fit un geste de dénégation de la tête.

— Laisse tomber, Max. Il y a des choses qui, simplement, ne sont pas destinées à arriver.

Max l'étreignit et Norma répondit à son étreinte en fermant fortement les paupières, décidée à retenir ses larmes. Ils se séparèrent quelques secondes après.

— Bonne nuit, Max. Nous nous verrons bientôt.

— Bonne nuit, Norma, j'espère que nous continuerons à être de bons amis, dit son hôte, même s'ils savaient tous les deux que c'était peu probable.

Dès que Norma sortit, Max s'assit sur son tabouret et commença à jouer un air mélancolique d'un doigt.

Il ne pouvait pas nier que, durant une époque, il avait envisagé l'idée d'avancer d'un pas supplémentaire dans sa relation avec Norma. Sa tête lui disait que c'était ce qu'il fallait ; avec elle, tout s'emboîtait, mais soudain, il avait pris ses distances en prenant le prétexte de s'enfermer pour composer. À présent, il comprenait que c'était quelque chose de beaucoup plus profond, une chose sur laquelle il n'avait aucun contrôle, et qui l'avait poussé à faire ce pas ; comme si son cœur essayait de le prévenir qu'il allait commettre une terrible erreur.

— Mon cœur ! Il cracha presque le mot, surprenant Wolf qui leva la tête ; mais lui, complètement étranger à tout ce qui n'était pas ses émotions confuses, continua à se poser des questions, impatient. Tout ça, pourquoi ?

Oui, il avait découvert l'amour. C'était ce que Norma lui avait dit ? Un amour plein de risques et d'aventures, et aussi de hauts et de bas ; parce que Max devinait que la vie au côté de Hada ne serait pas facile, ni ennuyeuse, ni routinière. Il y aurait des bas, sûrement, mais rien que de penser à comment ce serait d'être aimé par une personne avec une telle capacité de dévouement, lui provoquait une incroyable sensation de vertige. Il le voulait ! Il voulait l'expérimenter. Il voulait voir ses yeux noisette brûler de passion en le regardant ; sentir ses petites mains, pleines de duretés, caresser tout son corps ; se fondre avec elle pendant que le monde tournait tout autour, loin d'eux.

Norma avait raison. Il devait au moins lui dire.

— Mais cela me terrifie, dit-il à voix basse.

Parce que, dans le fond, il savait bien que si Hada lui disait non, sa vie n'aurait plus de sens.

18

L'atmosphère qui régnait à l'intérieur du Range Rover était excellente ; pour une fois, Sandalia et Orosia ne se disputaient pas pour tout, mais chantaient, excitées, comme deux petites filles que le maître emmène en excursion. Même Amable fredonnait sans cesse un chant de Noël. La musique était dans l'air et ce n'était pas pour rien : aujourd'hui était le grand jour.

Max était également content et s'il ne chantait pas à son tour, c'était parce qu'il continuait à penser au commentaire qu'avait fait Alan quand il avait pris congé de Norma et de lui, deux jours auparavant.

— Je te comprends, mon connard, et au fond je t'envie aussi. Je sais reconnaître l'or pur quand je le vois. Bien, on sait maintenant qui a gagné le pari ; à Manhattan, mon *The Rolling Stones* de 1964 t'attendra, bien enveloppé dans du papier cadeau.

Ils s'étaient donné une forte accolade et Alan devait réserver à Lafayette dès que Max serait de retour à Manhattan. L'adieu de Norma avait été beaucoup moins traumatisant que prévu ; elle se serait peut-être fait des illusions, mais Max était convaincu qu'au fond, elle savait très bien comme lui que, même s'ils étaient compatibles à tous égards, il manquait entre eux quelque chose de beaucoup plus important.

— Y'en a encore pour longtemps ? — La voix impatiente d'Orosia le ramena au présent. À cette allure, nous allons arriver les derniers.

— Max ne peut pas aller plus vite, Orosia, dit Amable, s'empressant de le défendre.

— Je suis sûre que les autres répètent déjà depuis un bon bout de temps, ajouta Sandalia sur un ton pessimiste ; il était curieux de voir qu'elle était d'accord sur quelque chose avec sa voisine.

— Le festival commence à six heures, il est quatre heures et demie et il ne nous reste que vingt minutes pour arriver à Teruel, répéta Max calmement ; quasiment la même chose qu'il avait dite dix minutes plus tôt.

— C'est que la p'tiote va *ben* lentement. — Orosia frappa la vitre avec ses poings comme si Hada, qui était devant eux avec le reste de la chorale, allait accélérer.

— Faudrait savoir ce que tu veux avec cet engin.

Amable poussa un profond soupir, comme si l'incroyable ignorance des femmes de Santa Olaria par rapport à la mécanique le surprenait encore.

Le reste du trajet se passa de façon identique et Max respira avec soulagement quand, enfin, il les laissa le plus près possible de l'imposante cathédrale mudéjar de Santa Maria de Mediavilla, où se passait le concours, et il partit se garer.

Peu après, ils étaient tous réunis dans la petite salle que l'organisation leur avait attribuée. Dora s'empressa de distribuer les médailles de La Pilarica qu'elle avait commandées à sa petite-fille quelques jours auparavant.

— Et j'ai une surprise, annonça-t-elle, les yeux brillants, en même temps qu'elle ouvrait l'énorme panier qu'elle et Hada avaient porté tout le long du chemin, et commençait à sortir des pulls avec un motif ressemblant à une jungle apocalyptique pour chacun d'eux.

— Pour toi aussi, Max, dit-elle, souriante, en lui tendant le sien.

Max regarda du coin de l'œil Hada, qui terminait de retirer ce qu'elle portait pour enfiler le nouveau pull sur lequel le vert, l'orange, le rouge et le jaune se battaient entre eux pour la suprématie. L'étincelle moqueuse de ses yeux ne lui échappa pas.

— C'est joli, Dora, merci beaucoup, dit-il héroïquement, en accrochant sa veste élégante sur l'un des portemanteaux et en enlevant par la tête le discret pull en cachemire couleur pierre. Puis il mit le nouveau pull au-dessus de sa chemise et évita de se regarder dans le miroir antique plein de taches produites par le passage du temps, accroché à l'un des murs.

— Tu es très beau — La moquerie brillait ouvertement dans les yeux bruns expressifs, et Max lui retourna un regard qui promettait une vengeance cruelle.

— Très très beau ! dit Dora avec une expression de satisfaction tout en lui ajustant bien le col de sa chemise de façon maternelle.

Max regarda autour de lui.

« Quel tableau ! » se dit-il et il hocha la tête ; de toute évidence, ils n'allaient pas passer inaperçus parmi la foule.

— Bien. Que diriez-vous de quelques exercices de voix ?

Quand un jeune séminariste vint les chercher pour les prévenir que ce serait leur tour d'ici peu, les cris de panique se succédèrent. Max leva la paume des mains pour demander le calme, mais ce ne fut que grâce à l'intervention de Don Servando, qui s'était joint à eux quelques minutes auparavant, que les cris cessèrent.

— Du calme, vous allez faire des merveilles. Nous avons les pulls de la chance, les meilleures voix de Santa Olaria, un excellent directeur de chorale et La Pilarica est de notre côté. Que peut-il arriver de mal ? Aussi… On va les massacrer !

— On va les massacrer ! crièrent-ils tous à l'unisson ; apparemment l'expression peu orthodoxe du prêtre leur avait donné un nouvel élan.

Alors qu'ils suivaient le séminariste qui les conduisait vers l'imposante nef centrale de la cathédrale, dont la toiture d'une grande valeur architecturale et picturale était considérée comme la « Chapelle Sixtine » de l'art mudéjar, les participants des autres chorales, qui étaient assis sur les bancs en bois, émettaient des rires moqueurs sur leur passage.

— Dans cette chorale, la moyenne d'âge doit tourner autour des cent ans au moins, fit l'un d'eux dans un murmure sonore.

Le comique de service eut une peur bleue quand Primitivo se planta devant lui, avec son pull au décor de jungle, le béret bien calé et la canne à la main avec un geste menaçant. Max saisit le vieil homme par le bras et l'obligea à le suivre, tout en se tournant vers l'imprudent sur un ton aimable :

— Tu ne sais pas avec qui tu joues. La prochaine fois, sois plus prudent, mon gars.

Puis il lâcha le bras de Primitivo et lui murmura à l'oreille :

— Ils sont morts de peur.

— Y chient dans leur froc, ouais ! acquiesça le vieux avec une grimace cruelle sur les lèvres.

— Ils sont très bons, dit Orosia de façon très audible.

— Chut ! — Le séminariste qui les avait conduits jusqu'à l'un des premiers bancs la regarda d'un air furieux.

— C'est vrai, ils sont très bons, murmura Hada à l'oreille de Max pendant qu'ils écoutaient la chorale qui les précédait.

— Nous, nous sommes meilleurs, affirma-t-il avec une assurance qu'il était loin de ressentir ; à la répétition générale, il ne savait pas si c'était à cause de sa nervosité ou quoi, le fait était qu'ils avaient été plutôt mauvais.

À ce moment-là, le chant de Noël se termina et le public commença à applaudir avec enthousiasme.

— Maintenant, Mesdames et Messieurs, j'ai le plaisir de vous présenter la chorale de Santa Olaria de la Mata qui débute dans ce concours.

— J'veux pas ! J'veux pas y aller ! — Maria s'accrocha au dossier de l'un des bancs.

— Lâchez ça, Madame !

Le séminariste la tira pour l'écarter, mais Maria s'accrochait si fort que le banc se déplaça de quelques mètres avec un fracas qui retentit dans toute la nef, confirmant la bonne acoustique de l'édifice.

— Tu es bête ou quoi ? — Sans ménagement, Marta écarta le séminariste d'un coup de poing, la saisit par le bras et la traîna jusqu'à la petite scène en bois qui avait été aménagée sur l'autel.

Les nerfs des dernières minutes firent que l'apparition de la chorale de Santa Olaria sur la scène s'avéra quelque peu chaotique ; il y eut des poussées, des sprints, une lutte peu édifiante entre Sandalia et Orosia… ; finalement, il se passa un bon moment avant que chacun se trouve à sa place.

Max salua alors le public avec une profonde inclination de la tête. Malgré le pull fantaisiste, il donnait une image de professionnalisme et d'élégance, et les gens applaudirent avec plaisir. Puis il s'assit au piano situé sur un côté de la scène avec une attitude sereine qui se transmit immédiatement à tous les membres de la chorale. Il commença à jouer les premiers accords avec douceur et, quand le moment arriva, il fit un signe. Aussitôt, les voix des Sanolariens s'élevèrent vers le ciel, et la mélodie émouvante de *Nuit de paix*, avec les arrangements originaux que Max avait faits pour cette occasion spéciale, résonna jusqu'au dernier recoin de l'ancienne cathédrale.

Au cours des répétitions dans la petite église de Santa Olaria, jamais la chorale n'avait mieux chanté ; c'était comme si tous les membres avaient synchronisé leurs âmes en même temps que leurs voix. Sandu s'arrangea pour paraître plus angélique que jamais en interprétant son solo d'une voix claire et nette qui n'avait rien à envier à celles des anges du ciel eux-mêmes. Il était émouvant de les voir, Hada et lui, partager le même enthousiasme que les anciens qui les entouraient. Hada chantait avec tant de ferveur que personne dans le public n'aurait jamais deviné que, en réalité, elle se contentait de bouger les lèvres. À un moment donné, le faisceau de l'un des projecteurs éclaira d'une étincelle resplendissante les boucles blondes et Max en eut quasiment le souffle coupé, ébloui par la très belle image.

Une telle chose avait dû arriver au public qui les écoutait car, dès la fin du chant de Noël, un tonnerre d'applaudissements éclata, menaçant de faire tomber le merveilleux toit mudéjar.

Les Sanolariens, suivant l'exemple du directeur de la chorale, s'inclinèrent plusieurs fois pour saluer avant de quitter la scène, mais ce ne fut pas suffisant. Les applaudissements, loin de s'arrêter, continuèrent jusqu'à ce que, pour finir, à l'instigation de l'un des organisateurs de l'événement, ils apparaissent une fois de plus pour saluer. Quelques minutes plus tard, Marta et Amable se virent obligés de traîner hors de la scène Maria qui, revenue faire des révérences, semblait déterminée à le faire jusqu'à s'en casser une vertèbre.

— Quand on a raconté ça à ceux d'Albarracín, ils y croyaient pas !

— Jamais j'ai autant aimé, pas même quand l'Tarsicio en pinçait pour moi !

— Putain, c'était mieux que d'paraître dans une *pellicule* !

— Et que dites-vous des r'gards d'orgueil que lançait la Ionela au Costel pendant qu'y voyaient chanter le p'tit démon ? Ces deux-là, sûr qu'y vont commander la cigogne ce soir !

Entre deux chants de Noël, des exclamations de ce style se succédaient. La joie à l'intérieur du 4x4 était débordante. Non seulement pour avoir obtenu la deuxième place du concours, avec son juteux prix en espèces — même s'ils avaient été les plus photographiés et la seule chorale à avoir été interviewée pour le Journal de Teruel —, mais parce que, après la remise des prix, Max avait insisté pour les inviter à célébrer le réveillon de Noël dans l'un des meilleurs restaurants de la ville.

Au dîner, ils avaient descendu trois bouteilles de vin rouge et deux d'une cave aragonaise, alors que Hada et Max, qui devaient conduire, ne s'étaient servis qu'un peu pour porter les toasts qui se succédaient les uns après les autres : pour le grand directeur de la chorale ; pour l'idée fantastique qu'avait eue Don Servando ; pour Hada, qui bougeait les lèvres enco' mieux qu'celles des artistes qui n'chantaient qu'des chansons dans des *bouètes* ; pour Sandu, qui avait chanté comme les anges ; pour les vieux de Santa Olaria de la Mata, qui étaient « ben *enco'* » prêts à fair' la guerre…

Jusqu'à Don Servando qui avait fini un peu pompette et qu'ils avaient dû raccompagner jusqu'à la résidence dans laquelle vivaient d'autres prêtres, rappela Max, amusé. Et il ne valait mieux pas parler de Ionela et de Costel, les fiers parents de la petite étoile de la chorale, qui, à en juger par les regards et les sourires qu'ils s'échangeaient, finiraient probablement, comme venait de l'anticiper Orosia avec un sourire railleur, par se charger cette nuit d'une petite sœur pour Sandu s'ils ne faisaient pas attention.

Max sourit sans quitter les yeux de la route, imperturbable malgré l'agitation. Pour lui aussi, cela avait été un jour fantastique et il était fier de la seconde place qu'ils avaient obtenue. Il pouvait encore sentir dans son nez le picotement des boucles de Hada quand, apprenant qu'il restait quelques secondes, il l'avait serrée contre lui sans réfléchir. Elle s'était également jetée dans ses bras, euphorique, et Max avait dû faire un grand effort pour ne pas l'embrasser devant tout le monde.

Soudain, il se rappela que le lendemain, c'était Noël et qu'il avait promis à Alan qu'il serait de retour le 30. Toute sa joie s'évapora d'un coup. La vague de désespoir qui l'envahit fit qu'il prit un virage un peu trop rapidement et les hurlements de rire de ses passagers plus que joyeux furent sur le point de le rendre sourd. Max s'obligea à se concentrer de nouveau sur le tracé de la route, bien que sa tête ne cessât de cogiter. Il devait mettre son plan à exécution dès que possible, se dit-il avec fermeté. Il manquait de temps.

— Malgré le bazar de la nuit précédente, tous les habitants de Santa Olaria étaient sur leurs bancs — un peu pâles, il est vrai, mais vêtus de leurs plus beaux atours — quand la messe de Noël commença. Don Servando n'avait pas l'air bien non plus, mais il dit la messe avec la solennité qui correspondait à la fête et les voix des fidèles, accompagnés par l'orgue, résonnèrent dans la petite église avec la même ferveur habituelle.

À l'exception de Sandu et de sa famille, qui étaient allés passer Noël avec la sœur de Ionela, qui vivait à Rubiales, le reste était resté pour se retrouver chez Max après la messe — ce n'est pas pour rien qu'il avait la table de salle à manger la plus grande du village — et il était convenu que chacun apporte ce qu'il pouvait. Le repas, qui incluait un bon rôti de veau, les succulentes *migas* que préparait Amable et toutes sortes de desserts typiques, s'avéra très animé même si la plupart des participants étaient trop détraqués pour faire autre chose que de se mouiller à peine les lèvres dans la piquette de Primitivo.

Hada, qui était assise à côté de Max, mangea la moitié d'un « Soupir d'amant » et se frotta le ventre.

— Ouf, je n'en peux plus. Je me sens comme un boa après avoir avalé un faon. C'est un des plus beaux Noëls dont je me souvienne, ajouta-t-elle aussitôt après avec un sourire chaleureux.

Max, qui avait mangé le gâteau entamé, avala avant de répondre.

— Pour être sincère, je ne me souviens pas de la dernière fois où j'ai célébré Noël. Ces dernières années, ce que j'ai fait le plus durant ces fêtes, c'était de passer quelques jours dans un hôtel en face d'une plage paradisiaque.

— Vraiment ? Moi, j'adore les Noëls blancs. — Hada montra le paysage immaculé que l'on voyait de la fenêtre ; tôt le matin, une bonne neige était tombée, et une fois de plus, Santa Olaria était devenue la parfaite image de Noël. Je ne pense pas que je pourrais les passer loin de ce village.

Cet innocent commentaire rappela à Max tout ce qui était en jeu. Son estomac se serra d'un coup et il regretta d'avoir mangé le reste du gâteau qu'elle avait laissé. Bien, se dit-il, désespéré, c'était maintenant ou jamais. Aussi inspira-t-il profondément et il se lança à l'attaque.

— Je ne t'ai pas dit que j'ai dû avancer mon retour. Je pars le 30.

Hada devint sérieuse tout d'un coup.

— Le 30 ? Mais c'est dans quasiment rien !

Il remarquait que la nouvelle ne lui avait pas trop plu, mais Max, qui ne la quittait pas des yeux en étudiant chacune de ses réactions, se demanda si cela l'affectait réellement autant que lui qui devait s'en aller quasiment deux mois avant ce qui était prévu.

— Alan croit que ma présence est indispensable pour promouvoir le film. Il dit que nous pourrions réussir à avoir une nomination pour la meilleure bande sonore aux Oscar.

— Les Oscar ! — Les yeux bruns affectueux brillèrent, remplis d'admiration. Tu es un génie, Max !

Il fit un geste de fausse modestie qui la fit rire, même si tout de suite après, elle reprit son sérieux.

— Tu vas énormément nous manquer.

Max eut la gorge nouée, mais il essaya de dissimuler son émotion.

— Allons, allons, il reste encore cinq jours avant que je parte, aussi, ne crois pas que tu vas te libérer de moi sans accomplir ta promesse.

Hada fronça les sourcils, perplexe.

— Quelle promesse ?

— Nous avons un dîner en attente à Albarracín.

— Mais Max…

Son interlocuteur leva une main pour la faire taire.

— Et nous restons avec l'idée que tu mettras des « talons et toutes ces choses ».

— Avec quarante centimètres de neige ? Tu veux me tuer d'une pneumonie ou d'une glissade.

— J'ai oublié de te dire que nous n'irons pas à pied.

Hada porta une main à sa poitrine d'un geste de soulagement.

— Ouf, c'est un moindre mal. Et maintenant, sérieusement, Max, par ce temps, ce serait une folie de revenir d'Albarracín de nuit.

Max secoua la tête comme s'il ressentait de la peine pour elle.

— J'ai bien peur que tu ne t'en tires pas avec une excuse aussi pauvre. Les dettes de jeu sont des dettes d'honneur.

— Au diable l'honneur ; je te rappelle que la nuit, la route gèle.

— J'ai réservé deux chambres dans un petit hôtel central. Nous partirons après-demain après-midi. Tu pourras mettre tes « talons hauts et toutes tes choses » dans ta chambre, puis nous irons dîner. Nous passerons la nuit là-bas et reviendrons le lendemain à une heure raisonnable pour que la route soit dégagée.

— C'est facile comme ça. — Hada le regarda, indignée. Pourquoi me consulter ? Et par hasard, tu n'as pas pensé que j'aurais peut-être des choses à faire ?

— Ta grand-mère m'a dit que tu avais pris des vacances jusqu'au Nouvel An. Bien sûr, je lui ai demandé la permission avant de réserver.

— Tu as demandé la permission à ma grand-mère ? Comme si j'étais une toute petite fille ? demanda-t-elle, incrédule.

— Je voulais m'assurer qu'elle approuvait mon projet. Les grands-mères méritent mon plus grand respect.

— Tu es un sacré numéro. — Hada secoua la tête avec désapprobation. Tu serais bien embêté si je disais non.

— Les dettes de jeu…

— Si tu répètes que les dettes de jeu sont des dettes d'honneur, je crie.

Max la regarda avec le même air désapprobateur qu'elle lui avait jeté un peu avant.

— Tu as un sale caractère.

— Tu me connais. Tu as encore le temps d'annuler ton plan. — Hada releva le menton avec un net air de défi.

Mais il fit non de la tête.

— Malheureusement, on ne me remboursera pas ma réservation et tu sais que je n'aime pas gaspiller l'argent, je suis plutôt radin.

Cela la fit rire de nouveau.

— C'est bon. Tu l'auras voulu. Je viendrai dîner avec toi, mais seulement pour conserver mon honneur intact.

Max leva les yeux au ciel, ce qui la fit rire encore plus.

Des applaudissements se firent entendre et Max et Hada, qui s'étaient écartés pendant quelques minutes du reste des convives, regardèrent autour d'eux, surpris. Il sautait aux yeux que les participants n'avaient pas perdu une miette de la conversation, mais autant Marta, Sandalia et Orosia étaient enthousiastes et Dora souriait avec une expression béate, autant Primitivo et Don Servando, au contraire, ne semblaient pas trop contents. Amable et Maria, de leur côté, étaient plus attentifs à la nourriture qu'à tout autre chose.

— C'est comme dans une *pellicule* romantique ! soupira Marta avec émerveillement, elle qui d'habitude était si pragmatique.

— Faudrait savoir comment seront les draps dans ces lieux-là. — Sandalia, éternellement préoccupée par la propreté dans la maison d'autrui, secoua la tête d'un air pessimiste. Et fais-toi belle, mon enfant, mais n'oublie pas de te protéger, que, pour sûr qu'il y a un bris…

— Des chambres séparées, n'est-ce pas ?

Don Servando n'était pas ce qu'on pourrait dire un curé libéral, si tant est que cela existait.

— Eh bien, bien sûr, *pater*, qu'avez-vous donc pensé ? sortit Dora sur-le-champ.

— Les curés, on sait bien… — Orosia fit une moue malveillante et, comme à d'autres occasions, Max pensa qu'elle ressemblait à une méchante sorcière.

— Vaudrait mieux qu'y prenne soin d'la p'tiote ! — Primitivo chercha sa canne du regard qui, pour une fois, était loin de sa portée.

Max leva les mains en signe de paix.

— Du calme, tout le monde. Je promets que, en temps voulu, je vous ramènerai la « p'tiote » saine et sauve.

À présent, ce fut au tour de Hada de lever les yeux au ciel.

— Qu'est-ce qu'il ne faut pas entendre ! — Ce murmure exaspéré lui arracha un sourire.

19

Ils arrivèrent à Albarracín une heure avant le coucher du soleil. Après avoir déposé les bagages dans le petit hôtel pittoresque, ils commencèrent leur parcours, bien abrités sous les arcades du bâtiment de la mairie sur la *Plaza Mayor*. Hada servait de guide et, ensemble, ils parcoururent les rues escarpées qui, contrairement à celles de Santa Olaria, étaient déneigées.

Ils montèrent par la rue de la cathédrale, flanquée d'édifices anciens revêtant la couleur rougeâtre de la pierre de la région, et Max profita de la pente pour saisir la main de Hada et ne la lâcha plus. Ils passèrent devant le *Palacio Épiscopal* et la *Casa de los Monterde* et arrivèrent enfin à la *Catedral del Salvador*. À l'intérieur il ne restait que de rares touristes et Hada l'emmena voir le retable de San Pedro, qui était son préféré. Le musée diocésain était fermé, si bien qu'ils ne purent pas voir les célèbres tapisseries de Bruxelles du XVIe siècle. Ils ressortirent et continuèrent par la rue de Santa María jusqu'à l'Église du même nom, virent la *Torre de Doña Blanca*, revinrent par la rue de San Juan et passèrent près de *l'Alcázar*. À ce moment-là, il faisait presque nuit et l'éclairage était allumé. La vue était magique et il faisait un froid intense. Ils prirent le chemin du retour vers la place de la *Seo* et, en longeant la cathédrale, ils descendirent ensuite par un escalier qui les ramena à la cathédrale et, de là, de nouveau à la *Plaza Mayor* et au petit hôtel qui n'était pas loin.

Les chambres étaient contiguës. Max jeta un coup d'œil à sa montre.

— Nous avons environ deux heures ; cela te donne le temps de prendre un bain chaud, et de te reposer un peu avant d'aller dîner.

— Génial ! — Hada étouffa un bâillement —, je suis fatiguée et j'ai encore pas mal à faire avec un intense travail de tôlerie et de peinture. C'est sûr que je dois me mettre des « talons et toutes ces choses » ? dit-elle en faisant la moue.

Max la regarda sévèrement.

— Sinon, je ne te donnerai pas à dîner.

Hada soupira.

— C'est bon, tu as gagné.

— À neuf heures et demie précises, je frapperai à ta porte et il vaut mieux que tu sois prête, dit-il d'un ton menaçant.

— Oui, Chef ! — Hada porta deux doigts à sa tempe et ferma la porte.

Max hocha la tête en souriant et disparut aussi à l'intérieur de sa propre chambre.

À neuf heures et demie précises, les doigts de Max tambourinèrent sur la porte d'à côté.

— J'arrive ! — Quelques secondes après, Hada ouvrit et resta dans une position très suggestive. C'était comme ça que tu l'imaginais ?

Max ne répondit pas. À vrai dire, il ne savait pas ce qu'il avait imaginé, mais bien sûr, rien de semblable à la femme séduisante et élégante qu'il avait devant lui. Hada portait une robe croisée à manches longues couleur bronze qui mettait en évidence les yeux bruns et l'or de ses cheveux qui, pour une fois, étaient maîtrisés en un chignon sophistiqué. La robe lui arrivait un peu au-dessus des genoux, laissant en évidence des jambes bien galbées aux chevilles fines qui, jusqu'alors, avaient été cachées sous les pantalons de velours côtelé ou les jeans qu'elle portait. Le profond décolleté laissait voir la peau nacrée et le début de seins fermes, ni trop grands, ni trop petits, qui avaient été également bien camouflés sous les grands pulls colorés que lui tricotait sa grand-mère.

— Je vois que je t'ai laissé sans voix, dit-elle, moqueuse.

Max ouvrit la bouche et la referma d'un coup, ce qui la fit rire.

— Et… que me dis-tu de ça ? murmura-t-elle, provocatrice, en même temps qu'elle soulevait un peu l'un de ses pieds, enfermé dans une élégante chaussure dont le talon faisait presque dix centimètres.

Max porta une main à sa poitrine et secoua la tête en signe de dénégation, comme si, effectivement, il était incapable d'articuler un mot, et une fois de plus, le rire contagieux de Hada remplit la pièce.

— Eh bien, objectif atteint. — Les yeux noisette glissèrent de façon appréciable sur la silhouette distinguée de Max qui était vêtu d'un pantalon en flanelle de coupe impeccable et d'une élégante chemise américaine en coton qui s'ajustait parfaitement à ses larges épaules. Tu n'es pas mal non plus. Tu ressembles à un lord anglais.

Max s'inclina devant elle avec classe.

— Merci pour le compliment. À présent, si vous voulez bien m'accompagner, *milady*…

Ce fut au tour de Hada de faire une jolie révérence.

— Bien sûr, *milord.*

Le restaurant n'était pas loin de l'hôtel. Dès qu'ils eurent enfilé leurs manteaux, Hada s'accrocha au bras masculin, pour, soi-disant, ne pas se tordre les chevilles, même si Max avait observé qu'elle marchait sur ses hauts talons avec une aisance qui n'avait rien à envier à celle d'un mannequin en plein défilé. Peu après, ils étaient assis à une table bien située dans un coin discret de la salle. L'éclairage était discret, la décoration de bon goût et le dîner, exquis.

— Un autre ? demanda Max avant de lui remplir son verre de vin pour la seconde fois.

— Un autre.

La bouteille encore en l'air, son interlocuteur essaya de s'assurer d'une chose.

— Tu promets que tu ne vas pas t'endormir ?

— Je le promets. Tu es un homme intéressant, Maximiliano de la Torre.

Max baissa la tête d'un air moqueur.

— J'en rougis.

Hada le regarda avec désapprobation.

— Ne te moque pas, ne crois pas que je dise ça à tout le monde.

— J'en rougis encore un peu plus.

Elle poursuivit, sans tenir compte de sa réflexion.

— L'autre jour, j'ai dû déjeuner avec un collègue et un client, et ils n'ont pas arrêté de parler de football durant tout le repas.

— Eh bien, si c'est à ce niveau, ça ne sert à rien d'en dire trop.

Ils continuèrent à manger sans cesser de discuter et de rire. Max pouvait à peine détacher ses yeux du visage resplendissant de Hada ; il lui coûtait de ne pas allonger sa main et de prendre la sienne qui, à ce moment-là, jouait distraitement avec la petite cuiller à thé qu'elle avait demandée.

Quand ils sortirent du restaurant, il était plus d'une heure et en chemin vers l'hôtel, ils ne croisèrent personne. Malgré le froid intense, ils marchaient sans hâte. Sous prétexte qu'en plus de continuer à marcher avec ces talons vertigineux et qu'ils avaient bu une bouteille de vin à deux, Max succomba enfin à la tentation ; il lui saisit la main et la mit avec la sienne dans la poche de son éternel Barbour. Il ne la lâcha que lorsqu'ils arrivèrent sur le palier en haut de l'escalier. Hada ouvrit la porte de sa chambre, inséra la carte dans la rainure de contact de la lumière et se retourna pour lui dire au revoir.

— Tu es sûre que tu ne veux pas un verre ? — Max ne voulait pas que cette soirée se termine si vite. Le type de la réception a une tête sympa et il va sûrement se dévouer pour nous apporter une bouteille.

— Max, le type de la réception était plongé dans le plus beau de ses rêves quand nous sommes arrivés et il nous a regardés d'un air meurtrier. — Hada mit les points sur les « i » sans cesser de tenir la porte pour qu'elle ne se referme pas.

— Tu as peut-être raison, mais c'est que je n'ai pas envie d'aller dormir si tôt.

— Pour le standard de cette ville, ce n'est pas si tôt.

— Pour le standard d'un demi-new-yorkais, la nuit vient de commencer.

— Eh bien, je pense que d'ici quelques jours, tu y seras de retour.

Les paroles de Hada, dites presque sans y penser, furent comme une douche froide en plein visage ; Max se raidit et toute trace de sourire disparut de sa bouche.

— Ça t'est égal que je m'en aille ? — Il détestait la nuancée blessée qu'il avait détectée dans ses paroles.

Hada se mordit la lèvre inférieure, détourna le regard et dit à voix basse :

— Non, bien sûr que non. Tu vas me manquer beaucoup, mais… — Elle s'arrêta.

— Mais… ? — Max posa un doigt sous son menton et l'obligea à le regarder.

— Mais, je me suis déjà faite à l'idée. Depuis le début, je savais que tu ne resterais pas longtemps à Santa Olaria ; pour être sincère, j'étais presque sûre que tu retournerais avec tes amis et j'ai été surprise que tu ne le fasses pas.

— Pourquoi as-tu pensé que je le ferais ?

— J'ai pensé qu'en les voyant, tu te souviendrais de toutes ces belles choses que tu perdais.

Max secoua la tête négativement sans détacher ses yeux des siens.

— Tu sais ? Pendant tout ce temps, je n'ai même pas pensé à ça.

En voyant son geste incrédule, il s'empressa d'ajouter :

— C'est bon, tu m'as eue ; le wifi m'a manqué. — Hada continuait à le regarder, un sourcil relevé. OK, aller aussi quelquefois aux concerts et dîner de temps à autre dans un restaurant branché, mais…

Cette fois-ci, ce fut lui qui laissa sa phrase en l'air.

— Mais…

— Mais rien de cela n'importait parce que j'étais avec toi, dit-il d'une voix rauque.

Hada le regarda bouche bée ; il sautait aux yeux qu'elle ne s'était pas attendue à une telle confession. Incapable de résister une minute de plus sans la toucher, Max encadra son visage de ses mains et se pencha sur elle jusqu'à ce que leurs yeux se trouvent à moins de vingt centimètres.

— Hada, je suis amoureux de toi. — Max raccourcit encore plus la distance qui les séparait et posa ses lèvres sur la bouche charnue, d'où avait disparu toute trace de rouge à lèvres.

Au début, elle ne lui retourna pas le baiser, comme si elle était encore trop surprise pour réagir, mais moins d'une minute après, elle enlaça ses mains derrière sa nuque et répondit à la caresse avec la même ardeur et Max sut alors que tout ce qu'il avait pensé qu'il sentirait quand il l'embrasserait n'était rien à côté de ce qu'il était en train de ressentir réellement.

Hada était une personne qui s'offrait sans mesure et jusqu'à sa façon d'embrasser, généreuse et passionnée, qui en était une preuve. Après cela, Max cessa de réfléchir. Comme s'il voulait satisfaire en quelques minutes la faim qui le tourmentait depuis des mois, il l'embrassa sur la gorge, entre les seins dont les pointes se dressaient impatiemment à la recherche du bout de ses doigts ; il parcourut de la pointe de sa langue la ligne délicate des clavicules ; il mordilla un point précis, juste en dessous du lobe de l'oreille, et le doux parfum de fleurs sylvestres lui monta à la tête plus vite que s'il avait bu une bouteille entière de champagne ; il parsema de baisers la peau délicate de sa mâchoire, son menton pointu… jusqu'à ce que, soudain, il remarque sur ses lèvres le goût salé caractéristique des larmes.

Troublé, il leva les yeux et vit les grosses larmes qui coulaient lentement le long des joues féminines. Il se rendit compte aussi qu'ils étaient assis sur le grand lit de la chambre de Hada, alors qu'il n'avait pas la moindre idée de comment ils étaient parvenus jusque-là.

— Hada !

Elle secoua la tête, comme si elle était incapable d'émettre le moindre son, pendant que son corps était secoué de violents sanglots. Max lui saisit le visage des deux mains et avec ses pouces essaya de sécher les larmes qui n'arrêtaient pas de jaillir.

— C'est à cause de Miguel ? demanda-t-il d'une voix rauque.

Il remarqua que les pupilles de Hada s'étaient un peu dilatées de surprise, mais tout de suite, elle acquiesça de la tête.

— Je savais qu'il y avait quelque chose dont personne dans le village ne voulait me parler. J'ai interrogé ta grand-mère et elle m'a raconté toute l'histoire.

— Toute… toute, non, dit-elle d'une voix entrecoupée par les hoquets. Parce que, elle-même, elle ne la connaît pas.

— Comment est-ce possible ? Ta grand-mère m'a dit que Miguel a été ton premier amour et qu'il est mort de leucémie très jeune.

— Oui, Miguel, a été mon premier… mon premier et unique amour. C'est vrai aussi que… il est mort de leucémie alors qu'il venait à peine d'avoir dix-huit ans.

— Alors ? demanda-t-il sans comprendre.

— Miguel est… Miguel était mon mari.

De nouveau, Max eut la désagréable sensation de recevoir une douche d'eau glacée en plein visage. Il resta silencieux pendant quelques secondes, ressassant le mot dans sa tête : « mari ». Miguel était son mari. Ils s'étaient mariés. Cela résonnait si… définitivement. Au bout d'un moment, il réagit, défit les lacets de ses chaussures et se déchaussa, puis il s'agenouilla face à elle et lui retira ses chaussures à talons. Il plia un des oreillers pour s'en servir comme dossier et s'installa dans le lit, le dos appuyé contre lui, puis il fit un geste à Hada pour qu'elle l'imite. Hada hésita quelques secondes avant de s'asseoir à côté de lui. Max passa son bras sur ses épaules et l'attira contre lui.

— Raconte-moi tout, s'il te plaît.

Un peu plus calmée, Hada obéit.

— « Miguel était de plus en plus faible, dit-elle à voix basse. Il pouvait déjà à peine sourire, même si ses yeux n'avaient pas cessé de le faire une seule seconde. Nous passions les journées assis comme nous sommes, toi et moi, à présent, main dans la main. Nous parlions un peu, ou plutôt, je parlais ; Miguel, lui, n'avait plus la force. Je lui racontais des choses de Santa Olaria, j'en inventais beaucoup parce que cela faisait des mois que je n'allais plus là-bas et je voyais seulement mon Aba les rares fois où elle pouvait se déplacer à Teruel. La plupart du temps, nous nous contentions de nous regarder en silence et pas une seule fois, malgré la situation difficile, je n'ai cessé de remarquer ce chaud sourire qui faisait briller ses yeux bleus.

Un jour, il m'a serré la main un peu plus fort et m'a dit : « Hada, veux-tu te marier avec moi ? ». Je me suis mise à pleurer et lui ai répondu que, bien sûr, je le voulais. À ce moment-là, Don Servando est entré ; il venait parfois et apparemment, à un moment où j'avais dû m'absenter, ils avaient parlé de ça. C'est alors que j'ai appris qu'il existait une chose appelée mariage *in extremis* ou *in articulo mortis* par lequel la législation permet d'accélérer les démarches. Nous nous sommes mariés l'après-midi même, sa mère et une infirmière ont été les seuls témoins.

Après la cérémonie, Miguel a semblé récupérer des forces, nous avons ri et parlé presque normalement du bon vieux temps et j'ai commencé à penser au miracle. Même si je savais que l'infirmière ne l'approuvait pas, cette nuit-là, nous avons dormi dans son lit, enlacés. Ce fut cette même infirmière qui m'a réveillée le lendemain et m'a dit : « Hada, Miguel est mort ». — La voix de Hada se brisa une fois de plus et il essuya ses larmes sur le dos de sa main. »

Profondément ému, Max la serra fort contre lui.

— J'imagine que le mariage n'a pas été consommé, dit-il au bout d'un bon moment. A-t-il été validé malgré cela ?

— Complètement validé, bien que, techniquement, je continue à être vierge.

— Techniquement ?

— Miguel et moi, nous avons grandi parmi les animaux. Nous savions très bien ce qu'il advenait quand un mâle copulait avec une femelle de son espèce ; en revanche, nous avions très peu d'informations sur les méthodes contraceptives. Si bien que, même si nous pouvions passer des heures à nous embrasser et nous caresser — Hada sourit avec nostalgie —, nous n'avons jamais franchi le pas final. Tu vois, à mon âge, je suis vierge, mais pas trop innocente.

Max hésita à lui poser la question qui lui tournait dans la tête depuis que la grand-mère de Hada lui avait raconté la tragique histoire, mais il comprit qu'il ne trouverait pas un meilleur moment.

— Tu crois qu'un jour, tu retomberas amoureuse ?

— Max, je… — Elle s'arrêta, hésitante, comme s'il lui coûtait de trouver les mots. Je te… t'apprécie beaucoup.

Il serra les mâchoires ; bien sûr, ce n'était pas ce qu'il aurait aimé entendre. Cependant, il ne l'interrompit pas ; c'était l'heure de la vérité, même si elle pouvait s'avérer douloureuse.

— Tu es un homme très attachant, nous nous entendons très bien et je sais que quand tu t'en iras, nos promenades et nos conversations me manqueront terriblement. Je reconnais que tu m'as surprise quand tu as dit que tu étais amoureux de moi, mais presque immédiatement, je me suis rendu compte que, en réalité, tu es perdu. La solitude et le fait que je sois presque la seule femme proche de ton âge avec qui tu as eu affaire ces derniers mois en sont la cause.

Max ouvrit la bouche pour protester, mais elle lui mit les doigts sur ses lèvres avec douceur.

— Laisse-moi terminer. Durant les quelques secondes qui ont passé depuis ta déclaration jusqu'à ce que tu m'embrasses, mille idées me sont passées par la tête. La plus folle a été de penser qu'il serait parfait de me laisser aller ; tu t'en vas dans quelques jours et moi, au moins, il me resterait cela. La tentation a été immense, crois-moi. D'ailleurs, t'ai-je dit que tu embrasses merveilleusement bien ? — Max essaya de sourire, mais il n'y réussit pas, et Hada redevint sérieuse. Mais soudain, j'ai compris que pour moi, ce n'était pas suffisant ; qu'après ce que j'ai vécu au côté de Miguel, jamais je ne me contenterais de moins que ça ; que si, un jour, je voulais être de nouveau avec un autre homme, il aurait tout de moi et j'exigerais tout de lui. Tu comprends ?

Pour la première fois, Max ressentit un souffle d'espoir.

— Hada, je peux être cet homme, dit-il d'une voix rauque.

— Oh, Max. Bien sûr que tu pourrais l'être ; tu es un homme fantastique, mais ta place est à New York et moi, je ne vais pas bouger de Santa Olaria. Ça ne fonctionnerait pas.

— Nous pouvons arranger ça.

— Max, n'insiste pas, c'est impossible, dit-elle à voix basse.

Ils restèrent silencieux et le temps passa. Max remarqua que le corps de Hada se détendait peu à peu dans ses bras. Il tourna la tête et embrassa une poignée de bouclettes rebelles qui s'étaient échappées de son chignon.

— Rien n'est impossible si on est décidé, murmura-t-il, mais elle ne répondit pas, parce qu'elle s'était endormie.

20

Le village tout entier était là pour lui dire au revoir malgré la matinée gelée. Max mit le dernier carton de partitions et ferma le coffre du Range Rover.

— Vous oubliez ça. — Primitivo montra de sa canne une boîte en carton qui se trouvait près du 4x4.

— Non, je n'oublie rien. — Max se pencha, sortit un objet du carton et s'approcha de sa femme de ménage qui, de temps en temps, portait discrètement la pointe de son tablier vers ses yeux. Marta, repassez de temps en temps pour faire un tour dans la maison, s'il vous plaît. Mon secrétaire se chargera de vous faire parvenir un chèque tous les mois. Je veux que vous sachiez que je n'ai jamais été aussi bien soigné. J'ai pensé que vous aimeriez avoir ce souvenir de ma grand-mère.

Max posa dans ses mains un reliquaire en or en forme de cœur. Il savait que son employée l'admirait.

— *Siñor* Max, vous n'êtes pas obligé de…

Max l'interrompit.

— Pour vous. Pour que vous vous souveniez de moi quand vous le regarderez.

Les lèvres de sa formidable employée tremblèrent visiblement.

— Je n'ai besoin de rien pour me rappeler, mais merci beaucoup.

Max se pencha de nouveau sur le carton, sortit autre chose et s'approcha de sa sœur Maria.

— Mille mercis pour vos efforts, Maria. Je n'avais jamais dormi dans un lit aussi bien fait. — Il lui tendit un vase particulièrement horrible, mais qu'il l'avait souvent vue nettoyer avec dévotion.

Maria serra le vase contre sa poitrine et se mit à pleurer, incapable de dire quoi que ce soit, ni même de pouvoir le regarder dans les yeux.

Max fouilla de nouveau dans le carton, sortit une casquette de chasse anglaise en tweed, ressemblant à celle de Sherlock Holmes, et s'approcha de Primitivo.

— Elle a dû appartenir à mon grand-père et, en la voyant, j'ai pensé à vous.

Primitivo se contenta de grogner, mais cela se voyait qu'il était ému et, immédiatement, il retira son vieux béret pour la mettre.

Max se pencha une fois de plus et, avec une main derrière le dos, s'approcha d'Orosia qui, le visage ridé tourné vers un rayon de soleil tiède, était assise sur le banc de l'entrée.

— C'est pour vous, Orosia. — Max posa sur ses genoux un châle rouge frappant, décoré de dragons dorés, dont il n'avait aucune idée de comment il avait atterri sur la commode de sa grand-mère ; en revanche, dès qu'il l'avait vu, il s'était souvenu de la vétérante du village.

— Oh ! Comme il est beau ! — La vieille femme caressa la soie délicate de ses doigts déformés et tout d'un coup se tourna vers Hada, qui les regardait tous les deux avec un sourire. Ma petite, quand je mourrai, rappelle donc à celles-là qu'elles m'enveloppent avec, sinon, elles sont capables de le garder.

Sandalia leva les yeux au ciel, mais, pour une fois, ne rentra pas dans son jeu. Max remit à cette dernière une belle nappe en dentelle qui la laissa bouche bée et à son mari un vieux poste radio à galène qu'il avait trouvé dans le grenier.

— Pour que vous le bricoliez, Amable. Peut-être que cela améliorera les communications à Santa Olaria grâce à vous.

Émerveillé, Amable caressa du bout des doigts le bois de chêne brillant, comme s'il ne pouvait croire à sa bonne chance.

Il donna à Costel une boîte à outils bien garnie qui lui arracha une exclamation d'admiration et à Ionela une machine à coudre quelque peu dépassée, mais fonctionnant à la perfection et qu'il avait également trouvée dans le grenier.

— Comment saviez-vous que j'en voulais une ? dit-elle le souffle coupé.

Max lança un clin d'œil à son employée.

— J'ai les meilleures sources d'information. Un moment… — Cette fois-ci, il ne sortit rien du carton, mais ouvrit la porte arrière du 4x4. Viens, Sandu.

L'enfant s'approcha, les yeux vifs brillant de curiosité.

— Un cerf-volant ! — Impatient, il tendit le bras pour le saisir.

Le cerf-volant, du milieu du XXe siècle, était presque aussi grand que lui. Max était sûr que sa grand-mère l'avait conservé toutes ces années pour le lui donner un jour et il pensa qu'elle aimerait le voir entre les mains d'un enfant, même si ce n'était pas lui.

Arriva le tour de la grand-mère de Hada.

— Bien, Dora, votre cadeau vous attend à la maison, il était trop grand pour l'apporter ici.

— Trop grand ? — La grand-mère de Hada pouvait à peine retenir son excitation.

— Un petit oiseau m'a dit, fit Max en souriant, que vous aviez toujours voulu avoir un métier à tisser, si bien que lorsque j'en ai trouvé un dans ce grenier, qui est comme la caverne d'Ali Baba, j'ai fait venir du village d'Atlanzón l'un des rares artisans qui se consacrent à réparer ce genre de choses.

Dora joignit les paumes de ses mains.

— Le plombier !

— En effet, le plombier.

— Il m'a regardé bizarrement quand je lui ai demandé de venir me réparer le siphon du frigidaire. À raison, dit Primitivo en faisant claquer sa langue.

— Marta, j'ai laissé quelques bouteilles de vin dans la cuisine pour qu'on les donne à Don Servando dimanche prochain. Et à toi — Max se mit à genoux pour caresser Wolf —, je te laisse prendre ton tapis préféré pour l'emporter chez Dora. Sois sage, d'accord ?

Le chien lui lécha une main avec adoration. Max se redressa et se tourna vers Hada.

— Il ne reste plus que toi…

Hada lui retourna son regard avec un léger sourire tremblant.

— Qu'est-ce que vous allez lui donner, Monsieur Max ? Le carton est vide. — La voix aiguë de Sandu résonnait sur un ton intrigué.

— J'ai déjà fait à Hada un cadeau beaucoup plus précieux que n'importe quelle chose matérielle, j'espère seulement que le jour arrivera où elle saura l'apprécier.

Sandu fronça les sourcils et regarda Primitivo avec l'air de ne rien comprendre.

Max serra les mains de Hada entre les siennes et la regarda fixement.

— Je t'écrirai. Tu m'écriras ?

— Bien sûr.

— Bien. — Max se pencha vers elle et lui donna un léger baiser sur les lèvres. Bien, répéta-t-il, et il la lâcha lentement.

Sandalia lança un coup de coude à Marta, pas du tout discret.

— Adieu à tous.

Max fit un geste d'au revoir de la main ; puis il monta dans son 4x4 et quelques minutes plus tard, le Range Rover avait disparu en bas de la colline.

Hada, avec Wolf collé à ses basques, s'en fut voir Blanquita qui, d'après sa grand-mère, n'avait pas cessé de s'agiter en bêlant. Elle avait mis bas à la mi-janvier et une chevrette gloutonne, qui tétait frénétiquement les mamelles gonflées, protesta vivement quand elle l'écarta un peu pour l'examiner.

— C'est sûr que ta fille te ressemble. Une autre chèvre gloutonne et de mauvais caractère. Finalement, demain vous retournerez toutes les deux avec vos compagnes.

Hada sortit et s'assura de fermer le verrou avant de retourner lentement à la maison. Elle soupira en pensant qu'elle avait promis à Maria d'aller jeter un coup d'œil à Benita.

Dernièrement, elle était un peu molle, elle n'avait pas envie de faire quoi que ce soit et se sentait tout le temps fatiguée.

« Le printemps approche », se dit-elle, même si elle savait très bien que la légère dépression qui la travaillait venait d'avant ; concrètement, depuis le moment exact où elle avait vu disparaître le Range Rover vert au détour du chemin.

Depuis lors, elle n'avait pas eu de nouvelles de Max. Chose qui, d'un autre côté, n'était pas étrange, s'agissant de Santa Olaria.

« Mais il aurait pu m'envoyer un message sur mon portable, non ? » pensa-t-elle comme elle l'avait fait une centaine de fois. « C'est vrai qu'il a parlé d'écrire. Écrire. Qui écrit des lettres de nos jours ? De toute façon, plus d'un mois est passé, bien plus de temps qu'il n'en faut pour qu'arrive une foutue lettre ».

Elle ouvrit la porte et, à ce moment-là, comme si son Aba était raccordée à ses pensées, cette dernière sortit pour l'accueillir en agitant une enveloppe blanche dans la main.

— Une lettre est arrivée pour toi ! De New York !

Toute trace de déception s'évanouit à l'instant.

— Une lettre !

Elle tendit la main, impatiente, et dès qu'elle l'eut attrapée, elle monta les marches quatre à quatre pour s'enfermer dans sa chambre et la lire. Elle venait de tomber sur le lit et d'arracher l'enveloppe quand elle entendit le bruit reconnaissable des griffes de Wolf grattant la porte. Avec un soupir d'impatience, elle se leva pour ouvrir et qu'il entre et se laissa retomber sur le matelas.

— Maintenant, sois sage. — Elle menaça d'un doigt l'énorme chien qui, comme d'habitude, s'était roulé en boule au pied du lit.

Manhattan, 2 février 202…

Chère Hada,

Pardonne-moi d'avoir tant tardé à t'écrire, mais depuis que je suis arrivé à New York, ma vie est une véritable folie. J'aurais pu t'envoyer un email ou un message sur ton portable, mais je t'ai promis que je t'écrirais et je voulais trouver le moment adéquat pour le faire. Tu vois, j'ai cette idée romantique — je peux presque voir l'éclat moqueur dans tes yeux noisette, mais je m'en fiche — que les lettres signifient beaucoup plus. Seulement parce qu'elles sont écrites à la main, parce que cela prend du temps, parce qu'il faut s'arrêter et réfléchir… et parce que, ensuite, il y a cette attente impatiente jusqu'à ce que la réponse arrive.

Tous ces jours, je n'ai pas cessé de rencontrer des producteurs, des cadres supérieurs, des acteurs et actrices célèbres (bien sûr, dis à Marta que j'ai toujours dans ma poche un carnet sur lequel plusieurs de ses stars favorites ont déjà apposé leur autographe) ; apparemment, en effet, la bande sonore a des possibilités de passer à la sélection finale. Nous le saurons d'ici moins d'une semaine. Mais malgré tout ce bruit, cette activité frénétique, les souvenirs de Santa Olaria m'assaillent dans les moments les plus insoupçonnés.

Vous me manquez ; les grognements de Primitivo, les repas de Marta, la présence timide de Maria, les biscuits de ta grand-mère, les histoires osées d'Orosia, les excès de colère de Sandalia, l'amabilité d'Amable, les farces de Sandu, mon fidèle Wolf… voire les sermons dominicaux de Don Servando me manquent.

Cependant, j'avoue que c'est surtout toi qui me manques ; nos promenades, nos conversations, ton rire, tes brillantes boucles blondes qui semblent avoir leur vie propre, autour desquelles j'ai eu l'occasion une fois d'y enrouler les doigts… mais je ne veux pas devenir sentimental. Je t'ai dit quand nous sommes revenus d'Albarracín que je n'essaierais pas de te mettre la pression, que je te donnerais tout ton temps et c'est ce que je vais faire. Si bien que, dans mes prochaines lettres, je me contenterai de te parler de moi jour après jour. J'espère ne pas devenir ennuyeux, je n'aimerais pas penser que mes lettres te produisent le même effet qu'un verre de vin.

Pour finir, le portable a sonné plusieurs fois, si bien que le moment arrive de te dire au revoir. J'espère que tu seras fidèle à ta promesse et que tu me répondras dès que possible.

Je t'aime.

Max.

PS : Dis à Primitivo que l'autre jour, j'ai fait connaissance d'une sympathique octogénaire et je lui ai parlé de lui. Elle ne connaît pas un seul mot d'espagnol, mais elle est très intéressée pour faire sa connaissance et elle a insisté pour que je t'envoie cette photo et cette note que tu lui traduiras, j'espère. Qui sait ; comme je l'ai appris par moi-même, l'amour peut surgir au moment ou à l'endroit le plus inattendu.

Hada caressa les élégants tracés à l'encre bleue avec son pouce pendant que ses lèvres esquissaient un sourire tremblant. Max. Elle secoua la tête. Bien sûr, qui allait lui dire quand elle l'avait rencontré, avec ce regard si sévère et distant, qu'il allait finalement s'avérer être un romantique acharné. Elle lut une nouvelle fois la lettre, cette fois-ci en la savourant lentement et s'arrêta sur le passage où il lui disait qu'il lui donnerait le temps pour réfléchir.

La vérité était qu'elle n'avait pas besoin de plus de temps.

Quand elle s'était réveillée dans les bras de Max à l'hôtel d'Albarracín, encore complètement habillés tous les deux des vêtements froissés de la veille, elle avait compris qu'elle était amoureuse ; elle ne savait pas quand, ni comment, ni pourquoi elle l'était devenue, mais elle n'avait plus aucun doute sur la nature véritable de ses sentiments. Contrairement à ce qu'elle avait ressenti lorsqu'ils s'étaient embrassés avec une passion furieuse, toute trace de remords ou de regret avait disparu.

Lorsqu'elle avait contemplé le visage séduisant de l'homme qui dormait à côté d'elle, sur lequel un semblant de barbe généralement parfaitement rasée commençait à apparaître, elle avait compris quelque chose qui lui avait échappé jusqu'alors : l'amour n'a aucune limite ni mesure, il ne se dissout pas. Plus tu en donnes, plus il se multiplie. Elle avait aimé Miguel de toute son âme, mais cela ne voulait pas dire qu'elle n'était pas capable de redevenir amoureuse. La preuve en était qu'elle se sentait parfaitement capable d'aimer Max avec la même passion. Cependant, elle ne pouvait pas se leurrer, elle savait aussi que son amour n'était pas suffisant.

La vie de Max n'avait rien à voir avec la sienne, les producteurs millionnaires, les cadres puissants, les acteurs et actrices célèbres… rien de cela n'avait sa place à Santa Olaria. On aurait beau dire, Max ne serait pas heureux là ; ce n'était pas la même chose d'y passer quelques mois sabbatiques que de vivre dans un village perdu le reste de sa vie. Elle était habituée et cela l'enchantait ; par ailleurs, elle savait qu'elle n'abandonnerait jamais sa grand-mère, ni le reste de Sanolariens, mais Max, tôt ou tard, le regretterait et à ce stade de sa vie, Hada se connaissait suffisamment pour savoir qu'elle ne pourrait pas supporter son abandon quand cela arriverait, et qui arriverait à coup sûr

Elle allait lui répondre, bien sûr. Elle le lui avait promis. Mais elle devait garder à l'esprit à tout moment qu'entre elle et Max, c'était impossible et qu'elle ne devait pas se faire d'illusions.

Santa Olaria, 22 février 202…

Cher Max,

J'ai été très heureuse d'avoir de tes nouvelles. Malgré l'endroit isolé où nous sommes, les nouvelles de ton triomphe sont parvenues jusqu'ici. Don Servando est arrivé l'autre jour avec le Periodico de Aragon. Il y avait un article en

double page parlant de l'Oscar de la meilleure bande-son qu'avait gagnée un célèbre compositeur, enfant de la région aragonaise, domicilié à Manhattan. À vrai dire, il y a eu des bagarres à mort à Santa Olaria pour voir qui gardait ta photo. Primitivo et moi avons fait un pari et, bien sûr, j'ai gagné : Orosia 1 — Sandalia 0, sans compter une bonne mèche de cheveux. Mon Aba ne s'est pas encore remise de l'émotion que tu aies posé pour l'interview avec le pull qu'elle t'a tricoté et de voir pour la première fois dans sa vie son nom dans un journal. Sais-tu que, depuis, un fabricant de Chicago est entré en contact avec elle, intéressé par ses dessins ? La communication s'avère compliquée et nous ne savons pas si, finalement, il ressortira quelque chose de ça, mais tu ne pourras pas nier que tout cela s'avère très excitant.

Par ici, les gens célèbres sont rares et ma vie sociale est limitée à un tas de porcs malades et de vaches enceintes, aussi j'espère ne pas t'ennuyer avec mes histoires si peu glamour. Ton amie Blanquita a enfin accouché et est de nouveau dans le pré avec ses compagnes ; ah oui, comme certaines osent s'approcher de sa magnifique chevrette, elles se prennent une bonne morsure en cadeau. Wolf était inconsolable au début, mais Marta nous a donné une pantoufle que tu avais oubliée — d'ailleurs, je n'avais jamais vu une telle œuvre d'art en tant que pantoufle —, et quand il est à la maison, il ne la quitte pas. Je crains de l'avoir un peu mal éduqué ; les premiers jours après ton départ, il me faisait tant de peine que je l'ai laissé dormir au pied de mon lit et maintenant, quand j'ai voulu redevenir sévère, cela n'a absolument pas fonctionné.

En changeant de sujet, je veux que tu saches que je t'ai toujours considéré comme un bon ami et que lorsque tu seras fatigué de m'écrire, je le comprendrai parfaitement ; la vie quotidienne finit par nous absorber tous tôt ou tard.

Maria vient d'arriver en pleurant à moitié parce que sa truie, Benita, est malade. Je parie ce que tu voudras que c'est une nouvelle indigestion ; malgré mes savants conseils, elle la gave de façon scandaleuse, si bien que je termine cette lettre avant qu'elle ait une attaque.

Profite bien de ton triomphe et sois heureux.

Tendrement.

Hada

PS : Bien sûr, ton amie a beaucoup plu à Primitivo. Ces derniers jours, il se promène tellement à Santa Olaria que cela donne l'impression qu'il a grandi de quelques centimètres. Il m'a demandé un dictionnaire d'anglais pour pouvoir répondre à la lettre de ton amie. Heureusement, j'en avais un à la maison et, pour être sincère, je donnerais trois années de ma vie pour lire le résultat final de ses efforts.

Manhattan, 11 mars 202…

Chère Hada,

Je vois que tu n'as pas tardé à répondre, mais à partir de maintenant, j'espère que tu te mettras à la tâche plus tôt si tu ne veux pas que je me fâche. Je me réjouis de savoir que les choses suivent leur cours normal à Santa Olaria. Par ici, le rythme continue à être frénétique. Depuis que j'ai gagné l'Oscar, j'ai perdu le compte des voyages et des interviews auxquels j'ai eu droit ; à vrai dire, je suis plutôt fatigué et ce qui me tente le plus, c'est de me poser devant mon piano et de composer. Depuis quelques semaines, j'ai un air qui me trotte nuit et jour, comme s'il y avait dans ma tête une réunion de fées agitées dansant sans cesse et me rendant la vie impossible avec leurs farces. Si bien que, si mes insomnies ont des effets secondaires, tu imagineras bien qui je vais rendre coupable de cela.

Allongé sur les lits des luxueux hôtels où je loge, je ne peux m'empêcher de penser à celui que nous avons partagé, toi et moi, dans ce petit hôtel d'Albarracín, bien plus humble. Si quelqu'un m'avait dit que je passerais une nuit aussi innocente avec la femme que j'aime dans mes bras, jamais je ne l'aurais cru. Je peux encore sentir le parfum de tes boucles dans lesquelles, je dois l'avouer, j'ai enfoui mon nez plusieurs fois pendant que tu dormais. Je t'imagine à mon côté nuit après nuit, mais lorsque je me réveille, il n'y a pas trace de ta présence et il me prend des envies de hurler. Dans le parc qui se trouve en face de chez moi, les cerisiers sont déjà en fleur et je rêve du printemps à Santa Olaria. À chaque heure du jour, la même image me revient : toi et moi faisant de longues promenades, main dans la main, au milieu de ces incroyables paysages que j'ai dans le sang, avec Wolf pour toute compagnie… mais, comme promis, je ne vais pas devenir sentimental.

J'espère que d'ici un mois ou deux, tout sera revenu à la normale. Une fois de plus, le téléphone me réclame, si bien que je me vois obligé de te dire au revoir. Ne tarde pas à me répondre ! C'est un ordre.

Je t'aime.

Max.

PS : J'ai revu Minnie, la petite amie épistolaire de Primitivo, dans un concert et elle m'a dit qu'elle avait reçu de ses nouvelles. Elle avait un éclat très spécial dans les yeux et j'ai bien remarqué qu'elle était assez troublée. Si tu fais une copie de cette lettre, j'espère que tu me la feras partager. Je t'aime. Je te l'avais dit ?

Santa Olaria, 27 mars 202…

Cher Max

Même si tu sais bien que je n'aime pas qu'on me donne des ordres, me voici à répondre à ta lettre que j'ai reçue hier. Tu ne te plaindras pas, hein ?

Ici, le printemps ne fait que de timides apparitions ; en fait, il a encore neigé la semaine dernière, mais les amandiers sont déjà prêts à tout donner et je t'assure que c'est une de ces visions qui élèvent l'âme. Et en parlant d'âmes qui s'élèvent, je dois te dire que Primitivo est amoureux, il n'y a pas de doute. Je l'ai interrogé sur sa correspondance avec

Minnie et il est devenu rouge comme une tomate, le croiras-tu ? Bien sûr, je n'ai pas pu résister et j'ai insisté sur le sujet jusqu'à le mettre en rage.

Maintenant, sérieusement, je vais te confesser une chose : nos conversations et nos rires partagés me manquent beaucoup. Personne ne croirait qu'un type aussi sérieux que toi pouvait être aussi amusant, mais on le sait, les gens nous surprennent toujours. En plus, je dois avouer que moi aussi, je me suis retrouvée un peu émue en lisant ta lettre, j'ai même eu le cœur qui s'est accéléré un peu (un tout petit peu seulement). Je ne peux pas non plus oublier cette nuit à Albarracín ni les bons moments que nous avons partagés durant ces mois que tu as passés à Santa Olaria même si je continue à penser que tu as été très injuste lors de l'« incident Blanquita », mais, comme tu le dis si bien, je ne veux pas devenir sentimentale. Il serait absurde de se faire des illusions ; tous les deux, nous savons bien qu'une relation à distance ne fonctionnerait jamais, tout du moins, cela ne fonctionnerait pas avec moi. J'ai besoin d'avoir à mes côtés les personnes que j'aime, les toucher, les embrasser, les caresser… Les lettres, c'est bien, mais ce n'est que ça : des lettres, et elles ne te donnent pas de la chaleur quand tu en as besoin à moins de les jeter dans la cheminée, ce qui serait dommage.

Wolf me regarde très sérieusement pendant que j'écris. Il s'est couché en rond à mes pieds et entre ses pattes, bien sûr, il y a ton chausson. Je crois qu'il veut que je te transmette son bon souvenir et que je te dise que tu lui manques. Les filles aussi t'envoient leur bon souvenir ; Marta va presque tous les jours chez toi pour donner un coup, elle veut que tout soit parfait au cas où tu vien-

drais à te présenter par surprise. Je lui ai pourtant dit que tu es trop occupé pour voyager en Espagne, mais elle ne perd pas espoir. Amable s'ennuie aussi de toi pour pouvoir parler de moteurs avec un homme. Je fais ce que je peux, mais lamentablement, ma Rossinante ne peut se comparer à ton Range Rover.

Bon, je dois aller travailler. J'espère que tu vas bien, tendrement

Hada

PS : Finalement, malgré mes bonnes dispositions, je n'ai pu t'envoyer ma lettre que maintenant. Ce jour-là, quand je suis revenue du travail, j'ai trouvé tout le village en émoi ; apparemment, Amable ressentait une forte douleur dans la poitrine et il avait du mal à respirer. Dès que j'ai vu son visage, je lui ai donné un cachet d'aspirine, je les ai mis, Sandalia et lui, dans Rossinante et nous sommes partis pour Teruel. Heureusement, ils l'ont pris à temps. Il est resté quelques jours à l'hôpital de San José, et à présent, grâce à La Pilarica, qui nous a mis sous sa protection une fois de plus, il est déjà à la maison. Et voilà, à partir de maintenant, pour lui, le gaspacho du berger et les saucisses, c'est fini.

Manhattan, 20 avril 202…

Chère Hada

Je suis vraiment désolé pour Amable. J'espère qu'il va bien, souhaite-lui beaucoup de courage de ma part et dis-lui que nous parlerons d'affaires d'hommes quand je reviendrai à Santa Olaria.

De mon côté, les choses se calment, si bien que, même si au milieu du mois prochain je dois témoigner au procès pour le plagiat d'un célèbre chanteur, j'ai recommencé à composer. Quand j'ai un moment, je pars faire une longue promenade au Central Park et, bien que cela n'ait rien à voir avec le paysage sanolarien, je ne peux m'empêcher de penser à toi. Tu me manques terriblement et, même si je serais ravi de savoir que c'est réciproque, je sais que, comme tu le dis, je ne dois pas me faire d'illusions, tout en m'en faisant malgré tout. Et c'est ce que je vais faire, je suis un type optimiste. Je t'imagine comme lorsque je t'ai vue pour la première fois, quand je t'ai sauvée du pommier, avec cette horrible salopette de cow-boy, le visage barbouillé, les bouclettes en bataille et les pieds déchaussés… je me souviens que j'étais incapable de décider si tu me plaisais ou non. Bien sûr, cela a changé ensuite, mais n'aie pas peur, je n'ai pas l'intention de me montrer sentimental.

Tu ne m'as pas raconté ce qu'il en est de Blanquita et de sa chevrette. Malgré ma relation d'amour-haine que j'entretiens avec cette chèvre, cela me plairait de savoir comment elle va. Dis à Wolf qu'il me manque à moi aussi et que je promets que je ne lui en veux pas pour mon chausson, même si ce sont mes préférés.

Bon, Colin, mon secrétaire, me réclame, cela ressemble à une conspiration.

Je t'aime.

Max

PS : Je ne trouve pas bien que tu te moques de Primitivo, ce n'est pas notre faute à nous, les hommes amoureux, de l'être, aussi, ne sois pas cruelle. Quand je reviendrai te voir, rappelle-moi que je devrai te tirer les oreilles. T'ai-je déjà dit combien tu me manques ?

Santa Olaria, 5 mai 202…

Cher Max

Très prudemment, j'ai décidé de ne faire aucun commentaire sur ces « affaires d'hommes » que tu mentionnes ; parfois, même moi, je m'admire sur le fait de ma propre maturité.

J'ai fait un câlin de ta part à Amable. Il va beaucoup mieux et, malgré le régime draconien auquel sa femme le soumet, il le supporte assez bien ou, tout au moins, c'était ce que je croyais jusqu'à ce que, l'autre jour, lorsque je suis allée le voir après le travail, à un moment où Sandalia nous a laissés seuls, il m'ait avoué qu'il était terriblement préoccupé ; apparemment, depuis sa « panne de moteur », comme il l'appelle, Sandalia ne le gronde plus ni ne crie, bien au contraire, elle se montre extrêmement affectueuse. Il disait cela très sérieusement et j'ai eu du mal à ne pas lui rire au nez. Bien sûr, j'ai essayé de l'encourager et je lui ai dit (moi aussi très sérieusement, cela va de soi) que tout reviendrait bientôt à la normale. Je reconnais que, plus tard, j'ai beaucoup ri avec Primitivo, mais je me suis quand même sentie mal.

Pour le reste, le printemps est enfin arrivé et notre promenade favorite au bord de la rivière est couverte de milliers de ces jolies fleurs mauves et jaunes, de celles dont je ne me rappelle jamais le nom, qu'Orosia utilise pour ses potions. J'aimerais t'envoyer dans une lettre un peu de l'incroyable parfum qu'elles dégagent, mais malheureusement, ce n'est pas possible. Mon Aba a passé plusieurs jours à être dérangée par l'allergie, mais elle va mieux depuis.

Pour le reste, la vie à Santa Olaria suit son cours ; ah oui, je me suis déjà baignée dans l'étang secret bien que l'eau continue à être gelée et, pour ton information, je suis encore capable de me lancer depuis la saillie et de faire un salto.

Je crains de devoir te quitter, ça fait un moment que Wolf est assis devant la porte avec l'un de ses regards suppliants qui te fendent le cœur, signe sans équivoque que c'est l'heure de la promenade.

J'espère que tu composes une nouvelle œuvre d'art ; tout le monde sait que les fées, malicieuses ou non, sont une grande source d'inspiration.

Tendrement,

Hada

PS : Un moindre mal que je n'aie pas encore fermé l'enveloppe parce qu'il manque le meilleur ! Cet après-midi, nous étions plusieurs voisins à bavarder auprès de la fontaine du petit cochon, quand Sandalia est arrivée et a attrapé son mari en flagrant délit, portant une cruche remplie d'eau. Les cris ont été entendus jusqu'à Albarracín et il a termi-

né sa marche avec un « r'tourne cheux nous, s'pèce de baja » (qui, pour élargir ton vocabulaire de « palabres » de la terre, « baja » signifie « idiot » ou « simplet ») et un coup de coude dans les côtes qui a fait mal jusqu'à moi. Mais, le meilleur de tout n'a pas été le spectacle, ni les rires des autres, non. Le meilleur a été le visage de bonheur d'Amable pendant que sa femme le poussait sans ménagement en direction de sa maison.

21

Hada ferma la porte de la fourgonnette un peu plus violemment que prévu. Elle était de mauvaise humeur, mais ne comprenait pas pourquoi ; la laparotomie qu'elle avait effectuée ce matin-là à une vache souffrant de troubles intestinaux n'aurait pas pu être mieux réussie.

Elle entra dans la maison et laissa tomber sa sacoche sur le sol sans trop de considération pour les ustensiles qu'elle contenait. Wolf sortit pour l'accueillir avec le même enthousiasme de toujours.

— Écarte-toi, Wolf, aujourd'hui je n'ai pas envie de jouer. — Elle laissa la porte ouverte pour laisser entrer l'odorante brise printanière. Aba !

Mais sa grand-mère n'était pas là. C'était un après-midi incroyable, si bien qu'elle était certainement allée un moment à la fontaine pour bavarder avec ses voisines. Hada s'assit dans son fauteuil et ferma les yeux devant la cheminée éteinte. Aujourd'hui, elle n'avait pas envie de se retrouver avec Aba. Et il valait presque mieux que sa grand-mère ne soit pas là, se dit-elle. Ces derniers temps, au lieu de marcher dans la maison, cette dernière semblait léviter. Elle ne supportait pas de voir cette expression irritante de bonheur à toute heure quand elle, en revanche, se sentait si malheureuse, et la mesquinerie de ses sentiments la faisait se sentir encore pire.

— Trois semaines sans nouvelles, Wolf. C'est un moindre mal que je ne me sois pas fait des illusions. — Le chien, qui était revenu se coucher sur le tapis, dressa les oreilles. J'ai bien remarqué que sa dernière lettre était beaucoup plus courte, un signe évident qu'il se désintéresse de moi. Et ce n'est pas que cela m'importe, s'empressa-t-elle d'ajouter, je savais depuis le début que ça se passerait tôt ou tard.

Elle resta silencieuse, absorbée dans la contemplation des pierres couvertes de suie du foyer.

— Mais je reconnais, continua-t-elle au bout de quelques minutes, que je me faisais des illusions sur ses lettres.

À ce moment-là, les oreilles de Wolf se dressèrent encore plus. Il aboya, se leva et sortit dans la rue devant la maison.

L'étrange réaction du chien l'arracha d'un coup de ses sombres pensées.

— Wolf ? Qu'est-ce qui se passe ? — Les aboiements se poursuivaient et, préoccupée, elle se leva et alla voir ce qu'il arrivait. Sur le seuil de porte, elle s'arrêta, interdite.

Max, avec son habituelle élégance et un grand sourire qui accentuait davantage son inégalable séduction, était là, en train de jouer avec Wolf, qui n'arrêtait pas d'aboyer et de sauter autour de lui avec un enthousiasme frénétique.

Hada se mit à regarder cette apparition inattendue, bouche bée.

Max ! Ce n'était pas possible ! Elle secoua la tête en signe de dénégation. Max à Santa Olaria ! Commençait-elle à avoir des visions ? Elle cligna des yeux plusieurs fois.

— Du calme, Wolf, assis. — Le chien se tut immédiatement et s'assit sur son arrière-train sans cesser de fouetter le sol de sa queue.

— Max… dit Hada d'une voix à peine audible.

Il la regarda sans cesser de sourire.

— Hada…

— Ce n'est pas possible que ce soit toi, murmura-t-elle, en même temps qu'elle secouait vigoureusement la tête en signe de dénégation, faisant s'agiter ses bouclettes autour de son visage.

— Tu crois que je ne suis pas là en chair et en os ? dit-il en soulevant un sourcil, l'air moqueur. Alors, il va falloir que tu t'approches pour le vérifier.

— Tu n'as pas répondu à ma dernière lettre… — Le ton de désapprobation qu'elle imprima à ses phrases était inimitable.

— Je voulais te faire une surprise, et d'après ton visage, je me rends compte que j'ai réussi.

Hada ferma les paupières avec force et les rouvrit, mais Max était toujours là, avec le même sourire mi-moqueur, mi-tendre qui provoquait un effet mortel sur ses genoux.

— Tu n'aurais pas dû venir, dit-elle, même si tout son être lui criait de s'approcher de lui et de l'embrasser.

— Oui, je sais que tu penses que nous deux, c'est impossible, répondit-il sur un ton pesant, démenti par l'éclat moqueur de ses yeux gris.

— Ne te moque pas, Max. Cela ne va rendre les choses que plus difficiles.

— Bla, bla, bla. Assez de parlotte ! Je vais compter jusqu'à dix. Un, deux…

Hada le regarda, étonnée.

— Trois, quatre…

— Qu'est-ce qui se passe ? Pourquoi as-tu commencé à compter ?

— Cinq, six… — Max tendit les bras vers elle en un geste indubitable.

— Max, je ne suis pas un petit chien dressé. — Hada fronça les sourcils et hocha de nouveau la tête négativement.

— Sept, huit…

— Tu ne peux pas venir ici et prétendre… prétendre… qu'est-ce que tu prétends, en réalité ?

— Neuf et…

Hada agita ses boucles rebelles avec un grognement d'impatience. En deux enjambées, elle se planta près de Max et, d'un bond, jeta ses bras autour de son cou et enroula ses jambes autour de ses hanches.

— Dix, murmura-t-elle avant de poser sa bouche sur les lèvres masculines et de l'embrasser avec une passion bien trop longtemps contenue.

Max répondit avec la même passion et la pressa contre lui comme s'il ne voulait plus jamais la laisser partir.

— Max, Max…, haleta-t-elle entre deux baisers, mêlant frénétiquement ses doigts dans ses cheveux sombres brillants.

— Hada, enfin !... répondit-il sur le même ton haletant pendant que ses mains se perdaient sous sa chemise et caressaient la peau douce de son dos.

Loin de tout ce qui n'était pas eux, ils continuèrent à se caresser et à se dire des niaiseries jusqu'à ce que…

— Ouille ouille ouille… Don Servando va en avoir assez de faire des heures supplémentaires dans le confessionnal. — La voix d'Orosia était chargée de malice.

— Hooo ! C'est normal, c'est l'époque. On en voit beaucoup dans les *pellicules*.

— On fait *r'en* ? À s'demander si la p'tiote va pas s'étouffer. — Maria se tordait les mains, visiblement préoccupée.

— Tu ne dis *r'en* à ta p'tite-fille, *cré vingt diou* ? grogna Primitivo.

— Laisse-la en profiter, vieux grincheux, elle a assez souffert comme ça, la pauvre.

Le ton absolument pas discret de ces voix les arracha enfin à ce monde idéal où il n'existait rien d'autre qu'eux deux et la passion qu'ils partageaient.

— Allez, — Max lui donna un dernier baiser et s'écarta à contrecœur, il semble que nous ayons de la visite.

Le visage tout rouge, Hada détacha ses jambes, mais quand elle essaya de s'éloigner de lui, Max lui entoura la taille avec son bras et l'en empêcha. Avec elle fermement serrée contre son flanc, il s'adressa sévèrement aux nouveaux arrivants :

— Cela fait des mois que nous ne nous voyons pas, est-ce qu'il ne serait pas venu à l'idée de quelqu'un que l'on aurait aimé profiter d'un peu plus de temps tous les deux ?

Orosia fit un signe de dénégation avec une feinte innocence.

— Primitivo a vu la voiture et est venu nous prévenir en courant. Nous voulions vous saluer, mon mignon. Et la Sandalia qui va vous rater… — Le rire en cascade qui accompagnait ce dernier commentaire s'avéra quelque peu effrayant. Comment ça se passe aux Amériques ? Bien, non ? Vous êtes toujours aussi beau gosse.

Max ne put s'empêcher de sourire devant l'effronterie de l'ancienne.

— Merci beaucoup. J'ai été très occupé, mais Santa Olaria m'a terriblement manqué… — Primitivo émit un raclement de gorge menaçant, si bien qu'il s'empressa d'ajouter : et bien sûr tous les Sanolariens.

En disant cela, il serra un peu plus Hada contre lui d'un geste possessif et Dora, qui n'avait pas cessé de les contempler, les mains entrelacées devant sa poitrine et avec une expression de délicieux ravissement sur son visage, poussa un profond soupir.

— Vous avez faim, non ? Le pauvre, on vous voit tout maigrichon. Je m'en vais dès maintenant chez vous pour vous préparer quelque chose à manger. — Sa femme de ménage le regardait de bas en haut avec les yeux d'une mère poule qui se réjouit de constater le mal qui a frappé son enfant sans ses tendres soins.

— Ce n'est pas nécessaire, Marta, merci beaucoup.

À ce moment-là, Sandalia arriva en courant. C'était vrai qu'elle avait un sixième sens pour détecter les nouveautés. Elle s'arrêta en face de Max et s'inclina en haletant, les mains sur les cuisses ; une mèche de cheveux gris s'était échappée de son chignon et lui cachait un œil.

— Vous pouv… pouvez venir à la maison, j'ai… j'ai du veau presque prêt et ne vous en faites pas, le vôtre aura sa pointe de sel et des pommes de terre cuisinées à vous en lécher les doigts.

Marta mit ses poings sur ses hanches et regarda la nouvelle venue avec un visage peu amène.

— Le *siñor* vient avec moi !

La tragédie était palpable dans l'air et Max lança à Hada un regard muet de détresse.

— Merci beaucoup, les filles, mais ça ne sera pas nécessaire, dit cette dernière fermement. Justement, mon Aba a préparé aujourd'hui une omelette aux pommes de terre et il y a un peu de poulet froid. Max et moi, nous partons en pique-nique.

Marta et Sandalia essayèrent de protester, mais ce fut inutile.

— Je vais préparer tout ça. Max, va chez toi pour déposer tes bagages. — Hada se mit sur la pointe des pieds et lui murmura quelque chose à l'oreille. À voix haute, elle ajouta : dès que j'ai terminé, je passe te chercher.

Retenant un sourire, Max porta deux doigts à sa tempe en guise de salut militaire et se dirigea vers son Range Rover Evoque qu'il avait loué. Il dut écarter délicatement Amable qui, avec un air de profond respect, frottait avec sa manche le capot rouge brillant pour retirer quelques grains de poussière qui y étaient accrochés.

Wolf regarda Max, puis tourna la tête vers Hada ; elle comprit immédiatement le dilemme de l'animal et l'encouragea avec un sourire :

— Allez, va avec ton maître.

Comme s'il l'avait comprise, le chien fila derrière le 4x4.

—Enfin seuls !

Max saisit avec quelques pierres la bouteille de vin qu'il venait de mettre à refroidir dans l'étang secret. Il se retourna et vit que Hada avait laissé le reste du pique-nique dans le panier et avait retiré son short et son chemisier.

Les yeux masculins glissèrent admirativement sur la silhouette élancée vêtue d'un maillot de bain bleu ciel des plus pudiques. La peau, d'ordinaire pâle, avait une jolie teinte dorée.

— Ce maillot de bain doit être déjà destiné à une pièce de musée…

Hada mit les poings sur ses hanches, agita ses brillantes boucles blondes et répliqua d'un air railleur :

— Ne me dis pas que tes célèbres actrices n'en portent pas un comme ça ?

Max secoua la tête en signe de dénégation, très sérieux.

— Aucune d'elles n'oserait mettre quelque chose d'aussi provocant.

Hada éclata de rire avant de se retourner et de se diriger vers la paroi rocheuse. Les pieds nus, elle grimpa avec l'agilité d'une chèvre jusqu'à arriver à la saillie.

— Je pense que je préférerais que tu ne me fasses pas la démonstration !

Max, qui s'était également mis en maillot de bain, la regardait d'en bas, ses noirs sourcils froncés. Même s'il ne pouvait la distinguer à cette distance, il savait qu'elle le regardait avec la même expression coquine qu'il y avait un moment.

— Tu as peur que je me tue ?!

En vérité, la saillie était plutôt haute et une simple erreur de calcul ferait qu'elle pouvait s'éclater contre les rochers du fond. Le cœur de Max battait vite, mais cette fois-ci, ce n'était pas à cause de la joie de la revoir.

— À vrai dire, cette conversation ne me plaît pas ! Pourquoi ne descends-tu pas et n'attaquons-nous pas l'omelette ?! Marta avait raison, je meurs de faim !

— Avoue-le, Max, tu as peur !

— C'est bon ! Je l'avoue ! Descends d'ici, tu veux bien ?!

Hada fit non de la tête et, comme toujours, les boucles blondes suivirent le mouvement et le soleil de midi projeta des étincelles d'or dessus.

— Je ne peux pas croire que tu sois si peureux !

Max haussa les épaules avec une apparente indifférence.

— Max le Peureux ; c'est ce que je suis !

Elle s'approcha au bord, jusqu'à ce que les pointes de ses petits pieds apparaissent au-dessus de la saillie. Voyant cela, Max serra les poings.

— Veux-tu descendre, une fois pour toutes ?! — Il essaya de cacher sa crainte derrière un ton menaçant.

— Avant de sauter, je veux faire une confession ; qui sait si après, j'en aurai l'occasion !

— Ce n'est pas drôle ! Descends, ou je monte te chercher !

— Je veux seulement que tu saches — elle fit une pause dramatique —, que tout cela en valait la peine rien qu'en voyant ce torse et ces bras musclés que tu cachais sous tes chemises faites sur mesure ! Je suis sur le point de m'évanouir tant je suis impressionnée !

— Très drôle ! dit-il sèchement. Maintenant, descends !

Sans en faire de cas, Hada fit demi-tour et avec une lenteur des plus théâtrales, étendit les bras. Puis elle les étira au-dessus de sa tête, inspira profondément et se lança de dos depuis la saillie.

Le cœur au bord des lèvres, Max observa la silhouette élancée aux muscles bien toniques dessiner dans l'air un cercle parfait avant de plonger comme une flèche dans les eaux verdâtres. Quelques secondes plus tard, elle réapparut avec un sourire de plaisir sauvage dessiné sur son beau visage et les boucles écrasées sous l'effet de l'eau.

— Oh, Max, je suis encore vivante ! Miracle ! hurla-t-elle sans cesser de rire.

Max se jeta dans l'eau, plongea durant quelques mètres, l'attrapa par la cheville et la tira vers le bas. Quand ils réapparurent tous les deux, Hada toussait sans s'arrêter.

— Non… ça… c'est… pas… drôle, dit-elle sans cesser de tousser.

— Non ? Comme c'est bizarre, pour ma part, sûr que j'ai trouvé ça drôle. Et maintenant, prépare-toi — le ton qu'il employa était chargé de menaces — ; le reste du châtiment arrive.

Max la saisit dans ses bras et colla sa bouche contre la sienne avec une brusquerie qui laissait deviner la faim qui le tenait depuis si longtemps. Ce reste du châtiment ne dut pas paraître si mauvais à Hada parce que, immédiatement, elle entoura son cou de ses bras et se colla encore plus contre lui. Quelques minutes plus tard, à moitié asphyxiés et sans cesser de rire, ils réussirent à sortir de l'étang et se laissèrent tomber, haletants, sur la vieille couverture que Hada avait étendue en arrivant.

Allongés l'un à côté de l'autre, ils se regardèrent en souriant, jusqu'à ce que, soudain, le sourire s'efface des lèvres de Max.

— Hada… dit-il d'une voix rauque — il lui écarta délicatement une boucle qui s'était collée à son front et se redressa un peu. Hada…

Alors, il baissa la tête et lui donna un baiser profond qui l'obligea à écarter les lèvres. Leurs langues s'entrelacèrent en une danse lente et sensuelle, et le doux gémissement qui s'échappa de la gorge féminine finit par le rendre fou.

D'un mouvement rapide, il s'allongea sur elle. Son maillot mouillé ne pouvait cacher l'intensité de son désir. Impatient, il descendit la bretelle de son maillot de bain, laissant apparaître une poitrine beaucoup plus blanche que le reste de la peau et, avec un grognement de désir, il attrapa le mamelon fripé dans sa bouche et le suça avec douceur. Un nouveau gémissement s'échappa de la gorge de Hada qui, incapable de résister, ferma les jambes autour de ses hanches alors qu'elle enfonçait ses mains dans les muscles durs de son dos.

Jamais ils ne surent combien de temps ils restèrent à se caresser sous la chaleur du soleil printanier, mais Max revint à la raison en entendant la voix de Hada, qui semblait lui venir de très loin.

— Max, Max, s'il te plaît…

Max éclaboussa sa délicate mâchoire d'une pluie de baisers.

— S'il te plaît, quoi ? murmura-t-il d'une voix rauque dans le creux de sa gorge.

— Max, je n'en peux plus, nous allons… nous allons le faire. S'il te plaît.

Max attrapa le lobe de sa petite oreille entre ses dents et il ne lui échappa pas la nouvelle série de frissons qui la parcourait de haut en bas, laissant sur son passage une trace de chair de poule sur sa peau.

— Tu sais ? J'aime t'entendre me supplier. — La pointe de sa langue traça un cercle autour du mamelon rosé et Hada s'arqua contre lui.

— Je vais te supplier… S'il te plaît… s'il te plaît, dit-elle entre deux râles.

— C'est inutile.

Max releva la tête ; ses expressifs yeux noisette lui retournaient un regard avec un mélange désespéré de désir et d'incrédulité.

— Qu'est-ce qui est… inutile ? — Elle releva la tête à son tour, dans une tentative de saisir de nouveau les lèvres masculines, mais il s'écarta de quelques centimètres supplémentaires, si bien qu'elle se laissa tomber de nouveau en arrière avec un soupir de frustration.

— Tu peux toujours me supplier, je ne le ferai pas.

Hada fronça les sourcils, il sautait aux yeux qu'elle ne comprenait rien.

— Tu vas me laisser comme ça ? demanda-t-elle, fâchée.

Max acquiesça fermement.

— Je veux que tu continues à être techniquement vierge encore un peu. — Sans pouvoir se contenir, il se mit à lui caresser de nouveau son mamelon avec son pouce, lui arrachant un nouveau frisson.

— Tu veux bien arrêter de faire ça ? — Sans dissimuler sa colère, Hada remonta son maillot de bain qui s'était enroulé bien en dessous de sa taille, enfila de nouveau les bretelles avec des mouvements brusques et s'écarta un peu de lui. Je n'aime pas ces petits jeux. Je pensais que tu étais un gentleman.

Max s'assit à côté d'elle et lui saisit les mains.

— Je le suis. C'est pour cela que je veux que tu continues à être techniquement vierge jusqu'au jour de nos noces. — Cette fois, il la laissa sans paroles. Ne t'en fais pas, j'ai déjà parlé avec Don Servando. D'ici une semaine au plus tard, nous échangerons nos vœux dans l'église du village.

Hada ouvrit la bouche et la referma. Elle l'ouvrit de nouveau et la referma une fois de plus.

— Tu commences à avoir une tête de carpe, dit-il, moqueur, conscient qu'elle ne s'était même pas rendu compte que ses mains étaient prisonnières dans les siennes. Malgré ses paroles, il ne pouvait s'empêcher de la toucher. Il avait dû faire un effort surhumain pour résister à la faire sienne il y avait quelques minutes ; lui demander de s'éloigner complètement d'elle aurait été trop.

— Tu as parlé avec… avec Don Servando ?

— Avant de venir, je suis passé par Teruel.

— Sans… sans me consulter ?

Max haussa les épaules.

— Ta grand-mère était au courant et elle m'a donné sa bénédiction, et il n'y a pas loin à penser que, à ce stade, le reste des Sanolariens aussi.

Hada le regarda, indignée.

— Non !

— Non, quoi ?

— Que je ne pense pas me marier avec toi. Pour qui tu te prends ?

— Tu ne peux pas faire ça.

— Comment ça ?

— Connaissant ta grand-mère et le reste du village, je suis sûr qu'ils ont déjà commencé à préparer le banquet de mariage.

Une fois de plus, Hada ouvrit la bouche et la referma.

— Existerait-il le syndrome de la « carpe expirante » ? dit Max comme s'il pensait tout haut. Au mieux, c'est une nouvelle maladie et tu l'as attrapée.

Elle serra les lèvres comme si elle essayait de retenir un sourire, mais se reprit immédiatement ; il était clair que Max n'allait s'en tirer si facilement.

— Maximiliano de la Torre — elle prononça son nom très sévèrement —, peut-on savoir qui tu crois être pour décider pour moi avec qui et quand je me marie ?

— Hum… — il feignit de réfléchir quelques secondes. Ton futur fiancé ?

Désespérée, Hada tira sur ses boucles qui commençaient à sécher à la chaleur du soleil.

— Ça te gênerait de parler sérieusement une minute ?

Le sourire s'effaça de la bouche de Max immédiatement.

— Tu as raison, je n'aurais pas dû décider pour toi, mais je ne pouvais attendre davantage ; tu ne t'imagines pas combien tu m'as manqué ces derniers mois. Peut-être que je me suis fait trop d'illusions quand ta grand-mère m'a raconté que j'avais l'air de te manquer aussi et…

— Ma grand-mère ? Tu as aussi écrit à ma grand-mère ?
— Hada n'y croyait pas.

— J'avais besoin de renseignements privilégiés et qui, mieux qu'elle, pour me les procurer ?

Il sautait aux yeux que Max n'avait absolument pas honte de ses techniques douteuses de cour. À son avis, tout était permis en amour comme à la guerre et, dans son cas — vu le béguin qu'il avait pour Hada —, c'était une raison de plus pour le tenter.

Elle éclata d'un rire tremblant, mais immédiatement redevint très sérieuse et lui prit le visage entre ses mains

— Max, Max, pour l'instant tu ne peux pas penser clairement, dit-elle sur un ton pressant. Tu ne sais que trop que nous marier dans ces circonstances est impossible. Je ne peux pas m'en aller d'ici et tu ne peux pas passer à Santa Olaria le reste de tes jours.

À présent, ce fut lui qui saisit le visage Hada entre ses mains et il planta ses yeux dans les siens.

— Tu te trompes, Hada. Bien sûr que je peux passer à Santa Olaria le reste de mes jours. Et même, c'est l'unique endroit où je veux les passer. Avec toi. Et si tu penses que je vais le regretter, je t'assure que tu te trompes énormément. Après ces derniers mois sans toi, il m'est devenu évident que là où tu es, là sera mon foyer.

L'expression des yeux gris ne laissait aucun doute sur sa sincérité et Hada avala sa salive, incapable de détacher son regard du visage de cet homme qui livrait son âme face à elle. Max pencha la tête et appuya son front sur le sien.

— Dis-moi oui, Hada. Dis-moi oui, murmura-t-il d'un ton persuasif, près de sa bouche. Tu dois le faire, je ne peux pas vivre sans toi.

C'en était trop ; au bout du compte, Hada n'était pas faite de pierre.

— C'est bon, je vais me marier avec toi, dit-elle d'une voix tremblante. Puis elle fit une pause et claqua sa langue. Mais il faut que tu saches que c'est seulement parce que je ne veux pas me tourner en ridicule devant mes voisins.

Puis Hada réduisit d'un coup les quelques centimètres qui séparaient leurs bouches et alors qu'ils s'embrassaient, tous les deux comprirent une chose en même temps : ce baiser était différent de tous les précédents. En plus du désir, de la passion, de la faim, du besoin, de la tendresse, de l'amour…, dans ce baiser ils échangeaient une promesse qui durerait pour toujours.

Quelques heures plus tard, enivrés de soleil et de caresses, ils marchaient, main dans la main, en revenant vers le village quand ils distinguèrent deux personnes qui se dirigeaient vers eux.

Max cligna des paupières.

— Je crois que ce sont Marta et Maria.

— Je dirais même plus que c'est Marta en train de traîner Maria, précisa Hada avec une main en visière pour se protéger des rayons du soleil, qui était presque sur le point de se coucher et l'empêchait de voir nettement.

Effectivement, la première tenait la seconde par le bras et la tirait sans ménagement même si Maria résistait de toutes ses forces.

Hada et Max pressèrent le pas pour arriver à leur hauteur.

— Que se passe-t-il, Marta ? demanda Hada, préoccupée.

Haletante, Marta prit un moment pour récupérer son souffle avant de répondre.

— Celle-là… ! Celle-là… ! — Elle serra fortement les lèvres, comme si elle réprimait une insulte. Ma sœur a quelque chose à dire.

— Non ! J'veux pas ! — Maria se débattait pour se détacher tandis que des larmes coulaient le long de ses joues.

Max eut pitié d'elle et força gentiment son employée à lâcher le bras de sa sœur.

— Voyons. Calmez-vous. Que se passe-t-il ici ?

— Allons. — Marta fit un geste impérieux de la main. Dis-lui maintenant *tout d'suite* ce que tu m'as dit.

Mais Maria, qui se tamponnait le visage avec son tablier, continuait à pleurer, bouleversée. Hada lui passa un bras au-dessus de ses épaules et la serra contre elle, en même temps qu'elle lançait à Marta un regard chargé de reproches.

— Shh, calme-toi, Maria. Calme-toi.

— Petite, ne me regarde pas comme ça. — La sœur aînée lui renvoyait un regard, l'air blessé.

Max parla sans perdre son sang-froid, bien que, avec ses cheveux noirs dépeignés, son maillot de bain encore mouillé et sa chemise déboutonnée presque jusqu'à la taille, laissant à la vue sa poitrine bronzée, son apparence fût loin de son élégance habituelle.

— Du calme, tout le monde. Voyons, Maria — il adoucit un peu le ton de sa voix pour ne pas l'effrayer —, qu'y a-t-il donc de si grave que votre sœur désire que vous nous racontiez ?

— Aïe aïe aïe ! Je suis siiiii désolée ! sanglota-t-elle comme une pleureuse bien payée, sans cesser de se couvrir le visage avec son tablier.

Hada et lui échangèrent un regard déconcerté. Alors, Max se tourna de nouveau vers Marta.

— Qu'en penseriez-vous si vous nous racontiez ce qui s'est passé ?

— La fenêtre. — Marta serra les lèvres et hocha la tête plusieurs fois, comme si cela expliquait tout.

— La fenêtre ? répéta son interlocuteur, perplexe.

— Je crois qu'elle veut dire la fenêtre du grenier. Quand tu as été trempé et que tu as attrapé un bon refroidissement, dit Hada, qui serrait encore contre elle Maria, toujours sanglotante.

Marta acquiesça de nouveau fermement.

— Et… ? — Bien que, à en juger par le regard d'alerte des yeux noisette, Hada commençât à y voir clair, Max était toujours complètement perdu.

— C'est Maria qui l'avait laissée ouverte, affirma Hada doucement.

Une fois de plus, Marta acquiesça.

— Et la fouine et les souris et les choses qui disparaissaient et réapparaissaient où elles n'avaient pas de raison d'être…

— Vous voulez dire… — Max commençait enfin à comprendre — que c'est votre sœur qui a fait toutes ces choses ?

Marta acquiesça pour la énième fois, en même temps qu'elle séchait une larme d'un geste rageur et déglutissait bruyamment.

— Ah bon. — Ce fut la seule chose qui vint à l'esprit de Max de dire.

Un silence se fit et durant quelques secondes, les seuls bruits furent les sanglots, à présent de plus en plus espacés, de Maria et le tambourinement insistant d'un pic épeiche contre un arbre proche.

Hada écarta délicatement le tablier du visage congestionné de Maria, lui prit les deux mains et, la regardant dans les yeux, demanda doucement :

— Pourquoi ?

— Parce que… je ne voulais pas… que tu t'en ailles du… village, ma jolie, avoua-t-elle enfin, entre deux hoquets, les yeux baissés. Qu'allions-nous devenir sans toi ?

— Égoïste ! Tu ne penses qu'à toi ! Tu es… ! dit sa sœur sans pitié, faisant que les lèvres de Maria recommencèrent à trembler.

— Du calme. — La voix profonde de Max arrêta immédiatement la prévisible litanie de reproches et d'insultes.

— C'est ça, du calme. Allons, Maria, raconte-nous tout ça. — Hada serra les mains qu'elle tenait encore entre les siennes pour lui donner du courage.

— J'ai pas… j'ai pas juré. — Maria leva enfin les yeux et la regarda avec la même expression contrite qu'exprimait Wolf quand il se doutait qu'il avait peut-être fait quelque chose qu'il n'aurait pas dû. Si tu ne jures pas, tu ne vas pas en enfer, pas vrai ?

— Bien sûr que non. Allez, commence depuis le début.

Comme un barrage rempli d'eau auquel enfin on vient d'ouvrir les vannes, Maria commença à parler et à leur raconter absolument tout ce qui s'était passé depuis que les Sanolariens s'étaient rassemblés lors de cette nuit fatidique de tempête pour jurer ensemble.

— J'voulais pas qu'tu t'en ailles aux Amériques et qu'tu nous laisses seuls, termina-t-elle enfin, faisant une moue et essuyant ses yeux de la pointe de son tablier humide, mais quand la Dora a dit qu'vous alliez vous marier, j'ai pas pu garder c'poids qu'j'avais en moi et j'ai tout raconté à ma sœur.

Maria termina sa confession et détourna son regard vers la pointe des vieilles espadrilles qu'elle portait quand le beau temps arrivait, tandis qu'une grosse larme coulait lentement sur sa joue ridée. Voyant cela, Max s'approcha d'elles, passa un bras sur les épaules de Hada et, de son autre main, saisit les mains d'elles deux, qui étaient encore liées.

— Regardez-moi, Maria, dit-il doucement. — Très lentement, Maria leva son visage mouillé vers lui. Vous n'avez rien à craindre. Je sais bien ce que Hada signifie pour les habitants de ce village. Quand nous serons mariés, tous les deux, nous resterons à vivre ici. Non seulement Hada ne s'en ira pas, mais vous gagnerez un voisin. Voilà, j'espère que vous m'accepterez comme un Sanolarien de plus.

Max lui lança un de ses sourires les plus séducteurs et, malgré son âge, son interlocutrice ne put s'empêcher de cligner des paupières plusieurs fois, le cœur tout chaviré.

— Bien sûr que oui, beau jeune homme.

Et sans pouvoir se retenir davantage, Maria les enlaça tous les deux et recommença à pleurer, inconsolable. Sa sœur leva les yeux au ciel avant de s'approcher d'elle, de l'écarter d'eux impoliment et de l'entraîner de nouveau en arrière en direction du village.

Dès qu'ils les eurent perdues de vue, Hada et Max échangèrent un regard hilare.

— Incantations, serments, éclairs et tonnerre, La Pilarica… il n'y avait pas de salut possible pour moi. — Max, très sérieux, remuait la tête comme s'il se sentait désolé.

Hada haussa les épaules et répliqua avec le même sérieux :

— Tu vois, quand nous, les Sanolariens, nous voulons quelque chose, nous ne laissons rien au hasard.

Soudain, tous les deux éclatèrent de rire en même temps et les fous rires ne cessèrent que lorsque Max la serra dans ses bras et l'embrassa avec passion.

Épilogue

Max ouvrit les yeux. Il ne savait pas ce qui l'avait réveillé, mais avec la lumière qui entrait par une fente du volet, il se rendit compte qu'il était très tôt. Il allongea la main et remarqua que l'oreiller était froid ; à l'instant il comprit pourquoi il s'était réveillé. Après un peu plus d'un an qu'ils étaient mariés, il ne s'habituait pas à ne pas avoir son nez plongé dans les cheveux blonds parfumés quand il dormait. Il essaya de se souvenir comment c'était de dormir sans Hada à son côté, mais il n'en était pas capable ; sa vie dans l'appartement de célibataire de Manhattan lui paraissait un rêve lointain, même s'il y passait encore quelques semaines lorsque son travail l'obligeait à quitter Santa Olaria.

— Wolf ? — Mais le chien n'était pas non plus dans la pièce.

Voilà autre chose, se dit-il, réprimant un sourire. Hada l'avait scandaleusement dorloté en son absence et, bien qu'il ait réussi à l'empêcher de monter sur le lit quand ils se couchaient, l'animal dormait toutes les nuits dans leur chambre.

Cependant, il avait une nette idée de l'endroit où pouvait être Hada un dimanche à cette heure. Avec un bâillement,

Max rejeta les draps d'un côté et enfila ses vêtements de la veille. Il se doucherait plus tard, se dit-il.

Il mit son Barbour et sortit à l'extérieur. Le matin apportait ses promesses de printemps, mais le soleil, qui apparaissait timidement derrière les sommets, n'était pas encore bien chaud. Il marcha d'un pas rapide en direction de l'église et franchit la grille du petit cimetière entouré d'un mur de pierre, qu'il y avait juste derrière.

La première fois que Hada l'avait amené là, il avait senti quelque chose de très proche d'une jalousie irrationnelle. Cependant, dès qu'ils s'étaient arrêtés près d'une tombe sur la pierre tombale sans prétention de laquelle on pouvait lire un seul nom : Miguel Martínez Casas et les dates de sa naissance et de sa mort, ce sentiment si mesquin avait disparu d'un coup et il s'était réjoui du fond du cœur que, malgré le peu de temps qu'avait duré sa vie, ce pauvre garçon avait eu le privilège d'aimer une femme comme Hada.

Elle était assise sur la petite marche qui entourait la tombe. Elle avait une main sur la pierre et était si concentrée dans ses pensées qu'elle ne l'avait pas entendu arriver. Wolf, couché à ses pieds, lui adressa un regard, mais ne fit pas signe d'abandonner son poste. La sépulture se distinguait des autres par sa propreté et par les nombreuses fleurs plantées dans la petite jardinière. Même en hiver, quand les fleurs étaient fanées, il y avait toujours une poignée de branches de genévrier odorantes qui la décorait.

Max essuya d'une main la pierre de la tombe qui se trouvait en face et s'assit. C'était un bon endroit pour méditer, se dit-il en regardant autour de lui pendant qu'il laissait le silence l'entourer comme une caresse.

Hada lui demandait souvent si son ancienne vie lui manquait et il lui répondait toujours avec une franchise absolue qu'il ne se souvenait même plus d'elle. Depuis qu'il avait gagné l'Oscar, son travail en tant compositeur ne lui avait pas manqué et celui en tant que légiste en musicologie était passé au second plan. Il payait de sa propre poche une connexion sur internet via satellite qui reliait tout le village et grâce à cela, la vie à Santa Olaria avait changé sous beaucoup d'aspects et, bien sûr, pour lui-même aussi. Il n'avait plus qu'à se déplacer pour les procès et pour quelque autre question concernant ses compositions, mais il cherchait à limiter au maximum ses absences ; passer plusieurs semaines loin de Hada devenait de plus en plus difficile à surmonter.

La publicité des articles parus dans différents médias quand il avait gagné l'Oscar avait apporté d'autres changements. Avec la promesse d'emploi, de logement et de bonnes communications, plusieurs familles avec enfants, qui voulaient que ces derniers soient élevés loin de la grande ville, s'étaient installés à Santa Olaria au cours des derniers mois. Hada, qui continuait à être maire à l'unanimité des villageois, essayait de trouver un enseignant qui aimerait prendre en charge une école rurale composée d'élèves d'âges différents et, d'après ce qu'elle lui avait dit la veille, il était probable qu'elle ait déjà trouvé la candidate idéale.

Par ailleurs, la fabrique de Chicago, qui avait pris contact avec Dora pour tricoter des pulls en pure laine pour une marque de vêtements de ski bien connue, avait monté un petit atelier où plusieurs membres des familles récemment arrivées dans le village travaillaient déjà. À chaque fois que Dora pensait au prix auquel se vendaient ses créations dans les boutiques exclusives des stations de ski de Vail et d'Aspen, elle devait s'asseoir et s'éventer un peu avec son tablier pour lutter contre la bouffée de chaleur qui l'envahissait.

Les « anciens », comme aimaient s'appeler les premiers Sanolariens, s'asseyaient sur la margelle de la fontaine du petit cochon quand le temps s'y prêtait et contemplaient avec plaisir toute cette animation. À l'exception d'Orosia qui leur avait donné une bonne frayeur en octobre par un rhume mal soigné ; le reste se trouvait en bonne santé, hormis les douleurs habituelles de tout le corps.

Max sourit en pensant à Primitivo qui, contre vents et marées, poursuivait son amour épistolaire, rougissant comme un collégien à chaque fois qu'il abordait le sujet pour le faire rager. Ni Minnie, ni lui n'avaient encore traversé l'océan mais, profitant des nouvelles télécommunications dont jouissait Santa Olaria, Primitivo avait chargé Hada de lui acheter un « téléphone, de ces choses modernes » et tous les jours, à cinq heures pile, il faisait une vidéoconférence avec son amoureuse. Ils arrivaient miraculeusement à se comprendre sous forme de cris et de gestes variés. Cependant, malgré ces « nouveaux engins », ils n'avaient pas renoncé à s'écrire des lettres qui volaient d'une adresse à l'autre et qui arrivaient, avec une ponctualité anglaise, tous les quinze jours.

Oui, se dit Max, satisfait, la vie à Santa Olaria suivait son cours.

— Tu es là ? Je ne t'avais pas entendu arriver.

La voix de Hada l'arracha à ses pensées et voyant qu'elle essayait de se lever de la marche sans y parvenir, Max s'empressa de l'aider.

— D'ici peu, nous devrons appeler la grue et ça va devenir difficile d'arriver jusqu'ici.

— Idiot. — Hada tint son ventre volumineux avec un sourire.

Incapable de se retenir, Max posa à son tour sa main sur la sienne et se pencha pour l'embrasser, mais une minute après, un brusque mouvement sous sa paume le fit s'écarter en sursaut.

— Mais ce sera une brute !

— J'ai bien peur que notre enfant nous donne beaucoup de travail. Il n'arrête pas de bouger. — À en juger par son expression satisfaite, cette possibilité ne semblait pas la soucier le moins du monde.

— Dès que tu remarqueras quelque chose de bizarre, tu me préviendras, n'est-ce pas ? dit Max pour la énième fois.

Sa femme hocha la tête et répondit d'un ton patient :

— Max, je t'ai dit mille fois de ne pas t'en faire. Au cas où nous n'arriverions pas à temps à l'hôpital, je t'ai dit qu'Orosia a aidé à mettre au monde un tas de bébés et moi, en fin de compte, je suis vétérinaire ; j'en connais un rayon sur le sujet.

Mais pour Max, aucune de ces affirmations ne le tranquillisait. Quand son premier enfant naîtrait, se dit-il en serrant les lèvres, déterminé, il le ferait dans un hôpital avec toutes les avancées technologiques et avec un médecin et une sage-femme comme il faut.

— Allons à la maison, aujourd'hui, c'est moi qui prépare le petit déjeuner.

Il lui entoura la taille d'un bras protecteur et la mena lentement parmi les tombes en direction de la sortie.

— Encore aujourd'hui ? dit-elle en le regardant, moqueuse. Max, je suis enceinte, pas invalide, je peux faire un tas de choses toute seule.

Mais elle avait beau protester, tous les deux savaient qu'il n'allait pas lui permettre de faire le moindre effort.

— Tu sais, dit Max pendant qu'ils marchaient lentement, sentant le réconfortant poids de la tête de Hada dans le creux de son bras, il m'est venu une idée sympa.

— Aussi sympa que celle d'aller voir le coucher du soleil sur l'étang, puis de nous baigner au clair de lune ? Cela a été un miracle si nous n'avons pas fini à l'hôpital avec une triple pneumonie.

Max la serra un peu plus contre lui.

— Une pneumonie ? dit-il, faisant signe d'être indigné. Tu as donc oublié l'effort surhumain que j'ai dû faire pour nous réchauffer ?

Non, Hada n'oublierait jamais cette nuit-là où, bien serrés dans l'étroit sac de couchage, ils avaient fait l'amour trois fois avant de tomber, épuisés, dans un sommeil profond, juste au moment où la nuit tombait. Si elle ne se trompait pas dans ses calculs, elle se dit en caressant son ventre avec un sourire rêveur que c'était ce soir-là que Paris avait reçu son précieux colis.

— Je te rappelle — Hada plissa les lèvres avec un air suffisant, en même temps qu'elle tâtait son ventre proéminent, que ce n'est plus pour moi.

— Bien sûr, pour qui me prends-tu ? dit-il sur le même ton offensé. J'avais pensé que nous pourrions peut-être…

Max s'arrêta, pencha la tête et commença à lui murmurer quelque chose dans l'oreille. Quelques secondes plus tard, Hada le regarda, les yeux brillants et le visage légèrement rougi.

— Oui à tout.

Sans pouvoir se retenir, son mari l'embrassa une fois de plus, avant de l'entourer de nouveau de son bras et l'obliger à presser le pas en direction de la maison, complètement étranger aux cinq vieilles femmes qui faisaient semblant de dormir au soleil, assises sur la margelle de la fontaine.

— Allez donc, j'espère qu'ils ne vont pas arriver en retard à la messe une nouvelle fois. — Malgré ses paroles, Dora semblait très heureuse.

— Où qu'y vont ? demanda l'innocente Maria, provoquant chez sa sœur un grognement d'exaspération.

— À ce rythme, ils vont repeupler Santa Olaria et tous les villages de la région. — Sandalia secoua la tête avec une feinte désapprobation en même temps qu'un soupir de nostalgie lui échappait.

Orosia lança son rire en cascade.

— Le petit-fils de la Maxi me rappelle beaucoup un bélier que j'ai eu. C'était un vrai démon et il embêtait les brebis nuit et jour dans la bergerie.

Entendant cela, les quatre autres se couvrirent le visage de leur tablier et l'écho de leurs rires malicieux résonna contre les murs de pierre des nobles édifices du vieux Santa Olaria qui, après tant de temps, était enfin revenu à la vie.

Note de l'auteure

Comme j'imagine que vous l'aurez deviné, Santa Olaria de la Mata est un village inventé et tous ses habitants sont le fruit de mon imagination. Je dois aussi avouer que j'ai pris une certaine liberté poétique avec la façon de parler des villageois. Les expressions qu'utilisent quelques-uns des personnages de ce roman sont propres à la communauté autonome d'Aragon, en Espagne. Néanmoins, afin de préserver cette originalité dans la traduction en français, le style a été adapté sous forme d'un parler rural avec une touche de patois normand, pour accentuer cette idée de village isolé du monde.

Ce roman est mon grain de sable pour lutter contre le dépeuplement rural en Espagne. Après tout, n'aimeriez-vous pas vivre dans un petit village comme celui-ci ? — avec internet, bien sûr !

Merci !

Merci d'avoir lu « Dans un coin perdu du monde »,
j'espère que vous avez aimé !
Vous voulez savoir quand sortira mon prochain libre ?
Vous pouvez vous abonner à ma Newsletter sur
www.isabelkeats.com (je ne vous informerai que sur les
futures parutions), me suivre sur twitter @IsabelKeats,
ou me faire un « like » sur ma page Facebook.

Vos avis sont très utiles
pour aider d'autres lecteurs à découvrir mes livres.
J'apprécie tout type d'avis, aussi bien positif que négatif.

Mes autres romans en français :

Tu me rends fou

Entre une obsédée du contrôle et un impulsif chronique, l'amour trouvera-t-il sa place ?

Ali est une vraie Miss Maniaque ! Elle ne jure que par les petits-déjeuners hyper-protéinés, les joggings aux aurores et la propreté. Mais derrière ses obsessions et son anatomie de rêve, se cache une jeune femme qui cherche désespérément à mettre de l'ordre dans ses sentiments. Ali n'est pas heureuse, du moins pas encore.

Konrad, c'est plutôt Monsieur Cata, avec son quotidien sans horaires ni règles, et ses impulsions jamais refrénées, en amour comme ailleurs. Par chance, il est doté d'une prodigieuse créativité qui lui permet de bien vivre sans se priver. Konrad croit être un homme heureux, mais c'était sans compter Ali…

Si les contraires s'attirent, la rencontre entre ces deux personnalités que tout oppose se révèle explosive !

Un roman qui nous rappelle combien il est merveilleux de tomber amoureux, et qui nous encourage à oser prendre le chemin du bonheur !

La concierge est dans le hall

Détruite après avoir découvert que son mari et fiancé depuis l'enfance lui était infidèle, Inès Santaolalla divorce et décide de faire un virage à 180° dans sa vie. Alors que sa sœur et sa mère pensent qu'elle travaille dans une agence de sa banque à New York, à l'instar de l'héroïne du roman de Muriel Barbery qu'elle admire, elle accepte l'emploi de concierge dans un immeuble de la rue Lagasca à Madrid, une sorte de monde parallèle peuplé d'êtres tous plus extravagants les uns que les autres. Inès est convaincue que cette sombre conciergerie, en plus d'être un endroit idéal pour soigner ses blessures encore saignantes de son mariage, sera le cadre parfait pour terminer le roman qu'elle écrit depuis plusieurs années. Cependant, Inès ne s'attendait pas à ce que le propriétaire du 6e droite, un séduisant docteur, fasse tout ce qui est en son pouvoir pour qu'elle puisse à nouveau faire confiance aux hommes et à l'amour.

J'espère que vous les aimerez aussi !

Notes sur l'auteure

Isabel Keats est une femme ordinaire qui eut un jour l'envie d'écrire. Mère de famille nombreuse (le chien inclus), elle a la chance de trouver quelque chose de plus précieux que l'or : du temps libre, même si ce n'est pas autant qu'elle le voudrait. Elle aime les histoires romantiques, les fins heureuses l'enchantent, si bien que, pour résumer, elle écrit des ouvrages romantiques, parce que, actuellement dans sa vie, c'est ce qu'elle préfère lire.

Isabel Keats — lauréate du Prix HQÑ digital avec ***Empezar de nuevo***, finaliste du Ier Prix du Roman Court Harlequin avec son roman ***El protector*** et finaliste également du IIIe Festival du livre romantique Vergara-RNR avec ***Abraza mi oscuridad*** — est le pseudonyme derrière laquelle se cache une licenciée en Publicité madrilène, mariée et mère de trois petites filles. Actuellement, elle a publié plus d'une douzaine d'œuvres, entre romans et récits ; certains d'entre eux ont été traduits en anglais, allemand, italien et portugais et, à présent, en français.

Vous trouverez davantage de renseignements sur l'auteure sur : www.isabelkeats.com

Printed in France by Amazon
Brétigny-sur-Orge, FR

14541873R00201